Psycho-Thriller

Das Fleisch der Frauen

Simone Malina

Korrektur: Merten van Raczinski, Köln

Cover Fotolia

Die vorliegende Handlung ist frei erfunden. Übereinstimmungen mit lebenden oder toten Personen wären zufällig und sind nicht beabsichtigt.

Inhalt

Man braucht nicht zu sterben, um in der Hölle zu landen. Das geht auch einfacher. Die Hölle ist überall, hat keine Fluchtwege, der Eintritt ist frei.

Wer bereit ist, sein Leben aufs Spiel zu setzen, wird mit offenen Armen empfangen. Wer naiv genug ist, auf das Pokergesicht des Teufels hereinzufallen, der hat verloren.

Gottlieb Kuchenbrod (38), Hauptsachbearbeiter und Vertreter-Ausbilder der Themis-Lusitania-Versicherungsgruppe zu Regensburg (in einem seiner weniger dämonischen als lyrischen Momente)

Prolog

Warum kann ich die Zeit nicht zurückdrehen? dachte sie. Die Antwort war genauso ernüchternd wie der Augenblick der Verzweiflung. Sie atmete flach, ihr Magen fühlte sich an wie ein festgezurrter Knoten. Ängstlich folgte sie seinem Tun, wartete auf seine Reaktion.
„So wie es scheint, hast du dein Traumgewicht erreicht“, zischelte er, während er die Gewichte der altertümlichen Personenwaage ausbalancierte, auf der sie stand. Mit einem schmierigen Grinsen fixierte er sie. Mit betäubtem Gefühl hielt sie diesem widerlichen Blick stand, schaute mit leeren Augen zurück. Sie dachte an Mord und erschrak sogleich über diesen Gedanken, zuckte zusammen. „Mord“, das war in ihrem Vokabular nur eine fernliegende Abstraktion, ein Wort ohne denkbare Tat, ein Schrecken aus den Nachrichten, der vielleicht Psychopathen betraf – also Menschen, die sie nicht zu ihrem Freundeskreis zählte, Monstern, denen sie wie sie einst glaubte, im Leben nie begegnen würde. Wie sehr hatte sie sich doch getäuscht. Diese Erkenntnis zog sich einer Drahtschlinge gleich um ihr Bewusstsein. War sie nicht eine Frau, die an das Karma glaubte? Was man sät, das wird man ernten. Guten Menschen passieren gute Dinge, und wirklich Schlimmes

widerfährt gewiss nur wirklich bösen Menschen. Aber jetzt, wo ihr die Angst durch die Eingeweide fuhr: Ja, jetzt war sie sich sicher, dass es sie wirklich gab, all diese Serienmörder, Psychopathen, Mutanten, die wie Raubtiere und Aasfresser über ganz gewöhnliche Menschen herfielen, egal, ob diese zu sterben verdient hatten oder nicht. Sie stand einem solchen Psychopathen direkt gegenüber, konnte seinen Atem spüren, in seine Augen sehen, seine Stimme hören, auf seine Hände blicken, aber seine Gedanken noch nicht einmal entfernt erahnen. Vielleicht sollte ich es versuchen? Das tun, was Opfern in einer solchen Situation empfohlen wurde: Ihm die gespreizten Finger in die Augen drücken. So nah, wie er vor mir steht, müsste es gelingen. Vielleicht krümmt er sich dann vor Schmerzen, und ich könnte ihn überwältigen, ihm mit der Faust auf den Kehlkopf schlagen und mich dann mit meinem gesamten Gewicht wie ein Sumoringer auf ihn stürzen. Dann bekommt er keine Luft mehr und ich könnte ihn mit irgendeinem Gegenstand erschlagen, irgendetwas würde mir schon in die Hand kommen – dann weglaufen, mich befreien. Aber was ist, wenn meine Finger seine Augen verfehlen? Dann habe ich verloren. Er würde mich weiter quälen, nein, er würde mich umbringen, ganz sicher würde er das. Er ist eine Bestie, eine

abartige Bestie. Aber würde er mich nicht auch so umbringen, ohne dass ich ihn angreife? Habe ich überhaupt noch irgendetwas zu verlieren? Und überhaupt, wäre ich dazu in der Lage, ihn zu erschlagen? Bin ich stark genug, einen Menschen zu töten – als Mörderin, Totschlägerin, zur Rettung in höchster Not?
Als hätte er ihren Gedanken Wort für Wort lauschen können, blickte er auf sie, sein Blick war schneidend.
„Ich weiß, was du denkst", sagte er milde. Sie ahnte, dass diese Freundlichkeit bald wieder ins Gegenteil umschlagen würde. Sie schwieg, fühlte, wie ihr der Schweiß ausbrach, sie bekam Herzrasen, begann zu zittern.
Sein Blick bohrte sich in ihre Augen. Es schmerzte sie, als fräße sich ein Parasit hinab in ihr Gehirn.
„Du würdest mich sicher gern umbringen?"
Er umfasste ihr rundes, fleischiges Gesicht mit beiden Händen, dann drückte er fest zu, so dass es sich zu einer Grimasse verformte. Sie rang nach Luft, wich seinen Blicken aus, die sich durch ihre Augen in sie hineinschaben wollten.
„Sieh mich an!"
Sie tat, was er verlangte, sah ihn an, flehend, von lähmender Angst erfüllt. Speichel tropfte ihr aus dem Mundwinkel als seine rechte Hand den Druck erhöhte.

„Ich habe dich etwas gefragt“, beharrte er, seine Augen starr auf sie gerichtet.
„Nei ... nein, das habe ich nicht gedacht“, stammelte sie gurgelnd.
„Du lügst! Weiber wie du lügen immer!“
Sie versuchte, mit den Kopf zu schütteln, aber er hielt sie weiter fest, drückte fester zu. Seine Hände pressten wie eine Schraubzwinge, als umfassten sie kein lebendiges Wesen. Plötzlich spuckte er sie an, lockerte seinen Griff, packte sie am Haarschopf, zog ihren Kopf hart in den Nacken und leckte ihr mit einer gierigen Geste den Speichel vom Gesicht. Sie spürte seine Zunge, mehr glitschig als rau, und verzog das Gesicht. Dann ließ er von ihr ab. Sie taumelte, versuchte wieder Halt zu bekommen, während er sich über ihr Missgeschick amüsierte und sie wie ein hungriges Raubtier umkreiste. Sie glaubte, sein heimtückisches Grinsen körperlich zu spüren. Sie bekam eine Gänsehaut. Was hatte er vor? Verstört blickte sie zu Boden.
„Ich bin zufrieden mit dir“, sagte er, seine Stimme voll zynisch-kaltem Zorn: „Und weil ich zufrieden mit dir bin, werde ich dich jetzt weiter verschönern.“
Sie war erschöpft und müde. Seine Worte wanden sich um ihr Hirn wie eine Leine. Worte, die etwas hinter sich herzogen. Worte, mit denen er sie an

sich band.
Doch fesselte eine Leine nicht auch den, der sie in Händen hielt? Wenn sie – die Gefesselte – weiter daran zog, würde sich etwas bei ihm in Bewegung setzen. Es war ein Gefühl, das ihr überhaupt nichts an Macht zurückgab. Ein Gefühl aus einer Hundeseele, das nicht in ihren Menschenleib gehörte. Sie fragte nicht nach, hielt kurz den Atem an, ballte ihre Hände zur Faust und biss sich auf die Unterlippe.
„Verschönern …“, hauchte sie dann doch.
„Aber natürlich, mein Täubchen, du entsprichst noch nicht ganz meinem Schönheitsideal“, höhnte er lachend, packte sie mit Gewalt an ihren langen Haaren, wickelte sich die Strähnen um seine Hand und zog sie Richtung Ausgang. Mit der freien Hand öffnete er eine Tür und zerrte sie in einen abgedunkelten Raum. Sie konnte eine Massageliege mit einem Beistelltisch erkennen, an der Wand hing ein großer Spiegel, in der Ecke stand ein Whirlpool. Der Raum war gefliest, angenehm warm. Unter anderen Umständen hätte man diesen Raum für eine kleine Wellness-Oase halten und sich auf die bevorstehende Entspannung freuen können. Aber in ihrem Fall war ganz bestimmt nicht an Erholung zu denken.
„Schön, nicht wahr? Du wirst dich wohlfühlen.“
Sein Atem streifte ihr Ohr.

Er ließ sie los, ging auf den Whirlpool zu und drehte den Wasserhahn auf. Probehalber hielt er die Hand unter den sprudelnden Strahl. Er zuckte zurück. Das Wasser war kochend heiß.
„Zieh dich aus!“, befahl er, ohne sich nach ihr umzudrehen.
Sie zögerte, stand wie angewurzelt da, sah den Wasserdampf aufsteigen, blickte unsicher durch den Raum.
Als hätte er gewusst, dass sie zögerte, wandte er sich um.
„Hast du mich nicht verstanden?“ Seine Stimme klang ungehalten.
Hastig schlüpfte sie aus dem Kleid, stand nur noch mit Unterhose und Büstenhalter da.
„Nackt! Alles ausziehen!“
Sie parierte, als hätte er mit einem Stock auf sie eingeschlagen.
„Was ... was hast du mit mir vor?“
„Nach was sieht es denn aus?“ Er fixierte sie.
„Nach einem Bad“, würgte sie, obwohl sie an etwas ganz anderes dachte. Aber sie wollte es nicht aussprechen, als könne sie damit ihre schreckliche Vermutung verscheuchen.
„Richtig!“, bestätigte er ruhig.
„... aber so heiß?“ Ihre Stimme klang brüchig.
„Genau! So wie man es mit Schweinen macht. Denen werden genau so die Borsten abgebrüht.“

„Ich habe keine Borsten", wimmerte sie kläglich. „Aber sonst siehst du schon aus wie ein Prachtschwein."
Er hatte ihr wieder den Rücken zugewandt und saß auf dem Rand des Pools.
JETZT! Wie von einer fremden Macht gesteuert stürzte sie auf ihn zu und versuchte, ihn mit einem kräftigen Stoß ins heiße Wasser zu drängen. Das war ein Fehler, denn sie war nicht stark genug oder hatte ihre Kräfte zu mädchenhaft eingesetzt. Er fing ihren Ansturm auf, erst mit der zärtlichen Eleganz eines Judokämpfers, dann brutal: Er packte sie am Haarschopf, riss sie über den Beckenrand und drückte ihr den Kopf unter Wasser. Aus und vorbei, dachte sie, während das heiße Wasser auf ihrer Haut brannte.
Rotglühender Schmerz explodierte allenthalben, erreichte den Kopf, drang lange genug auf ihren Verstand ein, bis sie halbirre vor Angst für einen Moment die Augen aufschlug. In diesem Augenblick war die Angst vor dem Ertrinken in ihr. Doch stärker war der brennende Schmerz, der schnell vorbeigehen sollte – ins Leben zurück oder auch ins tödliche Nichts. Schnell schloss sie die Augen und ergab sich dem Schmerz und dem Gedanken ans Ende. Erst nach Ewigkeit, die mit keiner Uhr zu messen war, riss er ihren Kopf wieder aus dem Wasser. Sie hustete, schnappte

röchelnd nach Luft, glaubte zu ersticken. Es war ihr kaum möglich, die Augen zu öffnen. Sie versuchte es in schmerzhaften kleinen Intervallen. Kaum gelang es ihr, aus flirrendem Blinzeln heraus wieder zu sehen, ergoss sich ihr ein kalter, harter Wasserstrahl ins Gesicht. Sie hob die Hand zum Schutz vor der eisigen Flut. Schemenhaft konnte sie ihn sehen, den Duschkopf in der Rechten. Durch den Schmerz hindurch fühlte sie seine linke Hand in ihren Haaren, hörte wie er lachte. Hohle Laute, nicht von dieser Welt. Dann ließ er sie fallen. Hart fiel sie zu Boden, sie keuchte schwer.

Er stand auf, schien vorerst von ihr abzulassen, sah zu, wie sie sich winselnd in eine Ecke verkroch. An die kühle Wand. Das Gesicht brannte, ihr Körper zuckte. Ihr wurde schwarz vor Augen und sie verlor das Gefühl für Zeit und Raum.

Sie wusste nicht genau, wie lange sie so zusammengekrümmt an der Wand hockte und wieso auf einmal eine solch finale Ruhe um sie herum herrschte. Alles war still. War sie allein? Vorsichtig bewegte sie Arme und Beine, rutschte mit den Rücken enger an die Wand, um Halt zu finden. Ihre Augen waren verschlossen, nein, sie waren zugeschwollen oder war sie erblindet? Sie zwang sich, die Lider zu bewegen. Eine schmerzhafte Prozedur. Erst einmal sah sie gar nichts. Dann einen Schleier, der sich nach mehrmaligem Blinzeln auflöste. Sie konnte eine verschwommene Kontur erkennen, die sich allmählich verschärfte. Direkt vor ihr: eine Fratze, die sie mit aufgerissenen Augen anstarrte. Sie erschrak zu Tode, wollte schreien, aber der Schrei blieb ihr in der Kehle stecken. Sie versuchte, Abstand zu gewinnen, schwierig, so an die Wand gedrückt. Sie sah diesen irren Glanz in seinen Augen, der etwas Irrlichtiges hatte, gleich einer Glühbirne kurz vor dem Durchbrennen. Plötzlich lächelte er sie roboterhaft an, die Mundwinkel blieben oben, wie von einer bösartigen Maschine gehalten. Obwohl sie am ganzen Leib bebte, blieben ihre Augen paralysiert an dieser verzerrten Grimasse hängen.

„Brauchst du noch eine weitere Lektion?“, hauchte er mit dieser samtweichen Stimme, die so gar nicht zu dieser harten Fratze passen wollte. Sie hatte das Gefühl, dass seine Stimme schon im nächsten Moment wieder auf sie einprügeln würde. Er streckte die Hand nach ihr aus, streichelte ihr über die Wange. Sie hielt still, obwohl ihr vor den Berührungen grauste.

„Nein, bitte nicht“, flehte sie leise. „Es tut mir leid ... Bitte.“

„Also können wir jetzt ohne Zwischenfälle weitermachen?“, vergewisserte er sich in weiterhin

sanftem Ton, während er ihr Kinn beinahe liebevoll nach oben hob.
„Weitermachen“, wiederholte sie erschöpft. Sie sprach das Wort aus, als hätte sie es noch nie gehört.
Im gleichen Augenblick stand er auf und wies auf den Pool.
„Geh dich waschen, und zwar gründlich. Ich gebe dir eine Viertelstunde Zeit. Das Wasser hat jetzt eine angenehme Temperatur“, er segnete sie mit einem spöttischen Blick, dann verließ er den Raum. Er schloss die Tür gut vernehmlich hinter sich ab.
Kaum war er draußen, erhob sie sich ächzend. Als gehörten sie einem waidwunden Tier kreisten ihre Augen durch den Raum. Gab es eine Fluchtmöglichkeit? Sie lief zum einzigen Fenster, das sich an der gegenüberliegenden Wand befand und durch ein Rollo verdeckt war. Sie lugte durch die Lamellen. Einöde, soweit das Auge reichte. Er hatte sie vor einigen Monaten hierher verschleppt, in ein dünn besiedeltes Gebiet, irgendwo ins menschenleere Nordland. Sie sah Bäume, hohes Nadelgehölz. Die Sonne hatte noch nicht genügend Kraft, den Nebel zu durchdringen. Der Dunst verlieh dem Wald eine geisterhafte Atmosphäre. Eindrücke, die sie durch das vergitterte Fenster wahrnahm. Es war ausweglos.

„Warum weine ich nicht?“, dachte sie. Diese ganze Situation hatte Tränen verdient.
Sie wandte sich vom Fenster ab, schlurfte zum Pool hinüber und tat das, was er von ihr verlangte.

~ ~ ~

Sie saß bereits einige Minuten nackt auf dem Wannenrand, als sie seine Schritte vernahm. Sie fuhr zusammen, ihr Herz schlug schmerzhaft. Die Ungewissheit jagte ihr das Blut durch die Adern, die Beklemmung zog sich um sie wie eine Zwangsjacke. Was hatte er vor?
Sie hörte, wie der Schlüsselbund übers Holz rasselte, einmal, zweimal, dann stand er vor ihr. Unter anderen Umständen wäre das ein lächerlicher Anblick. In ihrer misslichen Situation jedoch stockte ihr der Atem. Er sah aus wie ein Tatortreiniger. Auf dem Kopf trug er eine Plastikhaube, einen Mundschutz, Latexhandschuhe an den Händen, eine weiße, lange Plastikschürze, unter der Gummistiefel hervorlugten, in der einen Hand einen Eimer, in der anderen einen Schrubber. Fröhlich vor sich hin pfeifend stellte er die Reinigungsutensilien vor der Massageliege ab.
„Komm“, befahl er, während er mit einer einladenden Geste auf die Pritsche klopfte. Auf der glatten Oberfläche gab sein Handschuh einen Schmatzer von sich.

„Was ...“, hob sie an.
„Ich werde dich rasieren!“, unterbrach er belustigt, „von oben bis unten, du sollst dich anfühlen wie ein frischgeborenes Mäusebaby und aussehen, wie ...“ Er tat so, als würde er angestrengt überlegen, wandte sich dann aber abrupt ihr zu, griff nach ihrem Arm und stieß sie gewaltsam auf die Massageliege.
„Na, mach schon, leg dich hin!“
Ungelenk legte sie sich auf das plastikbezogene Massagemöbel, hörte, wie das Gestell unter ihrem Gewicht knirschte, sah seine Hand, die aus dem toten Winkel nach ihrem Handgelenk griff. Sie nahm das Klicken einer Handschelle wahr. Ehe sie begriff, was geschah, war sie schon mit beiden Armen an dem Gestell gefesselt.
„Bitte nicht!“, schrie sie verzweifelt. „Bitte bring mich nicht um! Du hast es versprochen!“, flehte sie, während sie angsterfüllt an den Fesseln zerrte. Er reagierte nicht, band stattdessen ungerührt auch ihre Fußgelenke fest. Anschließend wandte er sich der Ablage zu. Sie nahm den süßlichen Geruch wahr, den sie von Berufs wegen kannte. Einen Wimpernschlag später sah sie das Tuch in seiner Hand, das sich ihrem Gesicht näherte. Sie schrie, wandte ihren Kopf ab, strampelte mit Armen und Füßen. Vergeblich. Dann wirkte das Chloroform.

~ ~ ~

Als sie aus der Betäubung erwachte, fühlte sie sich elend und eine nebelhafte Unschärfe lag in ihrem Blick. Sie fixierte die Zimmerdecke, sah kleine LED-Leuchten, die das Zimmer in ein sanftes Licht tauchten. Sie benötigte einige Zeit, bis ihr wieder aufging, was geschehen war. Sie lag noch immer auf der Pritsche, nackt, war aber nicht mehr gefesselt, konnte sich bewegen. Sie hatte auch keine Schmerzen. Aber irgendetwas war anders als sonst. Stöhnend richtete sie sich auf, starrte auf den Eimer, der neben der Liege stand. Sie hielt die Luft an und lugte von oben herab hinein. Sie empfand Erleichterung, dass sie kein Blut sah. Der Inhalt sah aus wie aufgeweichtes Papier. Was es wirklich war, konnte sie nicht erkennen. Das war auch nicht so wichtig. Mit nüchternem Erstaunen nahm sie zur Kenntnis, dass sie noch lebte, dass er sein Versprechen gehalten hatte, dass seine Maskierung und dieses OP-Theater inszeniert waren. Ein Psychoterror, mit dem er sie in den Wahnsinn treiben wollte. Das glaubte sie zumindest, sonst wäre sie schon längst tot. Sicher war sie sich allerdings nicht. Wo war er denn nun? Eine Frage, die sich von selbst beantwortete. Sie stieß einen heiseren Schrei aus, als sich seine kalte Hand auf ihrer Schulter legte. Auch das gehörte offensichtlich zum perversen Spiel. Sie war plötzlich hellwach,

atmete mit offenem Mund, begann trotz der feuchten Wärme im Raum zu zittern, während ihr Gesicht in maskenhafter Lähmung erstarrte.
„Du reagierst ja wie eine Wahnsinnige“, flüsterte er besorgt.
Er reichte ihr ein Glas Wasser mit einer milchigen Flüssigkeit.
„Trink!“
„Was ist das?“, fragte sie bebend.
„Aspirin, was sonst“, erklärte er. „Trink aus. Wir haben heute noch viel vor.“
„Was ... was hast du vor?“, fragte sie schluckend.
„Ich werde dich heute freilassen, wie ich es versprochen habe.“ Seine Stimme klang ruhig und besonnen, beinahe wollte sie ihm vertrauen.
„Wirklich?“ Sie sprach es aus, ohne ihre Lippen merklich zu bewegen. Vorfreude und Zweifel gingen ihr zugleich durch Leib und Seele.
„Jetzt lass dich überraschen“, sagte er, als dürfte sie das als Aufmunterung verstehen.
Dass er ihr in diesem Moment eine Augenbinde anlegte, nahm sie beinahe wohlwollend hin.
Er reichte er ihr die Hand, half ihr von der Liege und führte sie wie eine Regentin vor den großen Spiegel.
Sie zählte die Schritte, ein, zwei, drei, vier ...
Er löste die Augenbinde.
Sie gab einen erstickten Laut von sich.

Ihr Körper war ein riesiger lichter Fleischbatzen. Ihre Seele ein einziger Schrei. Sie stand vor dem Spiegel, versuchte, das Zittern zu unterdrücken und die Augenlider ganz zu öffnen. Aber das was sie sah, war unerträglich. Sicher, sie wusste, dass sie erbärmlich fett geworden war, sich fast zu Tode gefressen hatte, um sein vorgegebenes Traumgewicht zu erreichen. Sie wog jetzt 125 Kilogramm. Mehr als das Doppelte ihres ursprünglichen Gewichts. Er hatte sie über Monate hinweg gemästet. In dieser Zeit musste sie verfolgen und erleiden, wie ihr Körper zu einem absurden Umfang anschwoll, aber sie hatte sich in dieser ganzen Zeit nie in einem Spiegel betrachten können. Sie hatte ihren Körper in lange weitschwingende Kleider vor sich selbst verhüllen können und sich nach und nach an ihre Körperfülle gewöhnt. Jetzt kam es ihr vor, als sei seine Kleiderwahl für sie auf diesen theatralischen Schreckmoment vorausgeplant. Die Brüste drückten ihr schwer auf dem Bauch, der Bauch schwer im Schoß.
Schützend kniff sie die Augen wieder zu, bemerkte ihr gehetztes Schnaufen, ihr Herz, das gegen die Rippen hämmerte. Mit jedem Atemzug breitete sich in ihr kalte Angst aus, jeden Moment drohten ihr Herz und Brust zu bersten. Sie wollte schreien, aber würgte nur, wollte sich bewegen – weglaufen,

doch sie stand da wie aus Eis gemeißelt. Die Augen verwirrt auf das Foto gerichtet, das im Großformat neben dem Spiegel hing. Sie erinnerte sich. Das Foto war damals in dem Hotelzimmer in Regensburg entstanden. Sie trug das hellblaue Kleid, das er ihr geschenkt hatte. Wie hübsch sie aussah. Der Kontrast zu ihrem Spiegelbild konnte erschreckender nicht sein.
Ihr Gesicht, das vor dieser Tortur schmal und ebenmäßig gewesen war, war zu einer konturlosen, speckigen Visage verkommen. Die Augen geschwollen, die Augenbrauen abrasiert, die Haut von Pickeln und roten Flecken übersät. Der früher schlanke Hals hatte sich in eine zweifache Speckrolle verwandelt. Das Kinn war rund wie ein Laternenmond. Ihr Busen wirkte monströs, zwei unförmige Fleischbatzen, die dem Gesetz der Schwerkraft folgten. Die Brustwarzen hatten sich der Unförmigkeit ihrer Brüste angepasst, wirkten wie hingekleckst, fleckig. Der Bauch erinnerte an die Wampe eines Gewohnheitssäufers und war von lilafarbenen Dehnungsstreifen durchfurcht. Die Arme und Beine sahen aus, als hätte man sie mit Wasser gefüllt, aufgequollen und von Dellen deformiert. Selbst wenn sie jemals die Kraft und Disziplin aufbringen sollte, gegen diese Fettleibigkeit anzukämpfen, würde sie nie wieder so aussehen wie zuvor. Die überschüssige Haut

und die Dehnungsstreifen würden bleiben, von den seelischen Narben ganz abgesehen. Ihr einstmals schöner Körper, auf den sie immer stolz gewesen war, den sie gepflegt, trainiert und mit gesunder Ernährung in Form gehalten hatte, war bis zur Unkenntlichkeit verhunzt. Sie war zum Wrack verkommen. Diese Monstrosität hatte etwas Endgültiges, etwas grausam Existenzielles. Damit hatte sie auch ihre Identität verloren. Kein Mensch würde ihr abnehmen, dass sie einmal die hübsche Frau mit dem hinreißenden Lächeln gewesen war. Es waren keine charakteristischen Merkmale mehr zu erkennen. Keine Indizien, die auf ihre ursprüngliche Person deuteten. Man würde sie auslachen, verspotten, ihren Geisteszustand anzweifeln. Sie war ein Nichts, ein Niemand, allenfalls eine Verrückte, der man mit freundlicher oder geheuchelter Anteilnahme eine Therapie oder eine Einweisung in die Psychiatrie nahelegen würde. Und genau das war der Punkt. Ein teuflisches Kalkül, das ihn in der Gewissheit bestärkte, dass er von ihr nichts zu befürchten hatte, weil ihr kein Mensch glauben würde. Doch so beschämend es war, genau darin lag auch ihre einzige Chance, diesem mörderischen Albtraum lebend zu entrinnen. Ihre letzte und einzige Hoffnung. Diese Erkenntnis kreiste ihr noch im Kopf, als sie fühlte, wie er mit der Hand über ihren

Kopf streichelte. Damit war das merkwürdige Gefühl erklärt, das sie verspürte, als sie aus ihrer Betäubung erwachte. Gesehen hatte sie es im Spiegelbild, aber noch nicht begreifen wollen. Er hatte ihr den Schädel kahlgeschoren. Ihre langen, blonden Haare, die ihr fast bis zur Hüfte gereicht hatten, einfach abrasiert. Jetzt dämmerte ihr auch, was in dem Eimer lag. Kein aufgeweichtes Papier, es waren ihre Haare. Schwerfällig öffnete sie die Augen, blinzelte die Tränen weg. Er stand direkt hinter ihr, schmiegte sich an sie heran und nahm mit einer wiegenden Geste ihre Brüste in beide Hände.

„In ein paar Jahren kannst du damit Fußball spielen", raunte er, wobei er ihr fest in die Brustwarzen kniff. Sie verzog keine Miene, obwohl es schmerzte. Erst als er ihre schweren Brüste mit einer abrupten Bewegung losließ, schrie sie kurz auf.

Er grinste. Sie schnaufte gehetzt. Speichel tropfte ihr aus Nase und Mund. Ihr war speiübel, sie würgte das aufkeimende Gefühl, sich erbrechen zu müssen, hinunter. Er bemerkte es.

„Wenn du kotzen willst, dann kann ich das gut verstehen", höhnte er, „also, tu dir keinen Zwang an!" Er schob den Eimer vor ihre Füße.

„Kotz!", befahl er, sah sie an, registrierte lauernd, wie sie mit sich kämpfte.

Sie zitterte wie Espenlaub, versuchte krampfhaft, die aufsteigende Galle hinunterzuwürgen. Bloß nicht übergeben, dachte sie, nicht vor ihm, nicht vor diesem Monster und nicht vor diesem Spiegelbild. Sie zwang sich, tief und gleichmäßig zu atmen, bis sich der bittere Geschmack in ihrem Hals verflüchtigte.

„Was hast aus mir gemacht?" Ihre Lippen bebten und sie fragte sich, ob ihre bleischweren Worte überhaupt den Weg durch ihre trocken Kehle nach draußen gefunden haben.

„Ich habe dich vor der Sünde bewahrt, jemals wieder einen Mann unglücklich zu machen." Diese hochgradig bescheuerte Erklärung untermalte er mit einer derart theatralischen Handbewegung, als habe er gerade mit ihrer Hilfe ein Heilmittel gegen Krebs erfunden, und dabei flackerte eine Art fiebriger Energie in seinen Augen, eine Spannung, die nach Entfaltung suchte. Ihr war klar, sie musste gegensteuern, ihn besänftigen.

„Ja, du hast recht ... Ich werde nie wieder einen Mann unglücklich machen können ... So wie ich jetzt aussehe, wird mich niemand mehr ansehen", hörte sie sich selbst zu, während sie teilnahmslos ins Leere blickte.

Er nickte über ihre Einsichtigkeit wie ein kleiner Junge, dem es gelungen war, seiner etwas begriffsstutzigen Mama ein Rätsel der Natur zu

erklären. Etwas von der Art, dass Marienkäfer mit ausgerissenen Flügeln nicht mehr fliegen können.
„Dann lässt du mich jetzt gehen?"
„Gute Frage." Er tätschelte ihre Wange, lächelte und warf einen Blick auf seine Armbanduhr. „In einer halben Stunde hole ich dich. Ich packe jetzt all unsere Sachen zusammen."
Er ließ sie allein. Sie lauschte in die Stille. Kurze Zeit später vernahm sie den brummenden Motor seines Geländewagens, einen lauten Schuss, als hätte jemand aus einem Gewehr geschossen. Das Herz schlug ihr bis zum Hals. Was hatte das zu bedeuten? War jemand in der Nähe? Hatte er jemanden erschossen ... Hatte er sich selbst ... versehentlich?
Sie dachte den Gedanken nicht zu Ende. Panik breitete sich erneut in ihr aus. Sie rannte zum Fenster, konnte nichts erkennen, nur den Himmel, der sich langsam zusammenzog. Es war das Grollen eines herannahenden Gewitters zu hören. Sie stürzte zur Tür, presste das Ohr daran, lauschte angestrengt. Sie versuchte, das Geräusch zuzuordnen, das sie vernahm. Am Auto schmatzte etwas zu. Die Autotür? Nein, die Heckklappe. Also lebte er noch. War das nun gut oder schlecht für sie? Sie hatte nicht viel Zeit, sich darüber den Kopf zu zerbrechen. Die Tür wurde aufgeschlossen. Er trat ein, hatte eine Rolle Klebeband in der Hand,

mit der er ihr wortlos die Handgelenke nach vorn fesselte. Anschließend schubste er sie Richtung Ausgang.

„Komm!"

Sie wollte fragen, ob sie sich etwas anziehen könnte, ob er ihre Sachen eingepackt hatte, ob sie ihre Reisetasche holen sollte und ihren Pass, aber ihr Bauchgefühl sprach dagegen. Die Tür stand verlockend weit offen. Sie musste erst mal hier raus, das schien ihr wichtiger. Nichts wie raus hier. Wortlos folgte sie ihm die Treppe hinauf, hinaus ins Freie, wo sein Auto stand.

Kurz blickte sie sich um. Wald, wohin das Auge reichte. Vogelgezwitscher drang an ihre Ohren, in unmittelbarer Nähe rauschte ein Bach, die Luft roch erdig. Sie atmete tief ein, spähte zum Himmel, das Gewitter hatte sich verzogen.

„Steig ein!", befahl er.

Unbeholfen versuchte sie in den Geländewagen einzusteigen. Die gefesselten Hände waren dabei weitaus weniger hinderlich als ihr Gewicht. Erst beim dritten Versuch purzelte sie mehr oder weniger in den Innenraum, aber nur, weil sie einen kräftigen Stoß von der Seite bekam.

Flüchtig inspizierte sie die Rückbank. Sie sah ihre Reisetasche. Ein Anflug von Erleichterung schlich sich in ihre Mimik. Eine Regung, die ihm nicht entging.

„Freu dich nicht zu früh!“, merkte er mit kühler Freude an, während er sich das Jagdgewehr in den Schoß legte.
„Ich habe einen Schuss vorhin gehört“, hob sie zaghaft an, wobei sie verunsichert auf die Waffe blickte.
„Das war ich. Ein Probeschuss ... Wenn du verstehst!“
Mit einem kalten Lacher, überließ er sie ihren Gedanken und Ängsten und startete den Motor. Holpernd fuhren sie durch unwegsames Gelände. Es gab keine gepflasterten Wege, geschweige denn Straßen, nur verschlungene Pfade, die nur da und dort an Wege erinnerten und sich scheinbar irgendwo im Nirgendwo auflösten. Hohe Tannen und Fichten säumten in unruhiger Reihe den Weg. Weit und breit war kein Haus oder sonstiger Ansatz von Zivilisation zu erkennen. Ein sicherer Ort, jemanden zu beseitigen. Schweigend fuhren sie durch die endlose Wildnis.
„Erinnerst du dich an den Film *Apocalypto* von Mel Gibson?“, durchbrach er die Stille. Sie schluckte schwer, wusste nicht, in welchem Zusammenhang diese Frage stand. Was hatte das mit ihr zu tun?
„Du meinst den Film mit den Mayas, der in Originalsprache gedreht wurde?“
Er nickte lebhaft.

„Ja, den kenne ich ... Ein grausamer Film."
Wieder nickte er, zustimmend und wieder mit dem Lächeln des kleinen Buben, der seiner Mama etwas erklären konnte.
„Kannst du dich an die Szene erinnern, als die Menschenopfer um ihr Leben rennen mussten, während auf sie mit Speeren und Pfeilen gezielt wurde?"
„Ja, äh ... ja doch, ich erinnere mich – vage", gab sie sich unschlüssig, während sie den Klos in ihrem Hals herunterwürgte. Sie riskierte einen verstohlenen Blick zur Seite. Er lächelte verklärt.
„Genau das werde ich auch mit dir tun!"
Sie erstarrte. Bewegungslos saß sie da, als warte sie darauf, dass die Worte ihr Bewusstsein nie erreichten, dass das Gehörte sich als akustische Illusion entpuppte.
„Du bist ja kreidebleich", stellte er fest. „Soll ich anhalten? „Möchtest du was trinken?"
Keine Reaktion.
„Dann eben nicht", wandte er sich von ihr ab.
Mit glasigen Augen starrte sie durch die Windschutzscheibe. Ein kleines Rinnsal tropfte von ihrem Ledersitz. Ihre Blase hatte sich entleert.
„Übrigens", hob er an, „die meisten der Opfer sind geradeaus gelaufen, nur einer lief im Zickzack. Erinnerst du dich?"
Er musterte sie abschätzend, als würde er

erwarten, dass sie die tiefere Bedeutung seiner Ansage begriff.
Als er plötzlich anhielt, hätte sie nicht sagen können, wie lange sie gefahren waren, ob Minuten oder Stunden.
„Wir sind da!" Seine Stimme riss sie aus ihrem Wechselbad von Angst und Betäubung.
Sie blinzelte, sah eine Lichtung, die an einen Hügel grenzte, der wiederum zu einem Waldstück führte.
„Steig aus!" Er hatte die Tür auf ihrer Seite geöffnet und die Flinte auf sie gerichtet.
Ungeschickt hievte sie sich aus dem Auto, versuchte mit den Füßen den Waldboden zu erreichen, verlor das Gleichgewicht und taumelte rücklings zu Boden. Rasch rappelte sie sich auf, verwundert darüber, dass er ihrem Missgeschick mit gleichgültiger Miene beiwohnte.
„Komm mit!", befahl er. Sie spürte, wie sich die Mündung des Gewehrs in ihren Rücken bohrte. Ohne ein weiteres Wort zu verlieren, dirigierte er sie vorwärts.
„Stopp!" Mit dem Gewehrlauf deutete er auf die Waldfläche über dem Hügel.
„Siehst du das Waldstück da oben?"
Sie nickte benommen.
„Da oben ist die Freiheit. Kannst du sie schon riechen?"
Sie schwieg. Das Einzige, was sie riechen konnte,

war ihr Urin. Mit zusammengebissenen Lippen starrte sie in die angedeutete Richtung, die sich wellenartig zu bewegen schien. Sie hörte das Blut im Kopf rauschen und hatte das Gefühl, nicht mehr lange auf ihren Beinen stehen zu können.
„Wenn du in die eine Richtung läufst, wirst du in spätestens einem Tag auf Zivilisation treffen, läufst du in die andere Richtung, dann verirrst du dich im Nirgendwo."
„Welche Richtung muss ich langlaufen?", fragte sie zaghaft, denn sie ahnte seine Antwort schon.
„Das musst du schon selbst rausfinden", sagte er mehr trocken als höhnisch. „Aber so weit ist es noch längst nicht. Du musst den Hügel erst mal raufkommen, ohne dass du Schaden nimmst." Er ließ den letzten Satz kühl in der Luft hängen, während er mit starker Geste seine Waffe entsicherte und wie die blutrünstige Inkarnation eines Rebellen unkontrolliert in die Luft ballerte. Einmal, zweimal hintereinander. Er stand direkt neben ihr, der Lärm war unerträglich. Ihr vibrierte das Trommelfell, sie zog schützend den Kopf ein. Mit schnellen Händen lud er nach. Trotz des lärmenden Schmerzes hoffte sie, dass er weiter herumknallte. Vielleicht hört sie dann jemand.
„Klingt gut, nicht? Fühlt sich auch so an!" Sein lautes Lachen erzeugte ein mehrfaches Echo. Wieder hob er das Gewehr an, aber diesmal zielte

er auf eine aufgeschreckte Wildtaube. Erst beim zweiten Schuss traf er. Das Tier fiel zu Boden. „Normalerweise kann ich besser zielen. Du wirst schon sehen“, versicherte er, „gleich sehen“, verbesserte er sich, während er sich suchend nach ihr umblickte.
Sie hatte sich ein wenig von ihm entfernt, saß zusammengesunken im Gras, nervlich am Ende und schluchzte vor sich hin.
„Erschieß mich doch endlich! Ich halte das alles nicht mehr aus!“, schrie sie aufgelöst.
Mit starrem Blick, besorgt, dass sein feiner Plan nicht aufgehen könnte, näherte er sich ihr und stieß sie aus der Distanz mit dem Gewehrlauf an. „Steh auf!“
Schwerfällig stand sie auf, ihre Knie zitterten. „Lauf!“, herrschte er sie an. „Da lang!“ Er deutete auf den Hügel. „Lauf um dein Leben.“
„Aber meine Hände ... meine Sachen, meine Tasche. Ich muss mir was anziehen, sonst erfriere ich.“, hauchte sie entsetzt: „Bitte gib mir was!“
Unwillig ging er zum Auto, holte eine Decke hervor und warf sie vor ihre Füße. Unbeholfen griff sie danach.
„Lauf!“, herrschte er sie an.
Sie sah, wie sich seine Miene verhärtete. Dem kleinen Jungen ging die Geduld aus. Er würde keinen Widerspruch mehr dulden, war zu gereizt,

als dass er sich alles noch überlegen könnte.
„Bei drei rennst du los! Langsam begann er zählen: Eins, zwei ... drei.“
Er lud das Gewehr durch. Sie lief los. Erst langsam und zögernd. Immer wieder blickte sie sich verunsichert um. Als der erste Schuss haarscharf an ihr vorbeischrammte, rannte sie so schnell wie sie ihre Beine tragen konnten. Sie stolperte, stürzte, robbte wie automatisch angetrieben auf allen Vieren weiter, stand wieder auf, während die Schüsse an ihr vorbeipeitschten und die Erde aufwühlten. Sie hechelte, hatte Seitenstechen, hörte ihren ächzenden Atem, sein Lachen, dachte an den schrecklichen Film – an die „Zickzack“-Bemerkung. Lief von links nach rechts, stolperte über einen weichen Gegenstand. Der Vogel. Er lebte, flatterte unbeholfen mit den Flügeln. Wieso lebte die Taube noch? Hatte er nicht richtig gezielt? Oder waren es nur Platzpatronen? Aber davon fiel ja kein Vogel vom Himmel, davon spitzte kein Boden neben ihr auf. Sie hetzte weiter, darauf bedacht, die Decke nicht zu verlieren, bis sie mit letzter Kraft die Kuppe des Hügels erreichte. Sie war dermaßen erschöpft, dass sie zusammensackte. Das feuchte Gras fühlte sich angenehm auf der Haut an, die plötzlich eingetretene Stille nicht. Erst als sich ihre Atmung auf ein erträgliches Maß reguliert hatte, riskierte

sie einen Blick zur Lichtung hinunter. Er stand immer noch da, winkte ihr zu. Dann zielte er wieder in ihre Richtung. Er traf den Baum neben ihr, die Rinde splitterte. Er kann gut zielen. Warum hatte er die ganze Zeit danebengeschossen? Warum erschießt er mich nicht? Eine Überlegung, die sich wie eine eiskalte Hand um ihre Kehle schlang. Er ist sich ganz sicher, dass ich auch so krepiere, dachte sie.
Sie raffte sich auf und hetzte stolpernd nach links, blieb unschlüssig stehen. Lief in die andere Richtung, trat auf sumpfigen Boden. Vermutlich ein Moor. Sie lief zurück, wählte den bequemeren Weg.
Wie ein Raubvogel seine Beute, hatte er sie im Auge behalten.
„Eine gute Entscheidung, mein Täubchen", murmelte er grinsend vor sich hin. Er spuckte mit einer abfälligen Geste ins Gras, schulterte seine Flinte, marschierte zum Auto zurück und startete den Motor. Er warf einen letzten Blick auf die Bergkuppe. Er war zufrieden. Sie hatte den falschen Weg gewählt.

~ ~ ~

Sie war sich nicht sicher, ob sie den richtigen Weg gewählt hatte, aber sie wollte diese Zweifel nicht zulassen. Lieber daran glauben, dass sie bald auf irgendein Lebenszeichen stieß. Schnaufend schabte sie sich an einem Stein das Klebeband von ihren Handgelenken, dann kämpfte sie sich weiter durch dichtbelaubte Vegetation. Nur wenig Licht drang bis zum stark verwurzelten Waldboden. Die Äste und Zweige der Bäume und Sträucher schrammten dornenreich über ihren Körper. Das raue Holz verhakte sich in ihrer Haut. Spitze Wurzeln und Steine stachen ihr bald schon die Fußsohlen wund. Sie nahm die Schmerzen wahr, widerstand aber dem Drang, eine Pause einzulegen. Sie musste weiter, ihr Leben retten. Wenn die Nacht anbrach, bestand Gefahr, dass sie erfror. Es war bereits Ende September. Die Temperatur ging in den Nächten bereits unter 0 °C. Die Angst zu sterben, peitschte wie ein erbarmungsloser Reiter auf sie ein. Ihr Herz raste und die Luft in der Lunge brannte stechend, als triebe sie nicht die Furcht vor Kälte an. Ihre Knie schlotterten, der Atem rasselte. Nur nicht stolpern, das wäre fatal, dann würde nicht mehr der Geist, sondern der Körper über sie regieren. Schweiß lief ihr über Gesicht und Rücken. Die Kehle war ausgetrocknet. Sie stolperte über eine Lichtung, in der warme Luft stand. Kein Anlass zur Erholung. Alarmiert blickte sie zum Himmel. Schwere Wolken hatten sich am Firmament formiert. Dunkel und schwarz braute sich ein Gewitter zusammen. Sie hörte das Grollen des Donners, erschrak unter dem ersten Aufzucken der Blitze, schleppte sich weiter, bis sie auf eine steile Felswand traf, die sich wie eine Mauer vor ihr auftürmte. Sie sah ein, dass sie dieses Hindernis nicht mehr überwinden konnte. Nicht jetzt, nicht heute. Wenn überhaupt. Sie hatte keine Kraft mehr, der Körper forderte seinen Tribut. Außerdem war die Nacht bereits herangebrochen und es war bald unmöglich, noch etwas zu erkennen. Sie sackte zusammen, rollte sich auf den Rücken und spähte in die hier nur vereinzelten Baumkronen, die ihr einen Ausblick auf das erlaubten, was als Gewitterspektakel noch auf sie zukommen mochte. So konnte sie nicht liegen bleiben, dachte sie. Hier werde ich vom Blitz erschlagen. Sie musste im Unterholz Schutz suchen, sich eine kleine Höhle aus Zweigen und Blättern bauen. Ja, das musste sie tun, aber ihr fehlte der Antrieb. Bewegungslos lag sie da. Die ersten Regentropfen rieselten gleichmäßig und beharrlich, auf absurde Weise beruhigend auf die Haut. Für einen kurzen Moment schloss sie die Augen, um sie im nächsten Moment ebenso gehetzt wie erschöpft wieder aufzureißen. Ein greller Blitz ließ sie hochschnellen. Plötzlich war sie hellwach. Ein zweiter erhellte ihre unmittelbare Umgebung. Eine riesige Baumwurzel kam wie von Zauberhand zum Vorschein. Direkt ihr gegenüber.

Sie krabbelte auf allen Vieren hinüber und versteckte sich in einer Aushöhlung halb unter der Wurzel. Jetzt saß sie einigermaßen im Trocknen, aber das reichte nicht aus, um hier zu übernachten. Sie verharrte nur einen Augenblick, dann kroch sie wieder heraus und klaubte hastig Zweige, Äste und Blätter zusammen. Die Blätter formte sie zu einer Art Kissen, mit den Ästen und Zweigen verkleidete sie notdürftig ihren Unterschlupf. Dann legte sie sich hinein, krümmte sich wie ein obszön fleischiger Embryo zusammen, hüllte sich in ihre feuchte Decke und fiel umgehend in einen tiefen Schlaf.

~~~

Es dämmerte, als sie erwachte. Die Luft roch nach Kiefernharz. Etwas hatte sie aus dem Schlaf gerissen. Sie lauschte angespannt, hielt die Luft an, hörte Äste knacken, ein Schnaufen, unmittelbar in ihrer Nähe. Sie nahm eine Bewegung wahr, die sich verschwommen ihren peripheren Gesichtsfeld näherte. Was war das? Ein Reh, ein Elch, ein Bär? Bitte lass es keinen Bär sein, dachte sie ängstlich. Wenn doch? Wie sollte sie sich verteidigen?
Stimmte die Theorie, dass einem die Angst übermenschliche Kräfte verlieh? Sie hatte entsetzliche Angst und sie spürte sie auch, aber
~~~

nicht als Adrenalincocktail, sondern als lähmende Starre. Sie spürte, dass ihr die Angst mehr Schmerzen bereitete als die Nacht in Kälte und auf hartem Boden. Eine Angst, die sie zu überschwemmen und ihre Eingeweihte zu zerfressen drohte. Wo war ihr Selbsterhaltungstrieb, der ihr das helfende Adrenalin durch die Adern jagte? Wo war die Kraft, die jede Faser ihres Muskels anspannte und jede Synapse ihres Gehirns in Lichtgeschwindigkeit funken ließ? Sie würde jämmerlich krepieren, an ihrer Angst ersticken, wenn sich ihr Überlebenswille nicht bald bemerkbar machte.
Von draußen hörte sie ein Scharren und Schnüffeln näherkommen. Es waren keine leichten Schritte. Sie hatte das Gefühl, dass der Boden bebte, doch vielleicht war es auch nur ihr pochendes Herz. Hatte das Raubtier ihren Angstschweiß gewittert? Es machte sich nun scharrend und brummend an ihrem Verschlag zu schaffen, riss einen Ast beiseite und steckte seine monströse Schnauze in ihre Höhle. Ihr Schrei erzeugte ein mehrfaches Echo – ein markerschütternder Hall, der sich im dichten Geäst der Baumkronen verfing. Niemand hörte sie. Sie war allein, allein mit der Gewissheit, gleich in Stücke gerissen zu werden. Sie hörte den Wind

durch die Bäume flüstern: *Du wirst sterben,* die Raubvögel in der Ferne kreischen*: Wir werden deinen Kadaver fressen.*
Das Tier zog, ebenso erschreckt wie sie, seinen Schädel zurück. Es war ein Elch, der sie mit einem brachialen Laut anbrüllte, aber den Rückzug antrat. Ein schreckhafter Pflanzenfresser halt, der hier keinen Menschen erwartet hatte. Doch auch ihr saß der Schreck in den Knochen. Nach einigen Augenblicken hatte sich ihr Herzschlag wieder beruhigt. Erst jetzt nahm sie wahr, dass mit ihrem Körper etwas nicht stimmte. Ein Brennen, das sich wie tausend kleine Nadelspitzen anfühlte. Die Haut war übersät von Ameisen. Wie eine lebende Fackel sprang sie aus ihrem Loch und versuchte sich kreischend von den kleinen Quälgeistern zu befreien. Sie brauchte dringend eine Abkühlung, etwas zu trinken und zu essen. Hinter dem Hügel glaubte sie das Rauschen von Wasser zu hören. Oder spielten ihr ihre Sinne einen üblen Streich? Sie lauschte angestrengt und begab sich weiter auf den Weg. Schwer ächzend kroch sie die Anhöhe hinauf, rutschte immer wieder ab. Das Unwetter der letzten Nacht hatte den Boden aufgeweicht, so dass sie teilweise über die Knöchel hinaus im Morast versank. Obwohl es angenehm warm geworden war, die Herbstsonne durch die Baumkronen tänzelte, kam sie nur schleppend

voran. Ihr massiger und jeder Anstrengung entfremdeter Körper rebellierte gegen die Strapazen. Eine bleierne Müdigkeit, Schwindelgefühle und stechende Kopfschmerzen erschwerten ihr Vorankommen. Ihr Kreislauf mochte sich nicht entscheiden, ob er auf Sparflamme oder Hochtouren laufen wollte. Sie brauchte dringend Wasser und etwas zu essen.
„Bitte lieber Gott, hilf mir!“, flehte sie winselnd vor sich hin, während sie schwer atmend inne hielt, nach Atem rang, sich mit letzter Kraft an eine Wurzel klammerte und so die letzten Hügelmeter erklomm. Sie blinzelte benommen, ganz so, als könne sie nicht recht glauben, was sie da sah. Eine Fata Morgana? Nein, sie hörte und sah doch das Plätschern des kleinen Wasserfalls. Das war kein Trugbild, das war die Rettung in letzter Not. Wasser in Hülle und Fülle!
Sie ließ sich nachgerade die Kuppe hinabrollen und landete unbeschadet am Ufer des kleinen Sees. Sie trank in hastigen Schlucken, schrie vor Freude auf und warf sich in das eiskalte Wasser. Plötzlich fühlte sich wie neu geboren. Das kühlende Nass brachte ihren Kreislauf wieder in Schwung, versorgte sie mit neuer Energie. Es war nur noch der Hunger, der sie quälte. Aber auch das schien vorläufig kein Problem mehr zu sein. Am Waldrand, unweit des Sees, entdeckte sie

Sträucher voller Blaubeeren, der Geruch von Sauerampfer lag in der Luft. Während sie die Blaubeeren in sich hineinstopfte, erspähte sie eine Lichtung, die vor Steinpilzen nur so wimmelte. Der Wald schien ihr plötzlich wie ein Schlaraffenland, wie das rettende Paradies. Sie aß alles, was sie auftreiben konnte und für essbar hielt. Eine Woge des Glücks ergoss sich einem warmen Regenschauer gleich über ihr Gemüt. In diesem Augenblick nahm sie erst bewusst die wiedergewonnene Freiheit wahr. Diese Hochstimmung versetzte sie in eine Art Rausch. So machte sie sich frisch gestärkt auf den Weg, versuchte, so lange wie möglich vom gewonnenen Lebenswillen zu zehren. Sie gönnte sich keine Pause, lief und lief, bis ihr die Beine den Dienst quittierten. Sie lief vorwärts, soweit man das im Wald konnte und solange, bis die Dunkelheit ihr die Sicht versperrte und sie von einer bleiernen Müdigkeit erfasst wurde. Sie klammerte sich an einen Baum, versuchte gegen den Schwindel anzukämpfen, der sie zu Boden drückte. In dieser zweiten Nacht konnte sie sich nicht in einer schützenden Höhle verkriechen, diesmal war sie dem Wald und seinen Bewohnern hilflos ausgeliefert. Doch dies war ein Gedanke, den sie nur noch flüchtig wahrnahm, bevor sie wegdämmerte.

~ ~ ~

Als sie erwachte, war es immer noch dunkel. Oder schon wieder? Sie hatte nicht nur jegliches Zeitgefühl, sondern auch ihre Antriebskraft verloren. Nichts war mehr übriggeblieben von dem wonnenhaften Glücksgefühl aus Freiheit und Blaubeerlust. Sie fühlte sich schlapp, ausgelaugt und auf greifbare Art lebensmüde. Ihre Gliedmaßen fühlten sich steif und kalt an. Sie fror, begann zu niesen und zu husten, zog die klamm gewordene Decke fester um den Körper und lauschte den Geräuschen des Waldes. Gleichgültig, ohne Angst. Nur das aufbrausende Donnern, das ein neues Gewitter ankündigte, riss sie aus ihrer Lethargie.

„Willst du wirklich hier sterben?“, fragte sie sich halblaut. Geistesabwesend schüttelte sie den Kopf. Nein, nicht hier, vielleicht gibt es einen besseren Platz. Stöhnend richtete sie sich auf, Finger und Zehenspitzen fühlten sich taub an, der Kopf merkwürdig hohl, als wäre er nach außen in Watte gepackt. Ihre Augenlider waren schwer wie Blei. Ich muss aufpassen, dass sie mir nicht beim Laufen zufallen, dachte sie, während sie mit ihren Händen einen schmalen Birkenstamm umklammerte, um sich in die Senkrechte zu hieven. Als sie endlich stand, schien sich alles um sie herum zu drehen. Es kam ihr vor, als wäre ihr

Sichtfeld durch einen Schleier verhüllt. Behutsam setzte sie ein Bein vor das andere, als müsste sie sich über ein gespanntes Seil tasten. Ihr war klar, dass ihr das kleinste Hindernis zum Verhängnis werden könnte. Ein angestauchter Knöchel? Dann war sie tot. Die Gefahr lauerte nicht am Himmel, sondern am Boden. So versuchte sie sich, durch die Dunkelheit zu tasten. Das intervallartige Flimmern der Blitze erleuchtete den Wald. Eine Lichtquelle, die ihr für Sekunden ihr Umfeld offenbarte. Sie war dankbar für diese Orientierungshilfe, sonst wäre sie ganz sicher weiter im dunklen Wald herumgeirrt, wäre im Kreis gelaufen, ohne es zu merken, und ganz sicher hätte sie den Waldrand nie erreicht, den angrenzenden Gebirgspfad übersehen, der vor ihr lag – und das flackernde Licht, das sich einige hundert Meter entfernt näherte. Ihr Herz machte einen Satz. Das, was sie sah, war keine optische Täuschung, sondern eine Lichtquelle, die auf Zivilisation hindeutete. Krampfhaft versuchte sie, den Schein nicht aus den Augen zu verlieren, obwohl sich ihre Sehkraft in den letzten Stunden verschlechtert hatte. Der zuckende Lichtstrahl kam immer näher, in ihre Richtung. Ein Auto. Die Rettung.

~ ~ ~

Håkon Anderson hatte die letzten zwei Tage mit

seinem Freunden an einem Bergsee verbracht. In der Nähe von *Lysekloster* hatten sie sich schon vor Jahren eine etwas windschiefe Hütte zusammengezimmert, sich ein Refugium geschaffen, wo sie niemand störte. Hier hatten sie bis zum Abwinken gefeiert. Die Sau rausgelassen, sich Wikingerhelme aufgesetzt, laute Musik gehört, geangelt und am offenen Feuer gegrillt, Sixpack auf Sixpack Bier getrunken und einige Joints geraucht. Von ein paar Details abgesehen, war das also ziemlich das gleiche Freizeitverhalten, das schon die Wikingerahnen ihres norwegischen Männerzirkels an den Tag gelegt hatten. Besser gesagt: In die dämonischen Nächte. Ob *Death Metal*-Grölen oder Odins-Gesänge, immer das gleiche Spiel. Eigentlich hatten die Freunde noch bis morgen bleiben wollen, aber das selbst für die Gegend um *Bergen* außergewöhnlich schlechte Wetter hatte ihnen einen Strich durch die Rechnung gemacht. Nach und nach waren sie losgefahren und als letzter der Runde war auch Anderson aufgebrochen, hatte das letzte Sixpack Bier an sich genommen. Jetzt saß Anderson besoffen und zugedröhnt im Auto und fuhr nach Hause. Aus der Stereoanlage plärrte eine der besonders lauten norwegischen Heavy-Metal-Bands. Håkon fühlte sich gut, grölte lautstark und in schiefen Tönen mit, während er schlangenlinienförmig seinen Suzuki-Jeep steuerte. Ab und an musste er das Lenkrad korrigieren, damit er nicht den Pfad verfehlte. Seine Wahrnehmung war getrübt, das Reaktionsvermögen erheblich eingeschränkt, was er aber ganz anders wahrnahm. Er fühlte sich pudelwohl, stark wie ein Nordmännerfürst, der sich bald nach Europa einschifft um holde Jungfern zu schänden. Nun, vielleicht nicht ganz so, aber doch auf rauschhafte Art beflügelt. Die umherzuckenden Blitze hatten schöne Farben, waren bunt. Der Regen prasselte aufs Stoffdach und schien zum Takt der Musik zu trommeln wie zu Odins wildem Ritt. Eigentlich hätte er eine andere Straße nehmen können, eine befestigte, aber er entschied sich für diese Abkürzung, die über einen unwegsamen Pfad führte. Ein sagenumwobener Ort, von dem man sich alle möglichen Schauergeschichten erzählte und den kaum jemand kannte. Der Pfad war unwegsam, aber sicher. Hier traf man höchstens auf herumirrende Elche, aber ganz bestimmt nicht auf nervige Bullen, die einem womöglich den Führerschein klauten und in eine Ausnüchterungszelle sperrten. So krakelte Håkon unbeschwert die Urlaute seiner Lieblingsband mit und missbrauchte das Lenkrad als Schlagzeug, als sich sein kehliges Grölen blitzartig in ein eher

mädchenhaftes Kreischen verwandelte, das so gar nicht mehr zu seinen mannhaften Wikingerträumen passte. Seine Augen weiteten sich und sahen aus, als wollten sie jeden Moment aus seinen Augenhöhlen springen. Håkon stoppte den Jeep kurz und fuhr dann in schleichender Fahrt wieder an. Ein greller, bunter Monsterblitz erleuchtete sein unmittelbares Sichtfeld. Thor schwang den Hammer aus seinem nordischen Comic-Götterhimmel. Håkon kam sich vor, als wäre er Zuschauer eines bombastischen Bühnenstücks. Einige Meter vor ihm kam ihm ein Etwas entgegengekrochen. Alles wirkte theatralisch, auf gespenstische Weise inszeniert. Das plumpe, fleischige Etwas wuchtete sich plötzlich auf die Hinterbeine fuchtelte wild mit den Vorderbeinen herum. Es war haarlos, mit einer schreckhaft verzogenen Fratze. Håkon konnte sein Glück kaum fassen. „Ein TROLL! Ein TROLL ... mit Brüsten ... ein Trollweib!“, kreischte er auf. Sein Wikingerhelm rutschte ihm in die Stirn.
Håkon war völlig aus dem Häuschen und gab sein Bestes, dem Trollweib nicht weh zu tun. Langsam wollte er um die Trollin mit einem seitlichen Schlenker herumkurven. Schließlich standen die Viecher unter Naturschutz. Vor allem musste man sich vor Trollinnen und Trollen in Acht nehmen.

Man durfte ihnen nicht zu nahe kommen. Sie waren unberechenbar, besaßen magische Kräfte, konnten einen verhexen, in den tiefen Wald locken und dann zu Stein verwandeln.
„Wahnsinn ... Wahnsinn!“ Håkon konnte sich kaum beruhigen. Er strampelte wie wild mit den Beinen, und immer wieder wiederholte er die gleichen Worte: „Wahnsinn! Wahnsinn!“ Dann hielt er schlagartig inne, als hätte ihn ein imaginärer Schlag getroffen.
„Sch-ei-ße“, murmelte er aufgeräumt.
„Verdammter Mist!“ Håkon schlug wütend mit der flachen Hand auf das Lenkrad. Die Hupe ertönte mehrmals hintereinander. „Das glaubt mir kein Mensch! Warum habe ich kein Foto gemacht?“ Sein iPhone lag auf der Ablage.
Für einen Moment überdachte er – natürlich nur in den engen Grenzen, die ihm der vereinigte Blutspiegel von Kifferkraut, Bier und schwarzgebranntem Schnaps ließ –, ob er nicht umdrehen sollte. Aber er entschied sich dagegen. Trolle ließen sich nicht digitalisieren.

~ ~ ~

„Anhalten, bitte anhalten“, wimmerte sie schwer atmend, bevor sie auf dem schlammigen Boden zusammenbrach. Ihr verlöschendes Bewusstsein ließ sie noch erkennen, dass es aufgehört hatte zu regnen und dass sie den anbrechenden Morgen

vermutlich nicht mehr erleben würde. Ihr Lebenswille schwand und Gleichgültigkeit drängte sich in Kopf und Gliedmaßen. Nach diesem Aufbäumen der Hoffnung, in die Welt zurückzukehren, spürte sie jetzt ein angenehm schläfriges Gefühl. Ihr über Monate ins Fett getriebener Körper fühlte sich beinahe schwerelos an. In dieser Schicksalsergebenheit fühlte sie sich gut, auf merkwürdige Weise geborgen. Sie fror auch nicht mehr, obwohl es eiskalt war. Sterben ist gar nicht so schlimm, dachte sie. Für einen Moment noch öffnete sie die Augen und blickte zum Himmel. Sie sah den Mond, der hinter rotgelben Schleierwolken hervorlugte und keinerlei Anteil an ihrem Schicksal nahm. Warum auch? Wie viel Leid hatte dieser Himmelskörper schon gesehen. Sie war auch nur ein Lebewesen, das ernsthaft glaubte, wichtig zu sein – wie lächerlich, so am Leben zu hängen.
Vor meiner Geburt habe ich nichts vermisst, danach werde ich auch nicht vermissen.
Sie verspürte wohltuende Wärme, als hätte sie jemand in die Arme geschlossen. Ihr Herzschlag wurde immer ruhiger. Friedlich schloss sie die Augen. Sie sah Schmetterlinge, die um sie herumflatterten, große bunte Schmetterlinge. Sie nahmen sie mit, sie saß auf ihren Flügeln und sie trugen sie an einem See entlang, schnell, immer

schneller hinauf in die Luft. Die Baumwipfel rasten an ihr vorbei, der Mond, die Sterne. Sie jauchzte: *Höher, höher …*

.

1. Kapitel

Als Elise Kaminsky zehn Jahre alt war, träumte sie von einem Märchenprinzen, der sie mit einer weißen Kutsche von der Schule abholte, ihren Lehrern Goldstücke zuwarf und ihre Freundinnen keines Blickes würdigte. Ein Fürstensprössling, der ihr den schweren Schulranzen abnahm und ihr mit einer huldvollen Geste half, in die prunkvolle Karosse einzusteigen.
Sie träumte davon, dass der Märchenprinz sie in sein Schloss entführte, sie auf Händen die Schlosstreppe hinauftrug und sie in ihr eigenes Zimmer führte, das mit einem rosa Himmelbett ausgestattet war. Sie träumte, dass ihr Märchenprinz goldene Haare hatte, ein kleines Grübchen am Kinn, und dass er ihr wallende Ballkleider schenkte. Elise hing an ihren Träumen. Sie träumte weiter - hartnäckig und konsequent. Wenn sie Erwachsenen davon erzählte, wurde das ihrer kindlichen Unbekümmertheit zugeschrieben. Aber man musste kein Kinderpsychologe sein, um zu wissen, dass solche Träume verschwinden, wenn die Pubertät mit etwas weniger pastell-, mehr fleischfarbenen Phantasien vom anderen Geschlecht daherkommt. Phantasien, die verschwinden. In Elises Fall - nicht ganz rückstandsfrei.

~ ~ ~

Als Elise achtzehn Jahre alt war, träumte sie davon, dass sich die Wünsche ihrer Mutter erfüllten: Sie sollte eine vernünftige Arbeitsstelle und einen fleißigen, ehrlichen Mann finden, mit dem sie eine Familie gründen und vielleicht auch ein kleines Häuschen bauen könnte. Dieser Traum hatte naheliegendere Gründe als der vom Märchenprinzen. Sie sollte nicht auf solch einen Filou hereinfallen, wie ihr Vater einer gewesen war, der sich kurz nach Elises Geburt wie ein Dieb aus dem Staub gemacht hatte und sich mit der Auswanderung nach Amerika jeglicher Pflichten entzog.

„Denk daran Kind! Schau nicht auf Äußerlichkeiten. Aus einer schönen Schüssel kann man nicht essen", trichterte ihr die Mutter ein, als sie mit ihrem ersten Freund ins Haus kam. Ein Junge, in den alle ihre Klassenkameradinnen verknallt waren – und der sie nach dem, was er einen Testlauf nannte, bald schon wieder sitzenließ. Den Liebeskummer versüßte ihre Mutter mit dem endlosen Sermon der alleinerziehenden Mutter eines Einzelkinds – da kannte sie kein Mitleid und keine Widerworte: „Lern die inneren Werte zu schätzen, ich möchte, dass es dir einmal besser geht als mir. Versprich es mir! Und achte auf deine Figur, auf dein gutes Aussehen, pflege dich, hüte deine Jugend solange du kannst. Später wenn du viel älter bist, wird dir bewusst, wie wertvoll diese Zeit war. Dass du eigentlich diejenige bist, die bestimmen kann, auch wenn es dir gar nicht bewusst ist. Mach was draus. Wirf dich nicht weg. Lauf nicht den falschen Träumen hinterher. Du bist ein hübsches, aber einfaches Mädchen, stell nicht zu hohe Ansprüche! Verlang nicht vom Leben mehr als dir zusteht! Ein altes polnisches Sprichwort besagt: Besser ein strohener

Vergleich als ein goldener Prozess."

~ ~ ~

Heute ist Elise Kaminsky siebenundzwanzig Jahre alt, sie arbeitet als Krankenpflegerin in einer Klinik, geht regelmäßig zur Psychotherapie, um ihre Angstattacken zu überwinden samt der damit immer wieder einhergehenden Schlaflosigkeit, und hofft, ihr Leben wieder in den Griff zu bekommen. Ein Leben, das so vielversprechend begann, aber in einem Martyrium endete und ihr den naiven Traum an die große Liebe raubte. Und ja, Elise träumt auch nicht mehr von einem Schloss oder einem Reihenhäuschen. Sie träumt von einer kleinen, bezahlbaren Wohnung, die sie dringend benötigt, um neu anzufangen. Und nein, sie konnte die Wünsche ihrer Mutter leider nicht erfüllen. Obwohl Elise ihre weisen Ratschläge beherzigt hatte, ist Elise auf ein hinterhältigem, brutalen Tyrann hereingefallen.

Einen Kerl, der sie gedemütigt und seelisch zu Grunde gerichtet hat. Seitdem fühlt sie sich beschämt, beschmutzt, traumatisiert, verängstigt. Klein wie ein Staubkorn, unwichtig wie ein Hundehaufen, der nur bemerkt wird, wenn man(n) hineintritt. Ganz tief versenkt in ihrem Bewusstsein, ganz tief unten in einer grauen Abstellkammer, dort dämmerte ihr der Gedanke, dass es womöglich schon zu spät sei, noch Ansprüche an das Leben zu stellen. Sie hatte die Abzweigung auf der Straße des Glücks verpasst, so wie es jetzt war, würde es bleiben, sich eher verschlechtern. Ihr Leben war zur Routine geworden. Aus Tagen wurden Wochen, aus Wochen Monate, und alles verschmolz zu einer formlosen Masse, die sich mehr wie bloße Existenz und nicht wie wahres Leben anfühlte. Offenbar ist es immer der Zufall, der die Menschen in den Abgrund reißt, es sind nicht die Ur-Instinkte. Eine Erkenntnis, die für Elise zu spät kommt, aber die sie unter Umständen vor weiteren Missschlägen bewahren könnte. Ihre Mutter ist vor ein paar Jahren gestorben. Elise ist allein. Hat keinen Menschen, der auf sie wartet, sie tröstet, sich um sie kümmert, auf sie aufpasst, dass ihr nichts Böses widerfährt..

2. Kapitel

Gottlieb Kuchenbrod spähte aus dem Fenster zur Straße hinaus. Er war aufgeregt, schwitzte, warf immer wieder einen nervösen Blick auf die Armbanduhr und strich immer gleich im Anschluss mit einer ungelenken Handbewegung übers streng gescheitelte Haar. Seine Schuhe waren sorgfältig geputzt, die Schnürsenkel akkurat gebunden. Mit einem Blick auf die geometrisch proportionalen Schleifen zu seinen Füßen wurde er langsam ruhiger: Ihre Stimme hatte am Telefon sehr angenehm und sympathisch, beinahe mädchenhaft geklungen, sinnierte er mit einem unzensiert verträumten Ausdruck im Gesicht. Er hätte sie gern nach ihrem Aussehen gefragt und ob sie tätowiert sei. Solche Frauen mochte er nicht. Aber das tat er natürlich nicht. Dass sie alleinstehend war und einem ordentlichen Frauenberuf nachging, hatte ihm erst einmal genügt. Jetzt war er mit ihr verabredet, um die möblierte Mietwohnung zu besichtigen, die er vor einer Woche in der Tageszeitung inseriert hatte. Viele Interessenten hatten angerufen und um einen kurzfristigen Termin gebeten. Familien mit Kindern, die das Stichwort „möbliert“ offenbar nicht verstanden hatten, alleinerziehende Mütter, Rentner mit Hund oder Katze. Manche der Anrufer klangen kleinlaut, katzbuckelnd, sehr nach seinem Geschmack, versprachen alles Mögliche, um die Wohnung zu bekommen. Andere hingegen stellten gezielte Fragen: ob das Bad eine Badewanne und ein Fenster besäße und ob die Böden mit echtem Holz ausgestattet und die

Fenster schallisoliert seien. Unverschämte Leute eben, die nie gelernt hatten zurückzustecken, denen das Anspruchsdenken offensichtlich in die Wiege gelegt worden war. Er wusste von seinem Beruf her gut, dass mit solchen „Anspruchsdenkern", wie sie im Firmenhandbuch für den Kundenkontakt genannt wurden, nicht gut Kirschen essen war, dass man mit ihnen besser keine langfristigen Verträge schloss, jedenfalls dann nicht, wenn man nicht auf die Rechtsabteilung eines starken Unternehmens zurückgreifen konnte. Kuchenbrod musste aber zugeben, dass nicht allein solche vernünftigen Gedanken seine Vorauswahl unter den Mietinteressenten steuerten. Denn er fühlte sich seit einer Weile schon verdammt gut dabei, seine eigenen Entscheidungen zu treffen, in seinem höchst eigenen Interesse. Das erste Mal in seinem Leben. Eine Wohltat, die sich wie ein Triumph anfühlte, wenn er nicht gerade mal wieder nervös auf die Uhr blickte, um gleich darauf wieder mit der Hand den steifen Scheitel zu kontrollieren.

~ ~ ~

Erst vor ein paar Wochen war seine Mutter verstorben. Sie lag einfach tot im Bett. Der Arzt schrieb „Herzinfarkt" auf den Totenschein. Ganz plötzlich, während sie schlief, war das passiert. Sie hatte offenbar nichts gespürt. Eigentlich ein schöner Tod, hatte der Arzt gesagt und ihm beruhigend auf seine Schulter geklopft. Er nahm die Bemerkung des Arztes mit ratloser Zustimmung hin, blickte skeptisch auf seine tote Mutter, die friedlich in ihrem Bett lag, und fragte sich, ob sie so einen gnädigen Tod überhaupt verdient hatte. Doch tadelte er sich gleich für diesen Gedanken. Und was dachte er denn gerade überhaupt wieder so ausführlich an seine Mutter, während er hier auf die potenzielle Mieterin wartete? Er lockerte die Krawatte, den obersten Knopf seines Kragens und atmete tief durch. Er verspürte Erleichterung. Endlich konnte er sein Leben selbst in die Hand nehmen. Bis zu ihrem Tod hatte sie das Zepter geführt, sich mit elender Herrschsucht in seine Angelegenheiten eingemischt, ihn bevormundet und ihn so zu einem Außenseiter degradiert. Einem, der keinen Freundeskreis besaß, der sich am Wochenende die Zeit mit Wandern oder dem Lösen von Sudoku-Rätseln vertrieb und sich mit Vorliebe hinter seiner Arbeit als Hauptsachbearbeiter im Innendienst einer Versicherung verschanzte, freiwillig Überstunden schob, was von seinen Kollegen mit einem mitleidigen Lächeln und von seinem Chef mit Lob und Anerkennung honoriert wurde. Jetzt war er sein eigener Chef, zumindest was sein Leben betraf. Bis jetzt war seine Mutter wie ein Vampir durch seine Privatsphäre geflattert, hatte bestimmt, welchen Beruf er erlernen sollte, welche Möbel er zu kaufen hatte, was es zu essen gab und wie er sich zu kleiden hatte. Sie war es, die seine Wohnung klinisch rein putzte. Wie eine Drogenhündin seine noch so gut versteckten Lifestyle-Magazine aufspürte, in denen hauptsächlich hübsche Frauen im Bikini abgebildet waren. Für seine Mutter war das Schweinskram und Grund genug, ihn als Wüstling zu beschimpfen, ihm den Pornoschund, wie sie die eher harmlosen „Men's Health"-Hefte nannte, vor die Füße warf, so dass sich die schönen Hochglanzseiten lösten – um ihn dann wieder mit einer Ignoranz zu bestrafen, die leider überaus wach für neuerliche Verfehlungen war. Es waren Demütigungen, die irgendwann aufgehört hatten, sich nach etwas anzufühlen, ihm nicht allein den Mut, eigentlich auch die Fähigkeit genommen hatten, sich zu verteidigen, sollte er sie jemals gelernt haben. Gewisse Gewaltgedanken, waren ihm nicht fremd geblieben. Doch die Hand gegen eine Frau zu erheben, war für ihn eine Todsünde.

So lange er denken konnte, kaufte Mama seine Kleidung bei ein und demselben Herrenausstatter. Renommiert, gediegen. Hemden, Hosen, Schuhe, Schlafanzüge und seine Unterhosen mit seitlichem Eingriff. Immerhin schadete ihm die gediegene Eleganz, die alle Jahre als Retro-Charme durchging, nicht in seinem Beruf. Mama war es, die nicht müde wurde, ihn gebetsmühlenartig vor den Widrigkeiten des Lebens zu warnen. Vor allem vor den Frauen. Diesen Ludern, die nichts anderes im Sinn hatten, als sich die Ehe zu erschleichen, um sich ein sorgenfreies Leben zu sichern. Vor diesen Frauen hatte sie ihn mit erhobenem Zeigefinger gewarnt, und das hatte schließlich gewirkt.

Irgendwann hatte sie ihren Sohn soweit, dass ihre Migräneanfälle präzise darauf abgestimmt waren, wenn ihn das Lächeln einer Kollegin entzückt hatte. Mama hatte da das zweite Gesicht gehabt. Eine Gabe, die er nur in seinem seltenen Talent geerbt hatte, in komplizierten Versicherungsangelegenheiten entscheidende Schwachstellen aufzuspüren. Im Übrigen war Mamas geistiges Erbe weniger schön: Er hatte Angst vor Frauen. Er hatte ja das beste Beispiel dafür. Jetzt war sie tot. Endlich tot. Jetzt war er frei. Ein Gefühl, das sich noch ungewohnt anfühlte. Er verspürte die Zögerlichkeit eines jungen Tieres, das zum ersten Mal den schützenden Bau verlässt. Aber das würde sich bald einrenken. Da war er sich merkwürdig sicher.

Er war guten Mutes. Innerlich gestärkt durch die Tatsache, dass er nun allein für die Hinterlassenschaften seiner Mutter verantwortlich war. Er war Hauseigentümer. Er besaß nun ein Mietshaus mit sechs Wohneinheiten, seine eigene Wohnung mitgezählt. Die möblierte Wohnung seiner Mutter galt es nun zu vermieten. Das Haus war nichts Besonderes. Ein schlichter Mietblock aus den 1970er Jahren, aber dennoch einigermaßen im Zentrum von Regensburg gelegen und darum heiß begehrt. Früher, als sie noch lebte, hatte sie ihm keinerlei Mitspracherecht bei der Vermietung von Wohnungen gewährt – obwohl er seine Menschenkenntnis gern auch außerhalb der Bürostunden angewendet hätte. Aber seine Kompetenzen spielten daheim keine Rolle. Allein der Umstand, dass es seinen verheirateten Kollegen mit ihren Gemahlinnen irgendwie nicht besser zu gehen schien, beruhigte ihn.

Bei der Auswahl von Mietern bevorzugte seine Mutter merkwürdigerweise Familien mit Kindern. Manchmal schien es ihm, als sei das Haus ein Zoogehege voll unartiger Minimonster, die ihn immer so blöd

angafften, sich über ihn lustig machten. Einmal klebte ihm Hundescheiße an den Schuhen – und hing ihm im Spott der kleinen Rotznasen noch tagelang nach. Einmal beschossen sie ihn mit Wasserpistolen, und zwar direkt in den Schoß, so dass es aussah, als hätte er in die Hose gemacht. Für Spott und Hohn sorgte an jenem Abend auch noch seine Mutter. Doch dieser Kinderzoo, das würde sich bald ändern. Er war jetzt der Herr im Haus, und das würden sie alle bald zu spüren bekommen. Wie, das wusste er noch nicht genau. Er musste es genau durchdenken. Autorität konnte man schließlich erlernen. Er würde sich Literatur darüber kaufen und dann das Erlernte vor dem Spiegel einstudieren. Jetzt aber wartete er auf die junge Frau, von der er sich erhoffte, dass seine Wunschvorstellungen in Erfüllung gingen.
Am Telefon hatte sie ihm beteuert, dass sie eine ruhige Mieterin sein würde, sich ihre freie Zeit mit Büchern vertreibe, Nichtraucherin sei und als Krankenpflegerin im nahegelegenen Klinikum arbeite, keinen Freund und keine Verwandten mehr habe, und dass sie sich sehr freuen würde, wenn sie die Wohnung bekäme. Das alles erzählte sie ihm, während er wie gebannt ihrer süßen Stimme lauschte. Jeden noch so kleinen Wortfetzen in sich aufsaugte und wahrnahm, wie hingerissen er sich dabei fühlte, aus ihren Worten eine verhaltene Unsicherheit herauszuhören.

Ihm klopfte das Herz. Fünf Minuten vor drei Uhr. Noch fünf Minuten. Sie hatte versichert, pünktlich zu sein, und erwähnt, dass sie mit dem Bus käme. Die

Bushaltestelle lag halbschräg gegenüber, unweit des Hauses. Wenn man sich nur etwas aus dem Fenster beugte, konnte man sie sehen. Er bemühte sich, das nicht zu auffällig zu tun. Endlich erblickte er den herannahenden Bus, beobachtete die aussteigenden Leute. Dann sah er sie. Eine junge Frau mit einem Zettel in der Hand. Sie war schlank, mit langen hellblonden Haaren, die zu einem Seitenzopf geflochten waren. Zügig ging sie auf die Fußgängerampel zu und blieb stehen. Wartete, obwohl keine Fahrzeuge kreuzten. Jetzt hatte er die Möglichkeit, sie ungeniert zu betrachten, ohne sich in die Verlegenheit zu begeben, sich allzu auffällig aus dem Fenster zu lehnen. Sie trug einen weit schwingenden Rock, der Saum endete knapp über dem Knie. Gerade richtig, nicht zu lang und nicht zu kurz, stellte er angenehm überrascht fest. Das Jäckchen war figurbetont geschnitten, die Stiefeletten hatten einen kleinen Absatz. Sie schirmte die Augen ab und spähte zum Haus hinüber. Hastig schreckte er zurück. Es wäre ihm sehr unangenehm gewesen, wenn sie ihn bei seinen Studien ertappt hätte. Die Ampel stand immer noch auf Rot, weit und breit war kein Auto zu sehen. Ungeduldig wippte sie mit dem Fuß, sah auf ihre Armbanduhr, dann wieder auf das Verkehrszeichen. Jeder andere Mensch, wäre schon längst hinübergehuscht. Sie nicht. Sie war keine Frau, die einfach bei Rot über die Ampel lief. Sie war eine, die sich an die Vorschriften hielt, nicht unangenehm auffallen wollte. Ja, sie war wie er. Sie war die Richtige.

~ ~ ~

Elise hatte den Schatten am Fenster bemerkt. Mit einem unguten Gefühl. Vermutlich bin ich nicht die Einzige, die an der Wohnung interessiert ist. Der Hausbesitzer wird gleich mehrere Interessenten zu dem Termin anberaumt haben, dachte sie, während sie zügig auf die Eingangstür zustrebte. Aufs Klingeln hin, wurde der Türöffner kommentarlos betätigt. Eilig hastete sie in den zweiten Stock hinauf, so dass ihre Absätze im Treppenhaus hallten. Er konnte es genau hören. Elise klingelte. Kuchenbrod stand schon längst hinter der Tür, lugte schwer atmend durch den Türspion. Betrachtete ihr hübsches Gesicht, sah, wie sie ihr Haar ordnete, an sich herumnestelte. Wahrscheinlich kontrollierte sie den obersten Knopf ihrer Bluse. Nein, sie war keine Frau, die es nötig hatte, mit ihren weiblichen Attributen zu locken. Sie war ein anständiges, sittsames Ding, dachte Kuchenbrod. Er wischte sich seine feucht gewordenen Hände an der Hose ab und sorgte mit einem Mundspray für frischen Atem. Dann straffte er die Schultern, löste die kleine Absperrkette und öffnete die Tür.
„Guten Tag“, rang er sich räuspernd eine Begrüßung ab, während er mit irgendwie unpassender Geste auf seine Armbanduhr tippte. „und so pünktlich ... Auf die Minute.“
Elise musterte ihn mit dem klaren Blick der Krankenschwester. Er war groß, vielleicht Ende Dreißig. Seine Bewegungen wirkten hölzern, beinahe tollpatschig. Die Augen waren braun, nein, dunkelbraun in der Art von Kühen. Die Lippen waren wulstig, wie die von *Erni* aus der Sesamstraße. Sein

weißes Hemd war blütenweiß, falsch geknöpft und falsch gebügelt. Unter seinen Achseln hatten sich leichte Schweißflecke gebildet, seine Haare waren mit Pomade in Form gebracht.
Ein komischer Kauz, dachte Elise, aber durchaus nicht auf Anhieb unsympathisch.
„Guten Tag Herr Kuchenbrod, mein Name ist Elise Kaminsky, wir haben miteinander telefoniert“, stellte sie sich vor. Sie lächelte ausdauernd, wartete, dass er sie endlich hereinbat, statt sie fast verklärt anzublinzeln.
„Darf ich hereinkommen?“, hakte sie freundlich nach.
„Aber natürlich, bitte entschuldigen Sie meine Unhöflichkeit, bitte treten Sie ein, Fräulein Kaminsky.“
Er reichte ihr die Hand, deutete einen Diener an, während Elise freundlich lächelte und ihrerseits einen Knicks andeutete. Kuchenbrod war entzückt. Was für ein reizendes Persönchen.
„Bitte, nach Ihnen!“, sagte er und wies mit der Hand ins Wohnungsinnere.
„Vielen Dank, dass Sie sich Zeit für mich genommen haben, Herr Kuchenbrod.“
„Aber das ist doch selbstverständlich.“ Mit einer eifrigen Geste dirigierte er sie ins Wohnzimmer. Auf dem Tisch hatte er bereits den Mietvertrag bereitgelegt. Das Schriftstück lag wie glattgebügelt parallel zur Tischkante, der Kugelschreiber griffbereit und senkrecht angeordnet auf dem Papier.
„Ich habe Ihnen meine Unterlagen mitgebracht, Herr Kuchenbrod. Verdienstnachweis, Führungszeugnis, eine Bestätigung meines Vermieters, dass ich keine

Mietschulden habe, und die SCHUFA-Auskunft."
Elise holte die fein säuberlich abgehefteten Unterlagen aus der Tasche und legte sie auf den Tisch, während er jede ihrer Bewegungen verfolgte, sie mit rührigem Blick musterte, unauffällig und bedacht.
Beinahe hätte er ihre Bemühungen mit einer beiläufigen Handbewegung und einem „Ach, das wäre doch alles nicht notwendig gewesen", abgetan, aber dann überlegte er es sich anders. Nur allzu gern würde er nun in den Unterlagen herumstöbern, noch mehr über sie erfahren.
Also beugte er sich interessiert spielend über ihre Schulter, als sie den Hefter aufschlug und ihn bat, einen Blick hineinzuwerfen. Er konnte ihr Parfüm riechen. Ein dezentes Duftwasser, das nach Veilchen roch. Für einen Bruchteil einer Sekunde gönnte er sich den Genuss, die Augen zu schließen und ihren Duft einzuatmen. Heimlich riskierte er einen Blick auf ihr Dekolleté, keinesfalls in ihren Ausschnitt, sondern auf ihre Halskette mit dem Kreuz, das sie geistesabwesend in ihrer Hand zwirbelte.
„Haben Sie sich schon für einen neuen Mieter entschieden?", fragte sie und blickte ihn unverwandt an. Die Stimme klang beunruhigt, ihre Augen wirkten scheu. Er ahnte, dass sie irgendetwas bedrückte, aber er wagte es nicht, sie darauf anzusprechen.
„Nein, aber nein", beeilte er sich zu sagen. Strich sich übers gegelte Haar, lockerte die Krawatte und räusperte sich ausgiebig.
Elise erwiderte seine Verlegenheit mit einem erleichterten Seufzer.

„Ich kann Ihnen gar nicht sagen, wie froh ich wäre, wenn Sie sich für mich entscheiden würden." Sie ließ den Satz in der Luft hängen und wartete auf seine Reaktion. Kuchenbrod registrierte ihre Bedenken mit einem fast ungläubigen Erstaunen, wie jemand, dem vorgeworfen wurde, ein Versprechen nicht eingelöst zu haben.
„Aber möchten Sie nicht die Wohnung erst etwas genauer inspizieren?", hob er an, wobei er seinen Vorschlag mit einer einladenden Handbewegung untermalte. „Gefällt Ihnen die Einrichtung?"
Nein, die Einrichtung entsprach nicht Elises Geschmack. Das Wohnzimmer war vollgestopft mit rustikalen Möbelstücken. Der bunt gemusterte Perserteppich und die alten barocken Bilder an der Wand entsprachen auch nicht ihren Vorstellungen. Die vielen Plastikblumen, die in Blumenvasen und als Blumengestecke wie Staubfänger überall herumstanden, fand sie gleich richtig scheußlich. Von einer Herde Plüschtiere, die scheinbar nach Rasse sortiert auf dem geblümten Stoffsofa staffiert war, ganz zu schweigen.
„Nun ja", druckste sie herum. „Die Einrichtung ist nicht unbedingt nach meinem Geschmack ... Etwas antiquiert, so als hätte ...", sie vollendete den Satz nicht, weil sie nicht unhöflich erscheinen wollte. Kuchenbrod nickte zustimmend.
„Sie haben schon Recht, die Wohnung sieht aus, als hätte hier eine alte böse Frau gewohnt."
„Wie bitte?", Elise verstand nicht recht. „Wer hat denn hier gewohnt?"

Kuchenbrod verzog die Mundwinkel und Elise merkte, dass sie besser nicht weiter nachfragen sollte.
„Wenn Sie möchten, kann ich die Möbel entsorgen“, schlug er vor. „Möchten Sie das Schlafzimmer sehen, es hat einen schönen Balkon, und das Badezimmer hat ein Fenster und eine Badewanne. Dann gibt es noch eine Abstellkammer, ja und die Küche, ja, die ist neu, die hat meine Mutter erst vor ein paar Monaten neu einbauen lassen.“ Seine Stimme nahm den nüchternen Tonfall des Mannes an, der nicht umsonst bei der Regensburger Themis-Lusitania-Versicherungsgesellschaft im Ruf stand, den jungen Außendienstvertretern genau jenen klugen, nüchternen Verkaufsstil beizubringen, der in der etwas schaumschlagenden Branche sonst nicht mehr oft zu hören war.
Elise folgte ihm über die knirschenden Holzdielen ins Schlafzimmer. Ein großer dunkler Eichenholzschrank, der zum robusten Charme des Bettes und den beiden Nachtischschränkchen passte, dominierte den Raum. Ein süßlicher Geruch, eine Mischung aus abgestandenem Parfüm und frischgemangelter Wäsche lag in der Luft. Kuchenbrod eilte fast zum Balkonfenster, öffnete hastig die zweiflüglige Tür, als müsse er sich dringend frische Luft verschaffen.
„Schauen Sie Fräulein Kaminsky, der Ausblick wird Ihnen gefallen.“
Elise trat auf den Balkon, der Einblick in den Innenhof gewährte. Sie blickte nach unten, konnte kleine Beete mit Blumen und Gemüse erkennen, die offensichtlich von einigen Hausnachbarn gepflegt wurden.

„Wo ist Ihre Mutter jetzt?“, wollte Elise wissen.
Hoffentlich in der Hölle, dachte Kuchenbrod unbehaglich.
„Sie ist verstorben, ganz unverhofft“, antwortete er im gleichen nüchternen Tonfall, dem er sich bei der Versicherung zur Regulierung von Kleintierschadensfällen bediente. (Den Besitzern zum Beispiel von Katzen, die in den Rasenmäher geraten waren, sollte man ohne emotionales Timbre begegnen, sonst fingen sie gleich wieder an zu heulen, was lästig war, wenn man zur Rechnung für den neuen Mäher kommen wollte.)
„Oh, dann möchte ich Ihnen mein herzliches Beileid aussprechen, das tut mir sehr leid.“ Um ihre Anteilnahme auszudrücken, legte sie mitfühlend ihre Hand auf die seine. Kuchenbrod glaubte in diesem Augenblick, unter ihrer Berührung innerlich schier zu explodieren. Seit er erwachsen war, hatte keine Frau ihm so liebevoll seine Hand berührt. Wie elektrisiert stand er da und musste sich Mühe geben, dass sein Gesicht keinen allzu entrückten Ausdruck annahm.
„Sie haben ihre Mutter sicher sehr geliebt?“
Kuchenbrod gab einen krächzenden Laut von sich, den Elise nicht zuordnen konnte.
„Wo ist sie denn gestorben?“, fragte sie sanft, während sie ihre Hand von der seinen behutsam löste.
Er warf einen unauffälligen Blick auf das Bett.
„Im Krankenhaus“, sagte er aufgeräumt. „Aber wenn Sie wollen, können Sie das Bett auch entsorgen, von mir aus zerhacken. Ich bin Ihnen dabei gern behilflich.“
„Oh, nein“, widersprach Elise. „Ich habe meine

Wohnungseinrichtung verkauft, um mir die Kaution für eine neue Wohnung leisten zu können. Ich bin froh, dass die Wohnung möbliert ist."

Kuchenbrod stutzte für einen Augenblick. Irgendwie kam ihm in den Kopf, dass er sie jetzt eigentlich nach ihrer Solvenz befragen sollte, doch war ihm gar nicht danach, ihrer Zahlungsfähigkeit auf den Zahn zu fühlen. „Ach, Frau Kaminsky, das mit der Kaution könnten wir auch anders regeln."

Elise blickte ihn irritiert an. Ein ungutes Gefühl breitete sich in ihm aus. Er spürte, wie ihm das Blut in den Kopf schoss. Um Gottes Willen, dachte er, hoffentlich hatte sie mich jetzt nicht falsch verstanden. „Ich meine, wir könnten es zum Beispiel mit der Miete verrechnen", ergänzte er rasch.

Elise nickte überrascht. Das kam ihrer Kassenlage entgegen. Sie war gar nicht auf die Idee gekommen, dass Kuchenbrod ihr womöglich ein unmoralisches Angebot ausgesprochen haben könnte.

Ohne weiter darauf einzugehen, schloss er hinter ihnen die Tür des Schlafzimmers und dirigierte Elise in die Küche.

„Die ist nagelneu, ich hoffe, sie entspricht Ihrem Geschmack? Schauen Sie sich doch gern etwas genauer um."

Elise war überrascht. Die schiefergraue Küchenzeile war modern geschnitten. Die Arbeitsplatte aus schwarzem Granit, die Abzugshaube aus Glas. Es gab einen Geschirrspüler und einen metallfarbenen amerikanischen Kühlschrank, dessen Füllvolumen für eine fünfköpfige Familie ausgereicht hätte. Eine

moderne Kaffeemaschine mit Mahlwerk und eine Mikrowelle gehörten ebenfalls zum Interieur. Während Elise probehalber eine paar Schubladen und Schranktüren öffnete und sich an den hochwertigen Küchenutensilien erfreute, behielt Kuchenbrod sie interessiert im Auge. Mit scheuer Zurückhaltung bewunderte er ihre sanften Bewegungen, ihren zarten Körper, der zerbrechlich wie eine Porzellanfigur anmutete. Sie ist so dünn, viel zu mager, so dass die Befürchtung nahe lag, ein heftiger Windstoß könnte sie von der Straße fegen, dachte er.
„Wie wunderbar, hier ist sogar eine Waschmaschine mit einem eingebauten Trockner“, unterbrach sie seine Gedanken.
Waschmaschine mit Trockner? Kuchenbrod hatte keine Ahnung, was sich seine Mutter da zugelegt hatte. Elise warf ihn ein freudiges Lachen zu. Er fing es auf, hielt es fest, von stiller Demut erfüllt.
„Sicher können Sie das Gerät auch gut gebrauchen“, mutmaßte er. Ihm fiel es schwer in seinen Augen keinen allzu sehnsüchtigen Blick schweifen zu lassen. Sie könnte aus einem Gemälde entsprungen sein, dachte er – Jugendstil oder Romantik, ihre Gesichtszüge sind so zart, die Haut beinahe so weiß wie Schnee, ihre Augen groß und ein bisschen verhangen mit diesem verwundbaren Ausdruck. Er widerstand dem Impuls, dieses wunderbare Geschöpf einfach in den Arm zu nehmen, sie zu streicheln, ihr sanft auf das Haar zu küssen und ihr zu sagen, dass sie sich keine Sorgen um die Wohnung machen brauche, dass die Wohnung nur für sie allein bestimmt sei, für sonst

keinen anderen Menschen auf der Welt. Ja, das hätte er gern getan und gesagt, aber ihm fehlten die passenden Worte.
„Möchten Sie noch das Badezimmer sehen?“, fragte er stattdessen und öffnete zaghaft die Tür.
„Das Bad ist größer, als ich gedacht habe, und mit Fenster und Badewanne, das ist mehr als ich erwartet habe“, freute sich Elise. Sie stand direkt vor ihm, hatte ihm den Rücken zugewandt, so dass er auf ihren schmalen Hals sehen konnte. Wie gern, hätte er mit dem Handrücken über ihre zarte Haut gestreichelt. Kuchenbrod schluckte seine Begehrlichkeiten herunter und überlegte angestrengt, was es noch an Erwähnenswertem zu sagen gäbe.
„Die Klobürste habe ich schon ausgetauscht, das Toilettenpapier auch, und die Kloschüssel habe ich auch gereinigt.“
„Danke“, erwiderte Elise peinlich, während ihr Arm den seinen zufällig berührte.
„Sind die Fenster eigentlich schalldicht?“, fragte sie unvermittelt.
„Nein, äh, ist das wichtig?“, stammelte er irritiert, und für eine Millisekunde bekam er Angst, dass Elise doch nicht so anspruchslos sei, wie es sich anfühlte – dass ihr die Wohnung doch nicht gut genug sei. Seine Kehle wurde trocken.
„Aber nein, natürlich nicht, bitte entschuldigen Sie, das wäre auch wirklich zu viel verlangt.“
Wäre es nicht, widersprach er gedanklich.
„Ich könnte die Fenster austauschen lassen, später, nach und nach, das wäre sicher kein Problem. Möchten

Sie die Wohnung haben?“
„Aber sehr gern!“, erwiderte Elise hocherfreut.
„Dann können wir jetzt die Formalitäten erledigen“, schlug er vor, bemüht nicht zu zeigen, wie sehr ihn das erleichterte.
Nachdem sie den Mietvertrag unterschrieben hatten, jeweils ein Formular für jede Partei, kramte sie einen Umschlag aus ihrer Tasche hervor.
„Ich habe die Kaution dabei, bitte zählen Sie nach“, sagte Elise und blickte ihn auffordernd an.
Anstatt zu zählen, verwies er auf sein Angebot.
„Wäre es Ihnen nicht lieber, wenn ich Ihnen die Kaution mit der Miete verrechne – vielleicht 50 Euro monatlich? Wäre das für Sie nicht angenehmer?“
„Ja, das wäre mir sehr angenehm, aber ...“
„Nichts, aber“, widersprach er, wobei er sich selbst über seinen bestimmenden Ton wunderte.
„Ach, Herr Kuchenbrod, Sie sind so gut zu mir, ich weiß gar nicht, wie ich mich bei Ihnen bedanken soll. Am liebsten würde ich Sie umarmen“, entgegnete Elise mit gerührter Stimme.
Dann tu es doch, bitte! dachte er aufgewühlt. Aber Elise beließ es bei einem dankbaren Händedruck und wich seinen Erwartungen mit keusch gesenktem Blick aus. Kuchenbrod bemerkte, dass sie mit den Tränen kämpfte, dass sie irgendetwas bedrückte, ihr etwas auf der Seele lag, aber er wagte es nicht, indiskret nachzufragen. Mitfühlend reichte er ihr gleichwohl sein Stofftaschentuch und hoffte inständig, dass sie ihm Vertrauen schenkte, dass er ihren Gefühlen eines Tages hospitieren durfte. Geduld ist eine Tugend.

„Danke", schluchzte sie leise.
„Kann ich Ihnen helfen? Ein Glas Wasser? Bitte setzen Sie sich", war alles, was er glaubte, tun zu können. Schweigend saßen sie sich ein paar Augenblicke gegenüber, bis Kuchenbrod all seinen Mut zusammennahm.
„Darf ich fragen, ob Ihre Traurigkeit mit Ihrem Umzug einhergeht?"
Elise nickte und tupfte sich die Tränen weg.
„Ich muss meine Wohnung verlassen, weil ich an sie keine guten Erinnerungen habe", sagte sie. „Sie verstehen?"
Nein, Kuchenbrod verstand nicht und schüttelte dezent den Kopf.
„Ein anderer Mann – er hat mich nicht gut behandelt", deutete Elise vage an.
„Hat er Sie geschlagen?", hakte er ahnungsvoll nach.
„Schlimmer", entgegnete sie leise.
Kuchenbrod war entsetzt. Die Vorstellung, dass jemand es wagen konnte, die Hand gegen ein so liebliches Geschöpf zu erheben, brach ihm beinahe das Herz. Er kochte innerlich vor Wut, empfand Abscheu, aber fühlte sich dennoch machtlos. Wer war der Unmensch, der diese Frau zum Weinen brachte? Er würde es herausfinden, ganz sicher würde er das. Aber nicht jetzt. Der Moment schien ihm nicht günstig. Sein Gegenüber brauchte Zuspruch und Trost, aber keine quälenden Fragen.
„Dann ist eine neue Umgebung genau das Richtige", sagte er aufmunternd.
„Ja, das hat meine Thera ... Ich meine, das denke ich

auch“, stimmte sie zu. „Bitte entschuldigen Sie, dass ich mich so kindisch benehme, aber ich bin so glücklich, dass ich die Wohnung bekommen habe und ich nun endlich ein neues Leben anfangen kann.“ Sie blinzelte Kuchenbrod beinah ein bisschen ergeben an und gab ihm das Taschentuch zurück. Er nahm es entgegen. Einer Frau ritterlich beiseite zu stehen, das hatte er schon bei der Regulierung von Schadensfällen stets gern getan. Doch jetzt war er fast selig vor Glück über ihr Vertrauen. Über das wunderbare Geschenk. Er würde es in Ehren halten, nie mehr waschen, dieses Stück Stoff, durchtränkt von ihrem Schmerz, an seinem Herzen tragen.

Elise hatte sich zaghaft erhoben. Kuchenbrod schnellte hoch. Er wusste, was sich gehörte.

„Vielen Dank für alles“, sagte sie und reichte ihm die Hand zur Verabschiedung entgegen. Kuchenbrod drückte nicht zu, spürte ihre Zerbrechlichkeit und das unsichtbare Band, das sie beide verband.

„Sie müssen in Zukunft besser auf sich aufpassen“, sagte er, und seine Stimme klang sanft und besorgt, und seine Gedanken eilten ihm voraus. Er wusste, dass er diesen Part in Zukunft zu übernehmen hatte. Es war seine Pflicht, auf sie aufzupassen, sie zu beschützen. Auf ganz unaufdringliche Weise, ohne dass sie es bemerkte. Er würde ihren Schlaf behüten, ihrem Atem lauschen, Zugang zu ihrer Seele finden. Die Rolle des männlichen Schutzengels schien ihm plötzlich wie maßgeschneidert. Es gefiel ihm, den Schlüssel zu ihrem Leben bereits zu besitzen.

Kuchenbrods Augen schimmerten eifrig, als er Elise

hinausbegleitete. Sie bemerkte es nicht.
Was für ein netter Mann, dieser Herr Kuchenbrod, dachte sie, als sie wieder auf der Straße stand. Nun ja, vielleicht ein bisschen komisch, lächelte sie unbeschwert.
Guter Dinge begab sie sich auf den Weg in ihre alte Wohnung. Gleich morgen nach der Arbeit würde sie damit beginnen, ihre Habseligkeiten in Kartons zu verstauen. Sie freute sich auf ihr neues Zuhause, ihr neues Leben.
Wie sehr sich auch Kuchenbrod freute, ahnte sie nicht. Aber wie hätte sie auch ahnen sollen, wie verletzt sein Leben gewesen war, dass er sich jetzt, allein einer neuen Mieterin wegen, ebenfalls in die Idee eines neuen Lebens hineinsteigerte: ein Leben, das ihn mit einer Aufgabe erfüllte.

3.Kapitel

Es war bereits dunkel, als Elise ihre alte Wohnung betrat. Sie knipste das Licht an, ging zur Spüle, nahm ein Glas und füllte es mit Wasser. Sie trank es in einem Zug aus. Danach ging sie noch einmal durch alle Räume, als wollte sie Abschied nehmen. Viele Jahre hatte sie hier gelebt, eigentlich ganz glücklich, bis Anton bei ihr ein- und mit ihm ihre eigenen Hoffnungen und Träume auszogen. Elise versuchte, die Erinnerungen nicht zuzulassen, die sie nun ansprangen. Sie massierte sich die Schläfen, systematisch, wie sie es einmal gelernt hatte, atmete mehrmals hintereinander tief durch, um ihr hochdrängendes Herzklopfen zu bändigen.
Sie trank noch einen Schluck Wasser, nahm eine Tablette und ging ins Schlafzimmer, wo die Umzugskartons standen. Ich brauche Ablenkung, muss mich beschäftigen, dachte sie, während sie hastig Bücher in die Kartons schlichtete, bis sie ihr Tagebuch in den Händen hatte und kurz innehielt, hypnotisiert auf den hellblauen Einband blickte. Sie schluckte trocken, lehnte sich an die Wand und ließ sich beinah fremdbestimmt in die Hocke gleiten. Die Therapeutin hatte ihr geraten, ihre Erlebnisse niederzuschreiben. Und tatsächlich verschaffte ihr das Schreiben Erleichterung. Auch hatte Elise sich selbst regelrecht damit beauftragt, über ihre Panikattacken Buch zu führen, aufzuschreiben, wann und wo sie diese Angstzustände bekam. Abgesehen von den Attacken hatte sie manchmal auch Blackouts, die in der Regel

nur ein paar Sekunden anhielten, aber dann wieder verfolgten sie diese Aussetzer den ganzen Tag. Teilweise litt sie an Konzentrationsschwäche, eine innere Unruhe, die sie wie ein imaginärer Motor antrieb, ohne das Ziel zu kennen. Auch hatte ihre Therapeutin dringend empfohlen, Erinnerungen zuzulassen, sie auszuleben, immer und immer wieder, weil sie dann ihre Intensität verlieren würden, sich nur noch bruchstückhaft entfalteten. Aber sie hatte ihr auch gesagt, dass im Leben nichts einfach so passiert. Dass sie der Tragödie eine Plattform geboten hatte, unbewusst natürlich, wie sie Elise mit professionell kalkuliertem Mitgefühl versicherte. In Elises Ohren klang es trotzdem wie ein Vorwurf.
Elise schlug das Buch auf und blickte auf das Foto, das auf der ersten Seite eingeklebt war. Ein junger Mann lachte sie strahlend an. Ein Lachen, das ihr einen Stich versetzte und ihr die Tränen in die Augen trieb. Wie hätte sie ahnen können, dass sich hinter seinem Lächeln, hinter seiner warm klingenden Stimme, hinter seinen treuen Augen eine teuflische Seele verbarg? Zuklappen! befahl sie sich selbst. Sie folgte diesem Instinkt, schloss das Buch und stierte geistesabwesend die gegenüberliegende Wand an. Wie konnte ich mich nur in einem Menschen so täuschen? hämmerte es in ihrem Kopf. Warum hat er mir das alles angetan? Elise zog ihre Beine fest an ihre Brust und wiegte den Oberkörper langsam vor und zurück, dabei summte sie leise vor sich hin, während, wie aus einem Schwarzweiß-Film gerissen, die Erinnerungen aufblitzten.

Durch Watte glaubte sie Antons Stimme zu hören, das Grölen seiner Freunde, die ordinären Worte. Wie durch eine Milchglasscheibe sah sie die geilen Blicke, die nackten schwitzenden Körper, die geil-erregten Gesichter, die erigierten Schwänze.
Sie verfluchte jenen Tag, an dem sie ihn kennenlernte. Jener Tag, als man sie vorübergehend in die urologische Station versetzte, weil dort „Not am Mann" sei, wie ihre Chefin scherzte. Elise konnte sich noch an jenen Augenblick erinnern, in dem sie sich gerade mit dem Essenswagen an ihm vorbeidrängeln wollte, weil er mitten auf den Gang stand und geistesabwesend eine Patientenakte studierte. Er hatte sich bei ihr entschuldigt, sie angelächelt und ihr ein Kompliment gemacht, ganz die alte Nummer vom *Halbgott-in-Weiß, der das Schwesternhäschen mit Süßholz* füttert – aber doch fand sie das irgendwie niedlich. Sie wurde rot dabei, warf einen Blick auf sein Namensschild, lächelte verunsichert, ohne der Begegnung eine tiefere Bedeutung zu geben. Das änderte sich, als sie ihm in den nächsten Tagen häufiger über den Weg lief. Als sie spitz bekam, wie ihre Kolleginnen über diesen neuen Arzt tuschelten, sich nach ihm die Köpfe verdrehten und ihr Interesse mit kecken Anspielungen äußerten. Er war tatsächlich ein Frauentyp, groß, athletisch, mit tiefgründigen Augen, einem spitzbübischen Lächeln, das für alle Schandtaten bereit zu sein schien. Ein Mann, der die Wahl hatte. Dass ausgerechnet sie zu seiner Auserwählten wurde, erfüllte sie mit merkwürdigem Stolz, den sie schweigsam und still vor den anderen verheimlichte. Irgendwann hielt sie

seinem Blick stand, grüßte freundlich und ging auf die oberflächigen Scherze ein. Es dauerte nicht lange, bis er etwas länger mit ihr sprach, sich über ihre Arbeit erkundigte, sie zum Essen einlud, bei ihr übernachtete. Kurze Zeit später zog er bei ihr ein und beflügelte all ihre bürgerlichen Hoffnungen und Zukunftsträume: heiraten, Kinder bekommen, ein Haus bauen und auf bescheidene Art glücklich zu sein. Das war in Elises Augen nicht zu viel verlangt. Zu jener Zeit bedauerte Elise, dass ihre Mutter an ihrem Glück nicht mehr teilhaben konnte. Sie wäre ganz sicher stolz auf sie gewesen, mit einem gutaussehenden Arzt zusammen zu sein. Ausgerechnet sie, die Tochter einer aus Polen stammenden Mutter, die glaubte, eigentlich nicht viel bieten zu können.

Anton sah das anders. Sie hatte sehr wohl einiges zu bieten. Nicht nur ihr gutes Aussehen, dessen sie sich offensichtlich nicht wirklich bewusst war und mit dem sie, mangels Selbsterkenntnis nicht kokettierte, hatte es ihm angetan. Gut aussehende Frauen konnte der schöne Anton reihenweise erobern. Nein, er war wohl noch weitaus mehr von ihrer unterdrückten Neugier angetan. Diesem Lächeln, das so schüchtern und auf faszinierende Art verloren und sittsam erschien. Weibliche Attribute, die wohl seiner Erfahrung nach nicht mehr der gängigen Norm entsprachen. Sie war ein Relikt weiblicher Tugenden vergangener Zeiten. Ihre Bewegungen waren elegant und sinnlich, ihre Füße wollten kaum den Boden berühren. Für ihn war sie keine Herausforderung, keine Frau, der er auf Augenhöhe begegnen musste, keine, die ihre

Selbstständigkeit mit Stolz zur Schau trug. Keines von diesen Weibern, die selbstbewusst auf ihre Unabhängigkeit verwiesen, als seien ein Führerschein, eine eigene Wohnung und ein Gehalt knapp oberhalb des Existenzminimums bereits etwas, dessen sich eine Frau schon besonders rühmen dürfte. Elise war keine von diesen verdrehten Emanzen, die Männer zu Sitzpinklern und Ökojunkies erzogen. Nein, sie war anders. Auf rührige Art, unbefleckt, einsichtig und demütig. Eine Frau, die dankbar sein würde, einem Mann wie ihm die Schuhe zu küssen, im übertragenen, vielleicht im Wortsinn. Elise Kaminsky entsprach genau seinem Beuteschema. Sie war ein Opfer.
Als er sie das erste Mal zum Essen einlud, trug Elise ein schlichtes Strickkleid, das ihr bis zu den Knöcheln reichte, und halbhohe Stiefel. Das Haar trug sie offen, sie war nur leicht geschminkt, ein wenig Rouge, etwas Wimperntusche und ein Hauch Lippenstift. Sie trug keinen Schmuck, abgesehen von der altmodischen Kette mit Kreuz.
„Hat es mit dieser Kette eine Bewandtnis?“, wollte er wissen, während er den Anhänger in die Hand nahm und so tat, als interessierte er sich dafür ernstlich.
„Die Kette hat meiner Mutter gehört und vorher meiner Oma ...“
„Und vorher deiner Urgroßmutter“, unterbrach er mit einem schwer zu interpretierenden Lächeln, während er sich durchs dunkel gelockte Haar strich.
Elise lächelte zustimmend, wobei er ihre Hand nahm und sie zärtlich küsste.
„Willst du mir etwas über dich erzählen?“, fragte er

lächelnd und blickte sie aufmunternd an.
„Da gibt es nicht viel zu erzählen. Ich weiß nicht, ob es von Interesse ist."
„Sonst hätte ich dich nicht gefragt", erwiderte er eine Spur zu bestimmt. Elise nahm die Dissonanz in seiner Stimme nicht wahr, suchte nach Worten, während er sie aufmerksam musterte.
„Als ich fünf Jahre alt war, bin ich mit meiner Mutter von Krakau nach Deutschland ausgewandert. Einige Monate haben wir in einem Auffanglager für Aussiedler verbracht, bis uns eine Wohnung zugewiesen wurde, eine günstige Sozialwohnung – in der ich übrigens noch heute wohne. Vier Zimmer, Küche, Bad und ein Balkon, eine große Wohnung, eigentlich viel zu groß für mich allein, und die Wohngegend ist nicht die Beste, aber die Miete ist immer noch ganz günstig ..."
„Und deine Mutter? Wohnt sie nicht mehr bei dir?"
„Nein, meine Mutter ist vor ein paar Jahren gestorben. Ich bin allein."
„Das tut mir sehr leid", flüsterte Anton mitfühlend, und wieder griff er nach ihrer Hand und drückte sie sanft. „Erzähl weiter", forderte er sie auf. „Ich hör dir gerne zu."
„Das war's auch schon. Meine Mutter fand Arbeit als Krankenschwester in einem katholischen Krankenhaus, und im Laufe der Jahre hat sie sich sogar bis zur Stationsschwester hochgearbeitet."
„Oh", bemerkte er anerkennend, „das steht mir auch noch bevor."
Elise sah in fragend an.
„Ich meine, das mit dem Hocharbeiten", drückte er sich

deutlicher aus.
„Nun, das ist ein Unterschied, du bist Arzt, ich glaube, das kann man nicht vergleichen."
„Ich seh' da keinen Unterschied", stapelte er absichtlich tief, lehnte sich entspannt im Stuhl zurück, musterte Elise mit fast schon anzüglichem Interesse und genoss ihre Verlegenheit. Elise senkte den Blick. Sicher, sie hatte Recht, dachte er, es war absolut kein Vergleich. Er brauchte sich um seine Zukunft keine Sorgen zu machen. In drei Jahren war er Oberarzt, in einigen Jahren würde er in der Privatklinik seines Vaters anfangen. Aber das sagte er nicht, er wollte ihr gegenüber als einer wirken, der sich im Leben noch anstrengen musste. Für das, was er von ihr wollte, war es schon wichtig, sie an Gemeinsamkeiten glauben zu lassen. Außerdem war seinem Vater daran gelegen, dass sich Anton erst „die Hörner abgestoßen" hatte, bevor ihm eine verantwortliche Position in der Klinik übertragen würde. Beide wussten nicht genau, wann das wohl sein würde, überschüssige Manneskraft war so eine Art Männerleiden in ihrer Familie.
„Hast du keinen Appetit?" Anton lenkte sich von solchen Gedanken ab, indem er sich wieder seiner Begleiterin widmete.
„Doch, entschuldige." Elise schnitt das Fleisch klein und steckte sich einen kleinen Happen in den Mund.
„Du musst mehr essen. Ich finde, du bist ein wenig zu dünn, ein paar Pfunde mehr würden dir nicht schaden", neckte er sie amüsiert.
Elise nickte einsichtig. Sie hatte den Bissen noch nicht hinuntergeschluckt, als er ihr seine Gabel mit einem

Stück Fleisch an den Mund hielt.
„Probier mal!“, forderte er sie auf. Elise zögerte kurz.
„Na, mach schon!“
„Willst du mich mästen?“, entgegnete sie scherzend und ließ sich füttern.
„Nein“, sagte er, „ich mag halt Frauen, die ein gutes Stück Fleisch in den Mund nehmen“. Er blinzelte in ihr freundlich-naives Gesicht und bog rhetorisch ab: „Wie heißt es so schön: Liebe geht durch den Magen.“
Sie aßen eine Weile schweigend.
„Du gefällst mir“, sagte er unvermittelt.
Elise wich seinen Blick mit einem verlegenen Schmunzeln aus, tupfte sich die Mundwinkel mit der Serviette ab und faltete sie umständlich wieder zusammen.
„Warum gerade ich?“, fragte sie.
„Weil du anders bist, als die anderen Frauen. Du hast dir deine Natürlichkeit bewahrt.“
Elise errötete, wusste nicht, wie sie seine Aussage einordnen sollte. Obwohl sich seine Bemerkung wie eine nüchterne Feststellung anhörte, spürte sie ein Glücksgefühl in sich aufflammen.
„Mit dir könnte ich mir eine gemeinsame Zukunft vorstellen“, schob er noch nach.
„Entschuldige“, sagte sie und mühte sich, ihre Aufregung zu unterdrücken. „Ich muss mich kurz frisch machen.“
Während sie übereilt zur Toilette strebte, sah er ihr nach, wobei er, unbeobachtet wie er nun war, leicht überheblich grinsend den Stiel seines Weinglases zwischen den Fingern drehte. Sie war schnell aus der

Ruhe zu bringen, dachte er.

~ ~ ~

Als sie wieder zurückkam, leichtfüßig wie eine Elfe auf ihn zuschwebte und er sie mit zusammengekniffenen Augen musterte, hatte sie nicht mehr dieses unförmige Schlabberkleid am Leib, sondern einen kurzen Lackminirock, schwarze Nylons, hochhackige Lackpumps, in denen sie sich nur tippelnd wie eine Geisha fortbewegen konnte, und sie trug eine Latex-Korsage, die ihre wohlgeformten Brüste in Szene setzten, die langen Haare waren zu einer Mähne toupiert, ihr Gesicht war stark geschminkt, wie das einer Straßenhure, die Lippen so rot wie Siegellack. Um ihren Hals trug sie ein Nietenband mit einem Karabinerhaken. Ergeben kniete sie sich vor seine Füße, die Hände auf den Rücken verschränkt, geduldig wartend, dass er ihr die Leine anlegt. Ein angenehmes Ziehen breitete sich in Antons Lenden aus.
Er benötigte eine paar geräuschvolle Atemzüge, bis sich seine bizarren Phantasien wieder in Luft auflösten. Mit der Ruhe eines Mannes, der sich vorstellte, wie er bekommen würde, was er sich wünschte, trank er einen Schluck Rotwein.

~ ~ ~

Er stieß dabei nicht mit Elise an, die zwischenzeitlich wieder am Tisch Platz genommen, sich ihr billiges Kleid glatt streifte und ihn irritiert ansah. Ohne ein Wort zu sagen, beugte er sich über den Tisch, sah ihr direkt in die Augen, ernst, mit mahlendem Unterkiefer.
„Was ist?“, fragte Elise verunsichert, „habe ich irgendetwas falsch gemacht?“

Anton schloss für einen Wimpernschlag die Augen und verinnerlichte sich diese Frage: *Habe ich irgendetwas falsch gemacht?* wiederholte er in Gedanken. Was für ein genialer Satz. Wie liebte er diese Worte. Er wollte sie öfters hören, ängstlich erregt, aus ihrem Mund.
„Ich werde dich jetzt nach Hause begleiten“, sagte er bestimmt. Elise trank rasch ihr Glas Wein aus.
„Trink nicht so viel“, ermahnte er sie, fügte aber noch ein keckes Augenzwinkern hinzu, damit seine Anspielung als Scherz durchging.

~ ~ ~

Er benötigte nicht viel weiteren Aufwand, um Elise an jenem Abend ins Bett zu bekommen. Ihre gezierte Abwehr erregte ihn mehr als dass sie ihn enttäuschte.
„Du machst mich wahnsinnig“, hauchte er ihr ins Ohr, während er ihr Kleid aufknöpfte und sie leidenschaftlich küsste. Elise fühlte sich ein wenig überfahren, hätte viel lieber noch ein Glas Wein mit ihm getrunken, etwas geplaudert. Andererseits wollte sie nicht völlig unnahbar wirken, schließlich war sie es, die ihm angeboten hatte auf die obligatorische Tasse Kaffee mit ihr in die Wohnung zu kommen. Gab es ein eindeutigeres Angebot? Also durfte sie sich jetzt nicht beschweren. Abgesehen davon war er Arzt, ein Mensch mit Verantwortungsbewusstsein, jemand, dem man Vertrauen schenken konnte. Und außerdem hatte er sich doch offensichtlich in sie verliebt. Warum sollte sie sich zieren? So schloss sie die Augen, erwiderte seine Begehrlichkeiten und gab sich willig. Sie tat alles, um ihm zu gefallen. Ihr fiel auf, dass er praktisch nichts, nein, irgendwie gar nichts tat, um sie zu stimulieren.

Aber so sind Männer nun mal in dieser Situation. Der Trieb erteilt die Kommandos, nicht die Seele. Er war ausgehungert. Schließlich hatte er seit geraumer Zeit zölibatär gelebt, weil er auf die Richtige warten wollte. Ja, das hatte er ihr auf dem Nachhauseweg beteuert.
„Blas mir einen!“, keuchte er ins Ohr und störte Elise damit deutlich in ihren Gedanken. „Bitte!“, fügte er immerhin flehend hinzu. Er öffnete sich die Hose und holte den bereits steifen Penis hervor, während er Elise mit sanftem Nachdruck in die Hocke bugsierte und erwartungsvoll stöhnte. Sie tat es. Zärtlich berührte sie mit der Zunge sein Geschlecht.
„Fester!“, tönte er stöhnend, „nimm ihn dir ... nimm ihn dir richtig!“ Mit einer ungeduldigen Bewegung half er nach, indem er sein Becken ruckartig nach vorn stieß, um sie zu animieren. Aber Elise sträubte sich, dirigierte ihn sanft aufs Bett, als wolle sie damit seine Gier drosseln. Er folgte ihrer Anwandlung, legte sich auf sie, küsste ihre Brüste, ihren Hals und ihren Mund, bis er sie plötzlich packte und sie mit einer geschickten Handbewegung umdrehte, sie mit heftigen kurzen Stößen von hinten nahm, bis er stöhnend zum Orgasmus kam und erschöpft auf ihr zusammensackte. Elise lag bewegungslos da, fühlte sich plötzlich billig und wertlos und unerfahren. Sie hoffte inständig, dass er in diesem Moment für sie nicht das Gleiche empfand. Angespannt lauschte sie auf seine Reaktion. Schwer atmend ließ er sich auf den Rücken fallen, während er sich mit dem Kopf ihr zuwandte, ihr eine Haarsträhne aus dem Gesicht blies und sie glücklich anlächelte.

„Entschuldige bitte“, flüsterte er.
„Warum?“
„Ich glaube, ich war ein bisschen zu grob zu dir ... Aber ich war so überreizt, du hast mich wahnsinnig gemacht.“
Elise lächelte bescheiden, streichelte beruhigend seine Wange, als wäre sie es, die ihn besänftigen müsste.
Anton kuschelte sich an Elise heran, schloss sie in seine Arme und blickte zum gegenüberliegenden Fenster.
„Du machst mich so glücklich“, säuselte er ihn ins Ohr.

~ ~ ~

Einige Zeit später zog Anton bei Elise ein. Mit viel Elan half sie im dabei, ein Arbeitszimmer einzurichten, freute sich über den imposanten Großbildfernseher, den er mitbrachte, staunte über das Wasserbett und wunderte sich über die umfangreiche Anglerausrüstung, die ebenfalls zu seinen Habseligkeiten gehörte. Selbstverständlich übernahm sie alle anfallenden Hausarbeiten. Ohne mit der Wimper zu zucken, bügelte sie seine Wäsche, kochte, sorgte für einen vollen Kühlschrank, für Ordnung in der Wohnung und Harmonie in der Beziehung.
Anfangs fand sie es amüsant, wenn er jeden Sonntag im Morgengrauen aufstand und mit dem Fahrrad an die Donau zum Angeln fuhr. Am Nachmittag kam er dann heim und Elise bereitete dann den gefangenen Fisch zum Abendessen zu. Einmal begleitete sie ihn sogar, an eine abgelegene Stelle, direkt am Wasser. Stundenlang saß sie mit ihm am Fluss, ertrug die furchtbare Langweile: Weit und breit war keine Menschenseele zu sehen. Reden durfte sie auch nicht,

weil sie ihm dann die Fische verjagte, also verharrte sie mucksmäuschenstill neben ihm und vertrieb sich die Zeit mit einem Buch. Einmal und nie wieder, dachte sie damals. Trotzdem tolerierte sie sein Hobby, so wie sie seine sexuellen Vorlieben schluckte, die er ihr in immer neuen Steigerungsformen beibog. Sie bemühte sich, daran Gefallen zu finden, genauso wie sie versuchte, sich über seine Geschenke zu freuen. Vorfreude vorzutäuschen, obwohl sie genau wusste, was sie erwartete. Meist waren es ausgefallene Dessous. Höschen, mit offenem Schritt, Schnürkorsagen aus Lack und Leder, in denen sie kaum Luft bekam, Dildos und andere bizarre Spielzeuge, denen sie nichts abgewinnen konnte. Aber manchmal brachte er ihr ein Strauß Blumen mit. Das waren die Momente, die seine Anzüglichkeiten in den Schatten stellten und Elise in dem Glauben bestärkten, dass er auch anders konnte, wenn er denn wollte. So nahm sie seine sexuellen Neigungen hin. Betrachtete seine Vorliebe, sie vorzugsweise anal zu penetrieren und sie verbal zu erniedrigen, als erotisches Spiel, auf das man eingehen konnte, wenn es den Partner denn erfreute. Und Anton hatte offensichtlich sehr viel Freude daran, sie spielerisch zu demütigen. Manche Männer sind eben so, sie mögen das Verruchte, nicht das Banale. Und so fügte sie sich seinen Phantasien, seinen kleinen Bestrafungen, deren Mühen in seiner sexuellen Befriedigung fruchteten. Sie drückte ein Auge zu, wenn er sie im Vorbeigehen lüstern begrabschte oder ihr einfach den Rock noch oben schob, ihren Oberköper auf den Küchentisch drückte und sie von hinten einfach

„abfickte", wie er es zu sagen pflegte, so wie sie es einfach hinnahm, wenn er ihr liebevoll versicherte, dass sie seine „kleine Fickstute" sei. Und obwohl die verbalen Obszönitäten so gar nichts zur Befriedigung ihrer Bedürfnisse beitrugen, wertete sie seine Lust auch als irgendeine schräge Form von Kompliment. Er war ihr offenbar verfallen. Würde er sich nach anderen Schwestern umsehen, sie hätte doch sicher davon gehört. Dazu kam dieses Fünkchen Übermut, das sie mit ihren ritterlichen Verehrern von früher nie erlebt hatte, als Mutter sie noch zum Tanztee in die polnische Gemeinde geschickt hatte.

Alles in allem: Sie lebte eine gute Weile in dem Glauben, ihren Freund im Griff zu haben, ihm etwas geben zu können, was er bei anderen Frauen nicht fand. Das gab ihr die Sicherheit, dass er ihr treu bleiben würde, dass sie ihn für sich allein hatte. War das nicht Macht genug? Aber es gab auch andere Augenblicke, die das Unschöne aufwogen. Momente, in denen er Elise zärtlich in den Arm nahm, sie auf behutsame und romantische Art liebte. Diese Glücksmomente waren selten, aber es gab sie und Elise wusste sie zu schätzen. Bis zu jenem Tag, als ihre Gutgläubigkeit erbarmungslos zu Tode getrieben wurde – wie ein hoffnungslos zappelnder Fisch, den Anton mit seiner Rute aus dem Wasser riss.

~ ~ ~

Es war Anfang März und für die Jahreszeit erstaunlich warm. Das Thermometer kletterte auf über 20 °C. Anton hatte zwei Tage frei. Elise kam erhitzt von der Arbeit und schleppte die Wochenendeinkäufe nach

Hause, hatte sich zwei DVDs aus dem Sonderangebot gegönnt und freute sich auf eine erfrischende Dusche und einen entspannten Abend vor dem Fernseher. Aber schon als sie den Flur betrat, war diese Erwartung empfindlich gestört, denn Anton hatte Besuch. Zwei seiner Freunde saßen im Wohnzimmer und verfolgten voll Spannung, lautstark johlend ein Fußballspiel. Sie waren angetrunken. Leere Bierflaschen und eine angebrochene Whiskyflasche zeugten vom fortgeschrittenen Alkoholkonsum, leere Pizzakartons lagen auf dem Boden. Elise stöhnte enttäuscht, als sie durch den Spalt der geöffneten Tür lugte und das ganze Chaos sah. Sie versuchte, sich leise aus dem Staub zu machen, aber Anton hatte sie bereits bemerkt.
„Komm rein, mein Hase!", sagte er.
Elise trat ins Wohnzimmer und wurde neugierig angestarrt. Unschlüssig stand sie da, in der Erwartung, dass Anton seine Freunde vorstellte. Aber nichts geschah.
„Sei doch so lieb und räum die Flaschen vom Tisch und bring uns Nachschub!", tat er sich vor den beiden Kerlen groß. „Wir sind durstig, mein Hase!" Elise bemerkte, wie sie von seinen Freunden unverwandt angegrinst wurde. Sie fühlte sich unwohl, dermaßen herablassend behandelt zu werden.
„Guten Tag erstmal", versuchte sie, sich nichts anmerken zu lassen. „Ich heiße Elise." Freundlich streckte sie den Gästen ihre Hand entgegen. In markigem Tonfall erwiderten Tom und Alex ihre Begrüßung.
„Das ist meine hingebungsvolle kleine

Krankenschwester", erklärte Anton und Elise sah an den Blicken der beiden Gäste, dass Anton nicht mit ihrem beruflichen Fleiß geprahlt haben konnte.
Elise warf Anton einen verletzten Blick zu, folgte jedoch seiner barschen Bitte und räumte die leeren Flaschen vom Tisch. – Allein schon deshalb, weil mich das auch stört, sagte sie sich dabei: Sollen die sich doch sinnlos betrinken, dachte sie. Ich mach's mir im Bett gemütlich. Ein Gedanke, der sie für einen Wimperschlag versöhnlich stimmte. Vollbeladen mit Flaschen wollte sie sich gerade an Anton vorbeidrängeln, als der ihr grinsend den Weg versperrte, indem er seine Beine demonstrativ ausstreckte, so dass sie umständlich darüber steigen musste.
„Zieh dir dann was anderes an, wenn du zurückkommst!", verlangte er, wobei er ihr zuzwinkerte und ihr mit der Hand unter den langen Rock griff. „Du bist ja verpackt, wie eine Nonne."
„Ich versteh nicht ... Was soll ich denn anderes anziehen? Ich wollte jetzt ins Bett gehen ... was lesen. Ich bin todmüde."
„Na, Liebling, damit wärst du ja die unhöflichste Gastgeberin, die ich kenne!", zischelte er.
Elise verspürte einen Hauch von Schuldbewusstsein, blickte auf Antons Freunde, die träge in den Polstern fläzten, dem Spiel nur noch bedingt Begeisterung schenkten und so gar nicht den Eindruck von zivilisierten Gästen vermittelten, die Elise in den Kreisen eines jungen Arztes erwartete.
Tom und Alex schauten sie erwartungsvoll an, während

sie sich nach vorn beugte, um den Nachschub auf dem Couchtisch abzustellen.
Keine Ahnung, welche Mannschaft gewonnen hat, dachte Elise, spannend ist das Spiel aber wohl nicht. Als sie sich wieder aufrichtete, umarmte sie Anton von hinten, griff ihr mit der einen Hand knapp unter die Brüste, mit der anderen Hand kurz über die Scham. Die Aufmerksamkeit der beiden Männer galt nun endgültig nicht mehr länger dem Fußballspiel. Die gehetzte Stimme des Reporters, der in unmöglichem Deutsch soeben eine „Torschanngse“ kommentierte, kam Elise fast apokalyptisch vor.
„Zieh deinen kurzen Rock an, die schwarzen Nylons und die hochhackigen Pumps!“, raunte ihr Anton von Hinten halblaut zu.
„Aber ...“
„Nichts ... aber“, unterbrach Anton in halb heiterem Tonfall, „oder möchtest du, dass ich dich gleich übers Knie lege? Vor meinen Freunden?“
Elise schluckte trocken und ging mit hochrotem Kopf in die Küche. Sie lehnte sich an die Spüle und überlegte krampfhaft, wie sie sich diesem affigen Theater entziehen könnte, als sie Antons Stimme aus dem Wohnzimmer hörte.
„Wo bleibst du!“
„Gleich“, erwiderte sie gehetzt, „ich muss mich doch noch umziehen!“
„Schätzchen, sei doch so lieb und bring uns vom guten Schottischen mit, wenn du dich umgezogen hast!“
Antons Wunsch wirkte irgendwie beruhigend auf sie. Den schottischen Whisky verwahrten sie in der Küche

auf. Seine fast höflich klingende Bitte hob fast den Gedanken daran auf, wie absurd doch die Szene war, in der sie hier gerade steckte.
Unentschlossen stand sie im Schlafzimmer vor dem Kleiderschrank. Betrachtete sich im Spiegel. Sie war verschwitzt, das Kleid, das sie gerade trug, erinnerte eher an eine lange Schürze. Sicher, sie sah nicht gerade anziehend aus, das musste sie sich eingestehen. Aber war das Grund, dass sich Anton für sie schämte? Offensichtlich ja. Sicher hatte er sie vor seinen Freunden als sexy dargestellt. Kurz entschlossen wechselte sie ihre Kleidung. Fünf Minuten später tippelte sie mit einem Tablett mit drei Whiskygläsern ins Wohnzimmer. Sie trug nun den kurzen Lackrock, die dazu passenden hochhackigen Pumps und eine schwarze transparente Bluse. Obwohl sie auf die schwarzen Nylonstrümpfe verzichtet hatte, kam sie sich wie eine Hure vor. Mit offenen Mündern und lüsterner Sprachlosigkeit wurde sie beäugt. Anton schnalzte mit der Zunge, während er Elise anzüglich präsentierte, als wäre er ein Zauberkünstler der gerade ein Kaninchen aus dem Hut gezaubert hat.
„Na, hab ich euch zu viel versprochen?“ Seine Freunde schüttelten überzeugt den Kopf.
„Setz dich zu uns!“, forderte er Elise auf.
Und ehe sie sich versah, hatte er sie auch schon auf seine Knie gezogen.
„Komm, trink was!“ Auffordernd drückte er ihr sein Whiskyglas in die Hand. Dabei hatte sie das Mittrinken vermeiden wollen.
„Auf einen schönen Abend!“, prostete er den beiden zu,

wobei er ihre Hand mit dem Glas führte. Elise dachte erst, dieses Marionettengekasperl sei damit vorbei, doch Anton führte ihre Hand mit seinem Glas an den Mund. Sie ergab sich und trank die starke schottische Spirituose. Als sie das erste Glas intus hatte, ging Anton in die Küche und als er zurückkam hatte er ein viertes Whiskyglas und die Flasche in der Hand. Obwohl Elise nicht viel von diesem Zeug vertrug, trank sie mit, weil es ihr auf einmal schlau vorkam, damit dieser bizarren Situation zu entfliehen. Nach dem zweiten Glas Schnaps kicherte sie unkontrolliert, fand plötzlich alles witzig und verlor zusehends ihre Hemmungen. Es dauerte nicht lange, bis ihre gute Laune in Müdigkeit umschlug. Sie wollte ins Bett. Wankend erhob sie sich, bemerkte, wie sich alles um sie herum drehte, dabei verlor sie die Balance und fiel Alex direkt in den Schoß. Der nutzte die Gelegenheit aus, hielt sie fest und wurde zudringlich. Er fasste ihr an die Brüste, ließ nach einem skeptischen Blick Antons davon ab und kitzelte sie stattdessen launig unter ihren Achseln. Unter ihrem Po fühlte sie seine Erregung. Elises Gegenwehr schien alle zu amüsieren. Ihr unfreiwilliges Kreischen schien gespielt, wurde als Einwilligung und Ansporn für weitere schlüpfrige Annährungsversuche aufgefasst.
„Lass sie los!“ Antons eisiger Ton schnitt in die aufgeheizte Stimmung wie ein Donnerschlag. Die beiden Freunde starrten ihn erschrocken an, selbst Elise zuckte verwundert zusammen.
„Aber wir sind deine Freunde!“, nörgelte Tom.
„Und Freunde teilen alles!“, fiel Alex ein, wobei er

seinen Zeigefinger gezielt in Antons Brustkorb bohrte.
„Richtig!“, pflichtete Anton bei. Er ließ sich in die Polster sinken, während er mit glasigem Blick in die Runde stierte und wieder das Glas erhob.
„Alles zu seiner Zeit“, bemerkte er schwammig und zwinkerte seinen Freunden zu.
Als hätten Tom und Alex die vage Andeutung begriffen, folgten sie seinem Ansinnen und ließen die Gläser aneinanderknallen.
Elise raffte sich auf und schlich sich aus dem Wohn- ins Schlafzimmer. Die Geistesgegenwart, den Schlüssel, der von außen steckte, abzuziehen, und die Tür von innen zu schließen, besaß sie nicht. Erschöpft ließ sie sich samt ihrer Kleidung aufs Bett fallen und schlief sofort ein.
Sie bekam nicht mit, wie das Gelächter im Wohnzimmer allmählich verstummte und sich in ein konspiratives Flüstern verwandelte. Wie sich polternde Schritte dem Schlafzimmer näherten, die Türklinke langsam nach unten gedrückt wurde. Aber sie wurde wach, als die Tür mit aufgeregtem Männerzischeln aufgerumpelt wurde. Ein vergebliches Bemühen, unauffällig und leise dabei zu sein, wie von drei Kindern, die des Nachts in einen Schokoladenladen einbrechen und ihre Aufregung gar nicht unterdrücken können. Das Licht flammte wie ein Blitz in Elises Gesicht. Der Raum schien ihr nun klinisch hell erleuchtet. Was war das jetzt? Sie kam nicht zu einer klaren Sicht. Als sie hochgeschreckt in ihrem Bett saß und nicht genau wusste, ob sie noch träumte oder bereits wachte. Als sich die drei nackten Gestalten wie

Bluthunde auf sie stürzten, sie gewaltsam packten, ihr die Arme festhielten, ihr brutal die Beine auseinanderspreizten, ihr den Slip zerrissen. Als die Gewalt körperlich zu spüren war, ja, da wusste sie, dass das kein Albtraum war. Sie schrie entsetzt auf. Spürte die Hand, die sich auf ihren Mund presste, die panische Angst, das ungläubige Entsetzen und den Schmerz, als man gewaltsam in sie eindrang. Sie hörte, wie ihr Peiniger von den anderen angefeuert wurde, sie fühlte die Schmach, hörte die Beschimpfungen, aber konnte immer noch nicht glauben, was geschah.
„Komm her, du kleine Fickstute! – Stell dich nicht so an!“
Mit weit aufgerissenen Augen starrte sie Anton an, der dabei zusah, wie seine Freunde sie vergewaltigten. Sie konnte das irre Strahlen in seinen Augen erkennen, die perverse Lust, sah sein hartes Glied, seine lüstern verzerrte Miene, als er sich auf ihren Oberkörper setzte, onanierte und es ihr ins Gesicht spritzte. Sie wünschte sich so sehr, von einer gnädigen Ohnmacht erlöst zu werden. Aber das Martyrium ging weiter, noch eine ganze Weile. Erbarmungslos und kaltblütig. Man bugsierte sie in die gewünschte Stellung. Ihre Schmerzensschreie wurden mit dem Kopfkissen erstickt. Auf dem Bauch liegend, vernahm sie die scherzende Stimme von Tom. Oder war es Alex?
„He, Anton du bist doch als Urologe Spezialist!“
Sie ahnte, was nun kam. Glaubte nicht, wie oft. Bald überwog das Gefühl des Erstickens den Schmerz aus dem Unterleib. Dieses Panikgefühl, keine Luft mehr zu bekommen, ohne sich wehren zu können. Der

Gedanke, einer Horde Sadisten ausgeliefert zu sein, die in ihrem Wahn nicht mehr in der Lage waren, die tödliche Gefahr zu erkennen, war in diesem Moment schrecklicher als die körperliche Pein. Sie hatte nur eine Möglichkeit, diesem Grauen zu entkommen. Einfach aufhören zu reagieren, abrupt, sich nicht mehr wehren, ihre Gliedmaßen erschlaffen lassen, so zu tun, als wäre sie tot. Und genau das tat sie auch. Trotzdem erschienen ihr die darauf folgenden Sekunden wie Minuten.

„Stopp!“, schrie plötzlich jemand. „Aufhören!“

Eine entsetzte Stimme, die Elise nicht zuordnen konnte. Das Kissen wurde ihr vom Kopf gerissen. Elise konnte zwar wieder atmen, aber hielt ihre leblose Stellung bei.

„Scheiße – die bewegt sich nicht mehr!“

Plötzlich herrschte angespannte Stille. Elise konnte das Atmen ihrer Peiniger hören, spüren, wie sie ihren Körper rüttelten, ihren Puls fühlten, ihr die Augenlider öffneten.

„Ist die tot?“, hörte sie jemand fragen.

Keine Antwort.

„Du bist doch der Arzt!“, tönte eine andere Stimme.

„Die ist nicht tot – ich kann ihren Puls fühlen, ganz schwach. Bringt mir Wasser!“

Elise hörte hastige Schritte, spürte den kalten Schwall Flüssigkeit auf ihrem Gesicht und das grobe Klatschen auf ihrer Haut.

„Wach auf! Verdammt, wach auf!“, vernahm sie Antons Stimme. Blinzelnd öffnete sie die Augen und sah in sechs Augenpaare, die sie glasig anglotzten.

„Das war doch nur Spaß! Wir wollten dir nicht wehtun! Hörst du – he, lass die Augen offen!"
„Mist! Ich dachte, die macht das mit", murmelte Alex.
„Na, das war wohl zu viel versprochen", nörgelte Tom.
„Verschwindet jetzt!", schnauzte Anton zurück.
Elise schlug die Augen auf.
„Ich werde euch alle anzeigen", murmelte sie benommen.
Tom und Alex blickten Anton auffordernd an. „Tu was, verdammt!" Anton sprang auf und kam mit einem Glas Flüssigkeit zurück.
„Hebt ihren Kopf hoch, damit ich ihr das Zeug einflößen kann."
Ohne zu fragen, folgten sie Antons Aufforderung.
Unschlüssig blickten Tom und Alex ihren Freund an.
„Was gafft ihr so blöd? Verschwindet endlich! Ich komm allein klar!"
„Bist du sicher?", klärten sie eher ängstlich als anstandshalber ab.
Kurze Zeit später waren die beiden verschwunden.
Anton ging ins Bad, betrachtete sich im Spiegel. Er drehte den Wasserhahn auf und hielt seinen Kopf unter das kalte Wasser. Danach schluckte er ein Aspirin und füllte eine Schüssel mit warmem Wasser auf. Elise schlief seelenruhig als wäre nichts passiert. Es war schon eher ein Narkotikum, kein Schlafmittel mehr, das er ihr verabreicht hatte. Anton bewahrte die Ruhe, erinnerte sich an seinen ersten richtig dramatischen Einsatz in der Notfallstation, den er vor ein paar Jahren als Arzt im Praktikum hatte. Wie er mit äußerster Kälte und Ruhe richtig gehandelt hatte, bei

diesem Forstarbeiter, der so schreckliche Bekanntschaft mit der Kettensäge gemacht hatte. Ein älterer Arzt hatte gezögert. Anton hatte zugepackt. Genau diese klinische Kaltblütigkeit brauchte er jetzt, damit er alle Spuren beseitigen konnte.

Er zog Elise die Sachen aus, die Bluse, den Rock, warf sie in lauwarme Desinfektionslauge. Nahm den Waschlappen zur Hand und säuberte ihren Körper mit dem gleichen Mittel, nur etwas stärker verdünnt. Erst das Gesicht, die verwischten Schminkspuren, dann den Rest. Er ließ keine Stelle aus. Die roten Druckstellen, die ihren Körper übersäten, rieb er mit einer Salbe ein. Vor allem beseitigte er, was er und seine Kameraden trotz ihres Alkoholpegels in oder an Elise hinterlassen haben mochten. Die Bettwäsche zog er unter ihr ab und kam erst zurück, als die Waschmaschine lief. Obwohl er Arbeiten dieser Art in der Klinik gern Ärztinnen oder Schwestern überließ, war er jetzt froh, den Fortbildungskurs der bayerischen Polizei zur Spurensicherung bei Vergewaltigungsverdacht mitgemacht zu haben. Anton lächelte. Wie langweilig er den Kurs doch damals fand. Anschließend kochte er sich einen starken Kaffee, setzte sich auf die Bettkante, betrachtete ihr schlafendes Gesicht, kontrollierte ab und zu den Puls.

Als Elise die Augen öffnete, war sie für eine Millisekunde geneigt, Antons Lächeln zu erwidern. Für einen kurzen Moment nur, glaubte sie, dass alles nur ein Albtraum war, sie wollte diesen Moment festhalten, daran glauben, aber die Realität hatte sie bereits im Würgegriff.

„Bitte entschuldige ...“ Anton nahm ihre Hand. Sein treuherziger Blick ließ sie würgen. Sie sprang auf, rannte zur Toilette und erbrach sich. Obwohl sie am ganzen Leib zitterte, stürmte sie ins Wohnzimmer, griff zum Telefonhörer und wählte den Notruf.
Anton näherte sich lautlos von hinten und nahm ihr seelenruhig den Hörer ab.
„Glaubst du allen Ernstes, dass dir irgendjemand glauben wird? Weißt du überhaupt, was für Konsequenzen so eine Anzeige nach sich zieht? Hast du vergessen, dass du dich wie eine Hure angezogen hast? Hast du vergessen, dass du selbst betrunken warst – dich von meinen Freund willig begrabschen lassen hast ... Hast du das alles vergessen?“, sprach er ruhig auf sie ein. „Ich war selbst überrascht über deine Tabulosigkeit. Du hast dich aufgeführt wie eine willige Freundin.“ Er lächelte gepresst: „Und meinst du, meine Kollegen in der Klinik wüssten nichts von unserer tabulosen Beziehung? – Was meinst du wohl, worüber wir so reden, in der Pause?“
Elise wankte, hielt sich an der Tischkante fest. Tiefe Leere und diffuser Hass belagerten ihr Gemüt. Dann drängte sich das Gefühl von Angst und Unsicherheit dazwischen. Was sollte sie davon halten, dass ihr die jungen Ärzte aus der Urologie freundlich zunickten, wenn man sich in der Kantine oder auf dem Weg ins Labor traf? War es ganz gewöhnliche Freundlichkeit? Oder war es das Wissen darum, dass ihr Kollege Anton sie als Sex-Spielzeug benutzte? Elise war zu erschöpft, um ihren Gedanken nachzuhängen.
„Das, was wir hier mit dir ausprobiert haben, war nicht

richtig und ich möchte mich ausdrücklich dafür entschuldigen, dass wir unseren nächsten Schritt nicht vorher abgesprochen haben."
„Entschuldigen ... nächsten Schritt ... abgesprochen", wiederholte Elise schwer atmend.
Wieder griff sie zum Hörer und wählte. Sie hörte das Freizeichen, eine Stimme: „Polizeinotruf."
Elise legte auf.
Er hatte Recht, so verdammt Recht, dachte sie. Diese Erkenntnis übermannte sie.
Was sollte sie der Polizei sagen? Dass sie in der eigenen Wohnung vergewaltigt wurde, dabei einen kurzen Rock und hohe Schuhe getragen hat, dass sie aufgetakelt war wie eine Straßendirne, dass sie betrunken war? Damit hatte sie ihre Verfügbarkeit signalisiert. Sie war ein Opfer, das fahrlässig gehandelt hatte. Sie war schuldig im Sinne ihres Erduldens – über die Monate hinweg, in der sie ihn hatte machen lassen. Woher sollte sie wissen, dass sich Anton und der zuständige Polizist nicht hinterher aus dem gleichen Swingerclub kannten? Man las so viel davon, wie wenig Anstand heute in Deutschland herrschte. Eine Machtlosigkeit stürzte auf sie ein, die Elise wie eine schwere Last zu Boden drückte.
Anton registrierte ihren inneren Kampf mit Unbehagen.
„Kann ich dir helfen?", fragte er.
„Ja", erwiderte Elise matt. „Verschwinde aus meinem Leben ... Noch heute. Ich möchte dich nie wieder sehen. Hat Herr Doktor Anton Schneider das verstanden?", fügte sie noch an. Sie versuchte, ihre

Stimme sarkastisch klingen zu lassen, was ihr nicht gelang.
Elise blickte auf die Uhr.
„Ich habe heute Spätschicht“, sagte sie apathisch. „Wenn ich zurückkomme, hast du deine Sachen abgeholt, sonst werfe ich das alles auf den Müll. Und noch was!“ Elise funkelte Anton angewidert an. „Irgendwann wirst du deine gerechte Strafe erhalten …“
Anton gab seinem kalten Gesicht einen Anflug von Grinsen. Er wusste, er hatte die Schlacht praktisch gewonnen. Wenn sie jetzt nicht die Vergewaltigung ärztlich bestätigen ließ, war er aus dem Schneider. Er grinste breiter: „Irgendwann – ist nur ein anderes Wort für niemals.“
Das waren seine letzten Worte.

~ ~ ~

Als Elise am späten Abend zurückkam, hatte Anton tatsächlich das Feld geräumt. Per SMS hatte er Elise zwar bereits mitgeteilt, dass der Wohnungsschlüssel unter dem Abtreter lag, doch glauben mochte sie das erst, als sie sich davon überzeugen konnte.
Ab diesen Tag hatte Elise mit Angstattacken zu kämpfen. Sie wurde krank, verlor an Gewicht und blieb ihrer Arbeit fern. Sie konnte nur noch bei Licht schlafen. Nachts wachte sie schweißgebadet auf, weil sie glaubte, irgendwelche Geräusche gehört zu haben. Sie hörte Stimmen, die nach ihr riefen, spürte Hände, die nach ihr packten. Sie musste etwas tun, um nicht verrückt zu werden. Elise suchte Hilfe bei einer Psychologin, die ihr Antidepressiva verschrieb. Seitdem

ging es ihr ein wenig besser. In der Klinik hörte sie, dass Anton auswärts eine Stelle angenommen hatte. Immerhin war es ihr möglich, die Freundlichkeit der anderen Ärzte nicht falsch zu interpretieren: Man ging mit Schwester Elise höflich um, weil sich das so gehörte – nicht, weil man darum wusste, dass der Kollege Schneider monatelang ihre sexuellen Schmerzgrenzen ausgetestet hatte.

~ ~ ~

Elise saß immer noch in Gedanken versunken am Boden. Endlich gelang es ihr, dieses lähmende Geflecht an Erinnerungen abzuschütteln. Langsam stand sie auf, ging zum Fenster, stemmte ihre Hände aufs Fensterbrett und blickte hinaus.
„Was habe ich verbrochen, um so bestraft zu werden?“, flüsterte sie, während sie der Sonne folgte, die langsam, wie trunken, hinter die Dächer tauchte und die Schatten der Schornsteine und Antennen streckte.
Elise lächelte gequält. Warum dachten immer alle Menschen, dass sie für irgendwas bestraft werden, wenn ihnen etwas Böses widerfährt, spann sie den Faden weiter. Ist das einfacher, als sich einzugestehen, dass sie selbst Schuld, oder zumindest eine gewisse Mitverantwortung für ihre Misere tragen?
Offensichtlich ist es so. Elise atmete mehrere Male tief ein und aus, so wie es von ihrer Therapeutin gelernt hatte. Dann wandte sie sich wieder den Umzugskartons zu. Ein flüchtiges Lächeln huschte ihr übers Gesicht, bei dem Gedanken, dass sie die Wohnung bekommen hatte und nun ein neues Leben anfangen konnte.
Vielleicht würden ihre Ängste in einer neuen

Umgebung nachlassen.
Ich bin noch zu jung, um aufzugeben, dachte sie.

4. Kapitel

Elise hatte sich bald schon gut in ihrer neuen Wohnung eingelebt. Die Tage verliefen eintönig, ohne besondere Vorkommnisse, wenn da nicht die kleinen Aufmerksamkeiten gewesen wären. Immer wenn Elise Nachtschicht hatte, lag eine Tüte Brötchen vor ihrer Tür. Elise freute sich über diese liebenswerte Geste, tippte sofort auf ihren Nachbarn und Vermieter, Herrn Kuchenbrod, der direkt neben ihr wohnte, aber fragte sich schon ein wenig, wieso er so genau über ihre Arbeitszeiten informiert war. Aber die Freude verdrängte ihre Skepsis. So nutzte sie die Gelegenheit, als sie ihm rein zufällig, wie sie glaubte, im Hausflur begegnete. Elise kam gerade von der Arbeit – ziemlich erschöpft, wie Kuchenbrod sofort auffiel.

„Guten Tag, Fräulein Kaminsky, wie geht es Ihnen?“

„Ach, wie schön, Herr Kuchenbrod“, freute sich Elise, „vielen Dank, für die frischen Brötchen, das war sehr aufmerksam von ihnen. Aber woher wussten Sie denn, dass ich Nachtschicht hatte?“

„Aber Sie hatten mir doch gesagt, dass Sie im Schichtsystem arbeiten? Erinnern Sie sich nicht?“

Nein, sie erinnerte sich nicht. Aber war das wichtig?

„Jetzt arbeite ich wieder normal für die nächsten zwei Wochen“, sagte sie stattdessen.

Kuchenbrod unterdrückte ein kundiges Nicken, während er Elise besorgt betrachtete.

„Sie sehen sehr strapaziert aus“, bemerkte er mitfühlend.

„Ja, ich hatte heute einen sehr anstrengenden Tag ...

Die vielen Patienten umbetten, das geht aufs Kreuz."
Elise blieb stehen, stützte sich am Geländer ab und rieb den schmerzenden Rücken. „Ich weiß nicht, was man dagegen machen könnte."
„Da haben Sie das gleiche Problem wie ich. Ich muss den ganzen Tag sitzen, das ist auch sehr belastend für den Rücken. Aber es gibt eine Lösung."
Elise wurde hellhörig.
„Schwimmen, sie müssen schwimmen gehen, das ist die beste Medizin ... Das bietet sich auch an. Das Schwimmbad an der Mosengeiler Straße ist doch wirklich nur einen Katzensprung weg, das ist richtig toll", Kuchenbrod musste sich bremsen, um nicht ins Schwärmen zu geraten.
„Da können wir ja mal zusammen hingehen", dachte Elise laut, um es im gleichen Moment zu bereuen. Sie war sich nicht sicher, ob das eine wirklich gute Idee war. Sie hatte plötzlich Bedenken, dass er sich Hoffnungen machen könnte und mehr in ihr Angebot hineininterpretierte als ihr lieb war. Kuchenbrod war in Elises Augen ein netter Mann, aber entsprach durchaus nicht ihrem Geschmack. Sie fand ihn putzig, unbeholfen, auf antiquierte Art liebenswert, aber mehr nicht. Aber waren solche Maßstäbe überhaupt relevant. War es nicht sie, die gedanklich spekulierte und solch ein gutnachbarschaftliches Verhältnis aufs Spiel setzte? War Kuchenbrod nicht einfach nur ein einsamer liebenswerter Geselle, der sich um sie sorgte? Hatte sich überhaupt schon mal jemand um sie gesorgt?
„Das wäre mir eine außerordentliche Freude", erwiderte Kuchenbrod mit leuchtenden Augen.

Nein, dachte sie. Ich kann ihm das Angebot nicht ausschlagen.
„Morgen um 18.00 Uhr?“, schlug Elise vor.

~ ~ ~

Punkt 18.00 Uhr klingelte Kuchenbrod mit klopfenden Herzen an Elises Wohnungstür. Nur ganz kurz, um nicht aufdringlich zu erscheinen. Er trat einen Schritt zurück und wartete geduldig, bis sich die Tür öffnete. Gutgelaunt machten sich die beiden auf den Weg. Elise mit einer bunten Badetasche, Kuchenbrod mit einem Turnbeutel aus Stoff. Während Elise unbeschwert von ihrer Arbeit berichtete, lauschte er interessiert ihren Worten und schaltete sich ab und an mit vornehmer Zurückhaltung in das Gespräch mit ein. Er genoss jeden gemeinsamen Schritt, den er neben Elise gehen durfte, ergötzte sich an den interessierten Blicken der Passanten, die vermutlich alle glaubten, dass sie ein Paar wären. Er fühlte sich als würde er auf Wolken gehen und überlegte angestrengt, wie er Elise eine weitere Freude bereiten könnte. Aber vor lauter Aufregung, fiel ihm nichts ein, zumindest nichts, was er für gelungen hielt.
Elise versuchte sich ein Lächeln zu verkneifen, als Kuchenbrod in seiner Badetracht am Schwimmbecken stand und auf sie wartete. Er war dünn wie eine Pappel und seine Haut weiß wie ein Laken. Seine karierte Badehose wollte so gar nicht seiner ohnehin schon schmächtigen Figur schmeicheln. Die Badekappe, die er trug, setzte seinem Erscheinungsbild die Krone auf. Elise hingegen trug einen schwarzen Badeanzug und war bemüht, sich nichts anmerken zu lassen.

„Das Wasser ist herrlich warm", merkte er eifrig an und sprang behände ins Wasser. Der angedeutete Kopfsprung blieb aus. Kuchenbrod legte einen gelungenen Bauchklatscher hin. Elise amüsierte sich über sein Missgeschick, und Kuchenbrod, ja, auch er lachte, wie schon lange nicht mehr. Er war glücklich, dass es ihm, wenn auch unbeabsichtigt, gelang, Elise zum Lachen zu bringen. Ihm war jedes Mittel recht. Hauptsache sie lachte. Hauptsache, er konnte den betörenden Klang ihrer Stimme hören, Hauptsache, sie sah seine Freudentränen nicht.
Wie Kinder, plantschen und tobten die beiden im Schwimmbad herum. Sie sprangen vom Dreimeterbrett, gemeinsam, Hand in Hand. Ignorierten die belustigten und teilweise verständnislosen Blicke der anderen Badegäste. Eine Stunde lang genossen sie ihre Unbefangenheit. Elise bemerkte nicht, wie Kuchenbrod mit scheuem Blick den großen Zeiger der Uhr im Auge behielt, die so gnadenlos diese schöne Zeit heruntertickte.
Schweigsam lächelnd traten sie den Heimweg an. Elise fühlte sich angenehm ausgepowert. Die Rückenschmerzen waren verflogen. Was blieb, war das angenehme Gefühl, einen sinnvollen und gelungenen Abend verbracht zu haben.
„Ich möchte mich bei Ihnen für den wunderschönen Abend bedanken", verabschiedete sich Kuchenbrod und hauchte Elise einen Kuss auf die Hand. Gern hätte er gefragt, ob die Aussicht bestünde, das Erlebte zu wiederholen, aber er verkniff sich diese Torheit.
„Es war sehr schön", erwiderte Elise gerührt, „das

können wir bald wieder machen. Das Schwimmen tut nicht nur meinem Rücken, sondern auch meiner Seele gut“, sagte sie und drückte ihn kurz an sich.
„Danke“, sagte sie und schloss die Tür.
„Danke“, hauchte er benommen, wobei er wie paralysiert dastand und die verschlossene Tür anstarrte.
Während Elise umgehend in einen sanften Schlaf fiel, lag er noch lange wach. Er wollte und konnte kein Auge zu bekommen. Das Erlebte war noch so intensiv und greifbar nah, dass er sich bis tief in die Nacht in seinen Erinnerungen suhlte. In seinen Gedanken hörte er Elises glockenhelle Stimme, sah ihr fröhliches Gesicht, ihre Augen, die ihn aufgeweckt anstrahlten.
Wie gern würde er jetzt bei ihr sein, sie in den Armen halten und mit ihr gemeinsam einschlafen.
Es war nach Mitternacht, als Kuchenbrod von dieser Sehnsucht übermannt, sein Bett verließ.
Beinahe lautlos schloss er Elises Tür auf. Der Schein der Straßenlaterne leuchtete schwach auf ihr Bett. Elise schlief tief und fest. Er konnte ihre gleichmäßigen Atemzüge hören. Behutsam setzte er sich auf die Bettkante und betrachtete liebevoll ihr Gesicht. Sie trug nur ein ärmelloses T-Shirt und einen Slip. Eine blonde Strähne hing ihr im Gesicht. Er widerstand der Versuchung, ihr die Haarsträhne aus dem Gesicht zu streichen und ihr sanft einen Kuss auf ihre Stirn zu hauchen. Er schluckte bewegt, seine Hände zitterten. Sein Blick schweifte zum offenen Fenster, ein Lufthauch blähte die Vorhänge auf. Seine Augen wanderten zurück zu Elises halbnacktem Körper.

Behutsam streifte er Elise die Bettdecke über ihre Schulter. Es war kühl geworden, sie sollte sich bloß nicht erkälten. Dann stand er auf und verschwand genauso lautlos wie er gekommen war.

~ ~ ~

Am nächsten Tag klingelte es an seiner Tür. Kuchenbrod stand gerade unter der Dusche, griff hektisch nach einem Handtuch und ging zur Tür, äugte durch den Spion, um nachzusehen, wer ihn störte.
„Elise“, flüsterte er panisch erregt. Und noch während er überlegte, ob es sich schickte, in seinem Aufzug die Tür zu öffnen, hörte er ihre Stimme.
„Herr Kuchenbrod, sind Sie da?“ Elise klopfte an die Tür.
Umgehend öffnete er einen Spalt.
„Einen Moment bitte, ich will mir nur was überziehen!“, vertröstete er kurz, spurtete ins Bad zurück und zog sich den Bademantel an.
„Komme ich ungelegen?“
„Aber nein, Fräulein Kaminsky, ich war nur unter der Dusche. Bitte, darf ich Sie hereinbitten?“
Sie trat lächelnd ein und ließ sich von ihm ins Wohnzimmer hofieren.
„Entschuldigen Sie bitte, meinen Aufzug“, entgegnete er erhitzt, während er Elise einen Platz auf dem Ledersofa anbot. Elise blickte sich neugierig um. Sein Wohnzimmer war geschmackvoll ausgestattet. Eigentlich hatte sie erwartet, dass Kuchenbrod den verstaubten Geschmack seiner Mutter geerbt hatte. Das weiße Ledersofa besaß einen verchromten Rahmen, der Glastisch war staubfrei, edel. Es gab ein imposantes

Bücherregal, eine moderne Stereoanlage, bunte abstrakte Gemälde an der Wand, eine imposante Palme, deren Blätter bis zur Decke reichten, die große Fensterfront wurde von hellen bodenlangen Vorhängen betont. Alles wirkte einladend, hell und freundlich. Kuchenbrod war Elises Blick gefolgt. Er war sehr angetan, als sie seinen guten Geschmack lobte. Allerdings verschwieg er ihr, dass er sich erst nach dem Tod seiner Mutter von den geschmacklosen Altlasten befreit hatte. Er hatte sich in einer Nacht und Nebelaktion die alten Möbel abtransportieren lassen und sich gleich am nächsten Tag in ein exklusives Möbelhaus begeben und sich von einem freundlichen Verkäufer beraten lassen. Kuchenbrod genoss die zuvorkommende Behandlung, die ihm der Verkäufer entgegenbrachte. Ein Service, der ihm ein kleines Vermögen kostete. Aber das juckte ihn nicht. Er war froh darüber, dass man guten Geschmack kaufen konnte.

„Darf ich Ihnen etwas anbieten?“

Elise bat um ein Glas Wasser. Er folgte Ihrem Wunsch und servierte beflissen ein Glas Wasser mit Zitrone. Sie nahm einen Schluck und erwiderte seinen neugierigen Gesichtsausdruck mit einem Lächeln.

„Herr Kuchenbrod, ich habe eine Bitte an Sie“, begann sie schuldbewusst.

„Aber sehr gern doch, was kann ich für Sie tun?“

„Ich habe eine Woche Urlaub genommen, weil ich nach Krakau reisen möchte. Zu meiner Cousine. Sie feiert Hochzeit, und man hat mich für einige Tage eingeladen.“

Kuchenbrod stutzte unbemerkt. Hatte sie ihm nicht erzählt, dass sie keine Verwandte mehr hatte?
„Und nun wollte ich Sie bitten ... herzlich bitten, meinen Wellensittich zu füttern und meine Pflanzen zu gießen.“
„Aber das ist doch selbstverständlich, seien Sie unbesorgt.
Ich werde mich gern um den Vogel und Ihre Pflanzen kümmern. Machen Sie sich keine Sorgen.“ Er räusperte sich kurz. „Allerdings benötige ich dann ihren Wohnungsschlüssel.“
Elise bedankte sich, händigte ihren Wohnungsschlüssel aus. Er nahm ihn an sich, war insgeheim froh, dass er daran gedacht hatte.
„Übrigens, Sie können mich Elise nennen.“
„Sehr gern, mein Name ist Gottlieb“, erwiderte er gerührt. „Leider kein so schöner Name“, fügte er noch bedauernd hinzu.
„Darf ich fragen, wann die Reise ansteht? Dann könnte ich Sie vielleicht zum Bahnhof bringen. Sie haben sicher Gepäck?“
„Wenn es Ihnen keine Umstände bereitet, sehr gern. Ich fahre morgen, um 22.14 Uhr geht mein Zug.“
Wie versprochen begleitete er Elise an jenem Abend zum Bahnhof. Zuvorkommend trug er die schwere Reisetasche. Bevor sie in den Zug einstieg, überreichte Kuchenbrod ihr noch eine Papiertüte.
„Etwas Proviant, frisch belegte Brötchen, etwas Süßes und ein Getränk für die anstrengende Reise“, erklärte er verlegen. Elise nahm ihn freundschaftlich in den Arm und verabschiedete sich von ihm. Als der Zug sich

in Bewegung setzte, schob sie das Fenster herunter und winkte im zu. Kuchenbrod erwiderte ihre Geste mit einem Stofftaschentuch, lief sogar dem Zug ein paar Schritte nach. Seine Bewegungen wirkten hölzern, als würde er auf Stelzen laufen, seine Worte, unbeholfen: „Eine gute Reise! Kommen Sie mir wohlbehalten zurück, Fräulein Elise!“, konnte sie noch aufschnappen, das „Ich mag Sie!“, wurde von dem Lärm der anfahrenden Triebwerke verschluckt.

~ ~ ~

Gleich am nächsten Tag kümmerte er sich um Elises Wohnung. Bevor er mit seiner Arbeit begann, schaute er sich in den Räumlichkeiten um. Das Wohnzimmer wirkte nicht mehr so düster und verstaubt wie bei seiner Mutter. Die alten Gardinen im Fischgrätenmuster und die schweren Samtvorhänge waren durch seidige lange Schals ersetzt. Die grauenhaften Kunstblumen und Stofftiere, Häkeldecken sowie die bestickten Sofakissen waren ebenfalls entsorgt worden. Der Raum wirkte dadurch viel größer, die Fensterfront erstrahlte im Licht und war nicht mehr verbaut von bunten Blumentöpfen und Tonfiguren, sondern befreit von jeglichem Firlefanz, den seine Mutter im Lauf der Jahrzehnte gesammelt hatte. Die Erlaubnis, sich ohne jede weitere Frage des betagten Gerümpels zu entledigen, hatte er seiner Mieterin anfangs ausdrücklich erteilt. Bei Tageslicht hatte er das Ergebnis weiblichen Entrümpelns noch nicht begutachtet. Er fühlte sich wohl, das bedrückende Gefühl, das er sonst verspürte, wenn er diese Wohnung einst betreten musste, war wie weggeblasen. Gut

gelaunt öffnete er die Fenster, stellte dabei fest, dass sie schmutzig waren. Das kann ich später erledigen, dachte er, während er sich umschaute und sein Blick an einem Bücherregal haften blieb. Er nahm den Zeigefinger und wischte über das staubige Holz. Mit schräg geneigtem Kopf betrachtete er sich die Bücher, die eng aneinandergereiht im Regal standen. Er versuchte, Titel und Autor vom Buchrücken zu lesen.
„Erik Bernsteiner“, murmelte er vor sich hin.
Er nahm eines der Bücher zur Hand, begutachtete das Cover, auf dem eine hübsche Landschaft abgebildet war. Sicher ein Liebesroman, mutmaßte er vage und stellte das Buch wieder zurück. Dabei fiel ihm auf, dass die meisten der Bücher von ein und denselben Autor stammten. Auch Hörbücher befanden sich in Elises Sammlung. Er prägte sich den Namen ein, der offensichtlich Elises Lieblingsautor war. Er wollte sich gerade von den Büchern abwenden, als ihm ein Buch besonders ins Auge stach. Zögernd fingerte er es heraus und betrachtete den hellblauen Einband mit dem goldenen Schriftzug. Wie ertappt schob er das Buch wieder an seinem Platz.
Als hätte jemand nach seinem Namen gerufen, machte er sich überstürzt an die Arbeit. Er versorgte den Vogel und goss die Blumen, danach räumte er die Küche auf, saugte den Teppich, putzte die Fenster und wischte die Blätter der Pflanzen mit einem feuchten Tuch ab. Er versuchte, seine Arbeit mit der gleichen nötigen Sorgfalt zu verrichten, mit der er junge Versicherungsvertreter lehrte, taktvoll und diskret mit den Schadensfällen umzugehen, die ihnen gemeldet

wurden, aber er war unkonzentriert. Immer wieder schweifte sein Blick zum Bücherregal hinüber. Er kämpfte mit sich selbst, der Versuchung zu widerstehen. Er appellierte gedanklich an seine Moral, sein Gewissen, aber das unbändige Verlangen, mehr über Elise zu erfahren, vielleicht endlich den Grund ihrer Melancholie zu entschlüsseln, war stärker als sein schlechtes Gewissen. Er warf den Staublappen, mit dem er das Regal nun schon zum x-ten Male abgewischt hatte, weg, wie ein Soldat seine Waffe und ergab sich mit zerknirschter Miene seinem inneren Kampf.

~ ~ ~

Im Wohnzimmer war es stockdunkel geworden. Kuchenbrod saß mit einem Glas Wasser in der Hand und dem Tagebuch in seinem Schoß auf dem Stuhl. Reglos wie ein Geist, starrte er apathisch ins Leere. Er empfand Ekel und Abscheu, Gefühle, die sich zu einer Woge des Hasses in ihn auftürmten, während er das Glas fest umklammerte. Wie einen Fluch wiederholte er immer wieder den gleichen Namen: Doktor Anton Schneider ... Anton Schneider ... Schneider, Anton.“ Das Glas in seiner Hand zerbrach. Blut tropfte auf den Boden.

Nach mehreren Stunden des Grübelns verließ er mit hängenden Schultern Elises Wohnung. Das erste Mal in seinem Leben zog er sich vor dem Schlafengehen nicht aus. Erschöpft ließ er sich auf die Matratze fallen und fiel in einen unruhigen Schlaf.

~ ~ ~

Elise kam überraschenderweise zwei Tage früher von

ihrer Reise zurück. Kuchenbrod hörte, wie nebenan die Tür leise ins Schloss fiel. Er lag auf seinem Bett und stierte an die Decke, sein Herz klopfte heftig. Schweiß hatte sich auf seiner Stirn gebildet. Er fühlte sich krank, hatte die letzten Tage kaum etwas gegessen.

~ ~ ~

Irgendwas ist anders, dachte Elise, als sie in ihrem Wohnzimmer stand und sich nachdenklich umblickte. Alles wirkte so sauber. Der frische Geruch von Zitrone und Möbelpolitur waberte durch die Zimmer. Sofort fiel ihr der Blumenstrauß auf, der auf dem Couchtisch stand. Sie beugte sich über die Vase und atmete den Duft der frischen Blumen ein, während ihr Blick sich kurz auf die Couch richtete. Sie stutzte. Hatte ich nicht meine Strickjacke dort liegen lassen? Sie zuckte leichthin mit den Schultern und ging in die Küche. Vor der Spüle stutzte sie wieder. Wo ist das schmutzige Geschirr? Sie ging ins Schlafzimmer. Sie war sich ganz sicher, dass sie ihr Bett nicht gemacht hatte, bevor sie ging. Sie lief ins Bad, blickte in den Spiegel. Sie konnte sich noch genau an die Spritzer auf dem Spiegel erinnern. Elise setzte sich auf die Kloschlüssel. Er hat meine ganze Wohnung geputzt, überlegte sie perplex. Sie schluckte unbehaglich. Hatte er damit nicht ihre Intimsphäre verletzt? Sollte sie ihn darauf ansprechen? Vielleicht hat er auch noch meine Wäsche gebügelt, schwante ihr. Umgehend überprüfte sie den Gedanken, aber die ungebügelte Wäsche lag noch neben dem Schlafzimmerschrank. Elise atmete erleichtert auf. Sie verdrängte ihr flaues Gefühl. Er hatte es ja nur gut gemeint, beruhigte sie sich und dachte an den

Blumenstrauß. Ich sollte mich bei ihm bedanken, statt innerlich herumzumeckern. Sie dachte an das kleine Geschenk, dass sie ihm als kleine Anerkennung mitgebracht hatte. Eine Flasche Wodka. Ein Original, das es nur in Polen zu kaufen gab. Am Sonntag werde ich sie ihm vorbeibringen, dachte sie, jetzt habe ich erst mal Wichtigeres zu tun.
Sie räumte ihre schmutzigen Sachen aus der Reisetasche und warf sie in die Waschmaschine, anschließend schaltete sie den Fernseher leise an. Sie wollte wissen, was der Wetterbericht für morgen prognostizierte. Danach legte sie sich auf die Couch und starrte grübelnd an die Zimmerdecke.

~ ~ ~

Am Sonntagabend stand Elise mit ihrem polnischen Präsent vor Kuchenbrods Tür. Sie zupfte das Schleifenband zurecht, bevor sie auf die Klingel drückte. Einmal, zweimal. Elise wollte gerade den Rückweg antreten, als sie schlurfende Schritte hinter der Tür vernahm. Die Tür öffnete sich zaghaft. Elise erschrak, als ihr Kuchenbrod gegenüberstand und sich schwerfällig an der Klinke abstützte. Er war leichenblass. Sein Gesicht wirkte eingefallen, als wäre er die letzten Tage um Jahre gealtert.
„Guten Tag, Elise ...“, rang er sich ab.
„Um Himmels Willen, Sie sehen ja fürchterlich aus! Sind Sie krank?“, ereiferte sich Elise betroffen.
„Ja“, bestätigte er fahrig, „ich fühle mich nicht sonderlich. Scheinbar eine kleine Erkältung“, versuchte er zu verharmlosen und lächelte gequält.
„Ich habe Ihnen etwas mitgebracht.“ Elise reichte ihm

die Flasche. „Vielleicht sollten Sie einen Schluck davon trinken. Der Wodka wirkt ja angeblich wie Medizin."
Ein flüchtiges Lächeln erhellte seine Gesichtszüge.
„Vielen Dank, dass Sie an mich gedacht haben."
„Wann sind Sie denn zurückgekommen?", fragte er.
Er nahm die Flasche an sich und blickte Elise gerührt an. „Möchten Sie eintreten?"
Sie verneinte dankend und empfahl Kuchenbrod dringend zum Doktor zu gehen.
„Doktor", krächzte er geknickt, „ja, ja, da war ich schon", versicherte er abwesend und wich Elises besorgtem Blick aus.
Sie verabschiedete sich von ihm und wünschte ihm gute Besserung, danach ging sie zurück in ihre Wohnung, während sich Kuchenbrod mit der Flasche in der Hand zurück ins Bett schleppte.
Geistesabwesend starrte er auf den Wodka, als würde er das Etikett studieren. Dann schraubte er sie hastig auf und trank sie halbleer. Seine Krankmeldung bei der Themis-Lusitania war die erste seit zehn Jahren – auf welches Leiden sie sich stützte, ging niemandem was an

5. Kapitel

Elise bemerkte es sofort. Dieses ungewohnt hektische Treiben, das aufgeregte Tuscheln, das auf der Kardiologie-Station herrschte.
„Was ist denn hier los?“, fragte sie mit unterdrückter Neugier, als sie den Empfangstresen erreichte.
„Ja, hast du denn nicht die Zeitung gelesen?“, wurde sie wenig hilfreich zurückgefragt. Sie blickte in die entsetzten Gesichter zweier ihrer Kolleginnen.
„Doktor Schneider ist tot!“, klärte man sie auf, während eine ihrer Kolleginnen ihr wortlos die Zeitung unter die Nase hielt: „Ertrunken! Erst ist er wohl halb erschlagen worden und dann ins Wasser gestoßen.“
„Ertrunken?“, wiederholte Elise verwirrt und starrte auf die Überschrift der Gazette:

Junger Arzt tot aufgefunden!

„Wieso das denn?“, murmelte sie schockiert.
„Dann lies doch!“, wurde sie von den anderen aufgefordert. „So wie es aussieht, war es Raubmord.“
Elise versuchte den Artikel zu lesen, aber die Buchstaben schienen vor ihr zu verschwimmen. Sie versuchte, den entstandenen Tränenschleier wegzublinzeln, ohne dass es ihre Kolleginnen bemerkten.
„Du scheinst ihn auch sehr gemocht zu haben“, stellten sie fest. „Das es auch immer die Falschen erwischen muss.“
„Ich habe ihn ja kaum gekannt“, entgegnete Elise schwach.
„Aber du hast doch mal auf seiner Station gearbeitet“,

erinnerte man sie an etwas, an das sie nicht erinnert werden wollte, „das haben wir der Polizei auch gesagt ... Die treiben sich heute schon den ganzen Tag hier rum und führen Befragungen durch."
„Was?" Elise schluckte. „Was habt ihr denen denn gesagt?"
„Nichts weiter", erwiderte die Oberschwester", nur das du mal auf seiner Station gearbeitet hast. Hätte ich das nicht sagen sollen? Ist das schlimm?"
„Nein, natürlich nicht", widersprach Elise rasch, „aber was habe ich damit zu tun?"
„Na hoffentlich nichts", wurde ihr salopp entgegnet, „aber die befragen eben alle ... Reine Routine."
Elises Hände zitterten, sie legte die Zeitung auf den Tresen und las:

Gestern Mittag gegen 15.30 Uhr wurde an der Donau die Leiche eines Mannes gefunden. Es handelt sich dabei aller Wahrscheinlichkeit um den Arzt Doktor Anton Schneider. Alle Indizien deuten darauf hin, dass der 35-Jährige einem Gewaltverbrechen zum Opfer gefallen ist. Der Urologe galt bereits seit zwei Tagen als vermisst. Das Opfer wurde zwischen dem 1. und 2. April beim Angeln mit einem harten Gegenstand erschlagen und anschließend ins Wasser gestoßen. Die Todesursache lautet: Tod durch Ertrinken.

Der Tote hatte weder seine Ausweispapiere oder Brieftasche noch sein Handy bei sich. Es ist davon auszugehen, dass diese Gegenstände geraubt worden sind. Lediglich seine Angelausrüstung Marke:

„Airways", seine Anglertasche Marke: „Iron Claw" sowie das Fahrrad Marke: „Cube" – Farbe schwarz metallic, wurden am Tatort aufgefunden. Schneider galt in seinem Kollegenkreis als sehr zuverlässig und beliebt.
Die Kriminalpolizei bittet um Ihre Mithilfe!
Wer hat Schneider zwischen den besagten Tagen bei der Einmündung im Winzerwasser an der Donau beim Angeln gesehen und/oder etwas Merkwürdiges beobachtet? Für sachdienliche Hinweise ist eine Belohnung von bis zu 3.000 Euro ausgesetzt.

Ohne ein weiteres Wort zu sagen, legte Elise die Zeitung beiseite und blickte stumm in das schweigsame Gesicht der Stationsschwester. Die zuckte mit den Schultern und blickte Elise auffordernd an.
„Bei aller Tragik, aber die Arbeit muss weitergehen! In Zimmer 14 und 15 müssen die Betten frisch bezogen und die Patienten umgebettet werden!"
Elise nickte still.
„Gleich", murmelte sie, „ich muss noch mal auf die Toilette."
Elise schloss sich in der Toilette ein und setzte sich auf den heruntergeklappten Klodeckel. Sie versuchte, sich zu beruhigen, den Schock zu verdauen, der ihr auf den Magen geschlagen war. Und vor allem überlegte sie, was sie den Beamten bei einer Befragung sagen sollte. Die Wahrheit? Sollte sie sagen, dass sie Anton nicht nur gekannt, sondern auch mit ihm eine Beziehung geführt hatte? Sollte sie sagen, was hinter dem scheinbar beliebten Arzt wirklich steckte? Sollte sie

sich den Beamten anvertrauen, ihnen von der Vergewaltigung erzählen, so wie es ihr ihre Therapeutin empfohlen hatte? Und wenn ja, stand sie dann nicht im Fadenkreuz? Machte sie sich dadurch nicht verdächtig? Hatte sie dadurch nicht ein Motiv? Was hatte das für Folgen? Die Presse? Die Kollegen? Aber laut Aussage der Zeitung, selbst wenn es nur eines dieser komischen Regensburger Blätter war, gingen sie von Raubmord aus? Und wenn sie einfach log? Sein Handy war verschwunden, somit auch ihre Telefonnummer, die er vermutlich gespeichert hatte. Aber was ist, wenn sie ihr doch auf die Schliche kommen? Elise wurde plötzlich speiübel. Sie sprang auf, klappte den Deckel hoch und erbrach sich. Schwer atmend schleppte sie sich zum Waschbecken, blickte in den Spiegel. Sie war leichenblass. Hektisch spritzte sie sich kaltes Wasser ins Gesicht, atmete tief durch und huschte möglichst unauffällig den Stationsflur entlang.
Sie war gerade dabei, die Betten frisch zu überziehen, als zwei Personen das Zimmer betraten. Elise registrierte den ungebetenen Besuch aus den Augenwinkeln.
„Sie dürfen hier nicht einfach hereinkommen“, sagte sie, wobei sie sich von ihrer Arbeit nicht ablenken ließ.
„Entschuldigung, wir sind von der Kriminalpolizei, mein Name ist Oberkommissar Huber, und das ist meine Kollegin Frau Hauptkommissar Leitner. Wir hätten ein paar Fragen an Sie. Hätten Sie kurz Zeit?“
„Eigentlich nicht“, erwiderte Elise entschuldigend. „Sie sehen ja, ich bin ein wenig gestresst ... Aber wenn Sie mich nicht lang von der Arbeit abhalten ... Ich nehme

an, es geht um Herrn Doktor Schneider?“ Elise blickte die beiden Beamten unverwandt ins Gesicht.
„Richtig, wir haben schon einige ihrer Kolleginnen nach Herrn Doktor Schneider befragt, und eine Frau Schnalzer hat gesagt, dass Sie vor nicht allzu langer Zeit auf seine Station versetzt worden sind.“
Elise bestätigte. „Ja, das war aber nur kurzfristig. Zwei Wochen lang, und schon länger her.“
„Vielleicht können Sie uns etwas über Herrn Doktor Schneider sagen. Ist Ihnen vielleicht etwas Außergewöhnliches aufgefallen?“
„Nein, mir ist nichts aufgefallen. Ich habe den Herrn Doktor nur flüchtig gekannt. Wir haben uns beim Vorbeigehen gegrüßt. Er war freundlich, sehr beliebt bei den Schwestern, aber mehr kann ich nicht sagen.“
Elise setzte sich auf die Bettkante und blickte die beiden Beamten interessiert an. „Leider“, schob sie noch bedauernd nach. „Wissen Sie schon ... ich meine, wer tut so was? Ich versteh das nicht.“
Die Beamten reagierten genauso so arglos, wie es Elise zu sein vorgab.
„Wo waren Sie zwischen dem 1. und 2. April?“, fragte Huber nach einer kurzen Pause.
Elise blickte erschrocken auf.
„Reine Routine“, beruhigte die Beamtin.
„Ich hatte ein paar Tage Urlaub. War verreist. Bin nach Krakau gefahren, zur Hochzeitsfeier meiner Cousine. Ich kann Ihnen das Ticket zeigen, wenn Sie wollen ...“
Huber machte sich eine kurze Notiz, nahm Elises Daten auf und klappte den Block dann mit einer schwungvollen Handbewegung zu.

„Das war's auch schon. Wir wollen Sie nicht weiter von der Arbeit abhalten. Aber falls Ihnen doch noch etwas einfallen sollte ... auch wenn es für Sie belanglos erscheinen mag, dann rufen Sie uns bitte an." Huber fischte eine Visitenkarte aus seiner Jackentasche.
„Ja, das werde ich tun", versprach Elise, während sie abwesend das Kärtchen betrachtete.
„Haben Sie denn schon eine Spur?", rief Elise den Beamten nach, die sich bereits zum Gehen abgewandt hatten.
„Nein, bis jetzt noch nicht", bekam sie erwidert.
„Es hat ja auch geregnet ...", rutschte Elise raus.
Leitner blieb stehen und fixierte Elise fragend. Als hätte sie die Gedanken der Beamtin von der Stirn abgelesen, beeilte sich Elise eine Erklärung abzuliefern.
„Ich meine, man hat mir erzählt, dass es die ganze Zeit hier geregnet hat, in Krakau war schönes Wetter."
Hubert und Leitner nickten Elise wortlos zu, bevor sie sich verabschiedeten.
Den restlichen Tag war Elise unaufmerksam. Sie hatte Mühe, sich auf ihre Arbeit zu konzentrieren. Machte Flüchtigkeitsfehler, wurde darauf angesprochen und bildete sich ein, dass sie von ihren Kolleginnen misstrauisch beobachtet wurde. In der Pause verfolgte sie aufmerksam die Gespräche des Personals, ohne sich an den Mutmaßungen und Prophezeiungen zu beteiligen, die man über den Toten anstellte. Noch nie hatte sie sich den Feierabend so herbeigesehnt wie an jenem Tag.
Noch völlig in ihre Gedanken eingesponnen, trat sie zügig den Heimweg an. Sie hätte jetzt gern mit

jemandem geredet, jemandem, dem sie vertrauen konnte. Der nicht misstrauisch nachhakte, sondern ihr vielleicht einen klugen Rat geben könnte. Sie dachte an Kuchenbrod. Vor ihrem Haus angekommen blickte sie zu seinem Fenster empor. Es war erleuchtet. Sie lächelte erleichtert. Das erste Mal an diesem Tag. Hoffentlich geht es ihm wieder gut, dachte sie, als sie eine Stunde später mit der Zeitung in der Hand an seiner Tür läutete. Sie war nun nicht mehr völlig aufgelöst, aber doch bedürftig, sich endlich ein wenig trösten zu lassen.
Angespannt lauschte sie auf seine Schritte, die sich diesmal weitaus dynamischer anhörten als bei ihrem letzten Besuch. Kuchenbrod strahlte Elise freundlich an, bemerkte aber sofort ihre Aufregung. Ohne darauf einzugehen, bat er sie freundlich herein, genauso wie er ihr ungefragt ein Glas Wasser mit Zitrone servierte und geduldig darauf wartete, was ihr auf dem Herzen lag.
„Haben Sie die Zeitung gelesen?“, sprudelte Elise los.
Kuchenbrod verneinte. Er las keine Tageszeitung. In seinem Beruf interessierten ihn Schadensfälle wie Nachbars vollgelaufener Keller oder Wirbelstürme am anderen Ende der Welt, die die Rückversicherungskosten beeinträchtigten – also nicht die Art von Nachrichten, über die die Regensburger Zeitungen berichteten und falls doch, dann sicher nicht seriös.
„Dann wissen Sie also noch gar nicht Bescheid?“
„Ist etwas geschehen? Sie wirken so aufgedreht? Bitte beruhigen Sie sich doch. Darf ich Ihnen ein Glas Kognak anbieten?“, entgegnete er bedächtig.

Ohne auf eine Antwort zu warten, schenkte er Elise ein Glas ein. Mit hochgezogenen Augenbrauen sah er ihr zu, wie sie das Glas in einem Zug austrank.
„Er ist tot! Offenbar ermordet worden!“, erklärte sie hastig.
Kuchenbrod sah Elise fragend an.
„Wer? Wer ist tot?“
„Doktor Schneider!“, schluchzte sie.
Kuchenbrod sah aus, als würde er sein Gedächtnis nach Anhaltspunkten abgrasen.
„Doktor Schneider?“, wiederholte er grübelnd, „ihr Hausarzt? Oder ein Kollege?“
„Der Mann von dem ich Ihnen erzählt habe. Der Mann mit dem ich zusammengelebt habe, der mich so schlecht behandelt hatte ... wegen dem ich die Wohnung gewechselt habe!“, half Elise nach.
Kuchenbrod antwortete mit einer Miene die frisches Erinnern zeigen sollte.
„Ja, ich entsinne mich. Sie haben mir von diesem Mann erzählt, aber keinen Namen genannt“, stellte er richtig. „Ich kenne keinen Doktor Schneider. Es klang nur schwach wie eine Rechtfertigung.
„Egal“, winkte Elise ab. „Jetzt ist er tot. Ermordet!“
Kuchenbrod war das nicht egal, zumindest, was den Namen des Unbekannten betraf. Gern hätte er seine Ahnungslosigkeit nochmals beteuert, aber er hielt es für geschickter, zu schweigen – *Rhetorikkurs IV für Versicherungsleute der „Themis-Lusitania:“* Gelernt ist gelernt.
„Sie sagten, man hat ihn ermordet?“, hakte er stattdessen sachlich fragend nach. Elise legte ihm die

Zeitung auf den Tisch.
„Bitte lesen Sie!"
Er las den Artikel und schob die Zeitung beinahe gleichgültig zur Seite.
„Ich gehe davon aus, dass ihnen dieser Herr da ...", er deutete mit einer widerwilligen Handbewegung auf die Zeitung, „also, ich meine den Verblichenen ..., dass er Ihnen nichts mehr bedeutet hat?"
„Natürlich hat er mir nichts bedeutet, ich habe ihn abgrundtief gehasst."
Kuchenbrod konnte sich ein zustimmendes Nicken nicht verkneifen, während er Elise fixierte.
„Ich habe mir schon oft gewünscht, ihn umzubringen. Verstehen Sie? Für das, was er mir angetan hat", erklärte sie aufgelöst.
„Aber Sie haben ihn nicht umgebracht", stellte er zuvorkommend fest. „Obwohl Sie ihre Gründe gehabt hätten", fügte er noch gepresst hinzu. „Gründe, die ich voll
verstehen kann."
Sie nickte zustimmend, obwohl sie sich über diesen Verständnisvorschuss, den er ihr entgegenbrachte, etwas wunderte, zumal sie ihm keine Einzelheiten von Anton erzählt hatte. Trotzdem erschien ihr Kuchenbrod in diesem Moment wie ein verständnisvoller Freund, ein Verbündeter, dem sie sich anvertrauen konnte.
„Heute war die Polizei im Krankenhaus. Die haben alle möglichen Leute befragt, unter anderem auch mich", fuhr sie fort.
„Das ist ganz normal", winkte er ab. Plötzlich stutzte er und sah Elise forschend an. „Ich verstehe", fügte er

noch hinzu. „Sie haben Angst, denen alles zu sagen, ich meine, dass Sie mit ihm mehr als befreundet waren, weil Sie befürchten, dass das ein unangenehmes Nachspiel für Sie haben könnte. Ist meine Vermutung richtig?“

Elise nickte bedrückt.

„Ich habe denen nur gesagt, dass ich Anton gekannt habe, mehr flüchtig, von der Arbeit her und so. Die Wahrheit habe ich denen verschwiegen. Jetzt habe ich ein schlechtes Gewissen, dass die mir auf die Schliche kommen. Ich weiß nicht, was ich machen soll.“

Er überlegte kurz, nahm noch einmal die Zeitung zur Hand.

„Ich glaube nicht, dass die nähere Untersuchungen in seinem Bekanntenkreis anstellen, schließlich deutet alles auf einen Raubmord hin. Vermutlich war er ein Zufallsopfer, aber trotzdem werden die jeden Stein umdrehen. Ich würde Ihnen raten ...“

„Was?“, unterbrach ihn Elise aufgewühlt.

„Denen die Wahrheit zu sagen“, vervollständigte er.

„Die Wahrheit!“ Elise ließ sich angeschlagen in die Polster fallen. Ihre Hand begann zu zittern. Kuchenbrod registrierte es. Er setzte sich neben sie und tätschelte beruhigend ihren Handrücken. Elise warf sich schluchzend an seine Brust. Für einen Augenblick fühlte er sich mit der Situation überfordert. Er konnte ihre Haare an seinen Lippen spüren, ihre Haut riechen. Er unterdrückte das Verlangen, sie auf ihr Haar zu küssen und sie ganz fest in seine Arme zu schließen. Aber nein, Elises Körper signalisierte nicht Offenheit für frivole Sehnsüchte, sondern verlangte nach Trost.

Sie braucht Zeit, viel Zeit, dachte er, während er Elise zögerlich und mit klopfenden Herzen an seine Brust drückte und ihr sacht und doch ein wenig hölzern mit der Hand auf ihren Rücken klopfte. Sie bekam gar nicht mit, wie sehr sie ihn in Verlegenheit brachte. Im Gegenteil, seine Umarmung, wenn auch nur zaghaft, tat ihr gut. Da war jemand, der ihr zur Seite stand und in ihrem Interesse handelte.
Kuchenbrod schwitzte, Schweiß trat auf die Stirn, sein Herz randalierte im Brustkorb. Beinahe war er erleichtert, als Elise sich aus der Umarmung löste.
„Sie haben Recht“, schniefte sie entschlossen.
Sie nahm das Taschentuch an, dass er ihr reichte.
„Ich werde den Kommissar morgen gleich anrufen und ihm die Wahrheit sagen.“
Kuchenbrod drückte seine Zustimmung mit einem aufmunternden Lächeln aus.
„Alles wird gut“, sagte er bestimmt, ganz so, als müsse er sich selbst beruhigen.
„Soll ich ihm auch von den anderen Dingen erzählen?“, fragte Elise.
„Welchen anderen Dingen?“, gab er sich irritiert.
„Von dem, was er mir angetan hat?“
„Nein“, entgegnete er entschieden. „Auf keinen Fall. Das geht niemanden etwas an“, fügte er etwas gedämpfter hinzu.
Elise nickte einsichtig. „Muss ich sonst noch etwas beachten.“
Kuchenbrod kratzte sich verlegen am Kopf.
„Ich wäre Ihnen sehr verbunden, wenn Sie der Polizei nicht sagen, dass ich Sie zu dem Geständnis ermuntert

habe. Ich meine, Sie sollten meinen Namen nicht erwähnen. Sie verstehen, als Versicherungsmann, der Diskretion wegen?“

„Aber das ist doch selbstverständlich“, behauptete Elise.

Da war sich Kuchenbrod keines Falls sicher. Er war froh, dass er Elise darauf aufmerksam gemacht hatte. Sicher war sicher.

~ ~ ~

Gleich am nächsten Tag vereinbarte Elise einen Termin mit Kriminaloberkommissar Huber.

Sie war sehr erleichtert, dass Huber sie allein empfing und ihr sichtlich freundlich und wohlgesonnen gegenübertrat.

Ohne große Umschweife kam sie zur Sache.

Huber hörte ihr aufmerksam zu und machte sich ein paar Notizen.

„War das alles?“, wollte er wissen, als sie ihre Angaben beendet hatte.

Elise bestätigte verunsichert. Sie hätte erwartet, dass er sie danach fragen würde, warum sie erst jetzt mit der Sprache herausrückte, aber stattdessen hatte sie den Eindruck, als wäre ihr ‚Geständnis‘ nicht von besonderer Wichtigkeit.

„Wie lange, sagten Sie, haben Sie mit Doktor Schneider zusammengewohnt?“, wollte Huber noch wissen.

„Ein halbes Jahr.“

Huber blätterte in seiner Akte, bis er eine bestimmte Seite gefunden hatte. Er nahm den Hefter in die Hand und lehnte sich in seinem Bürostuhl zurück. Dann schaute er Elise über den Rand seiner Brille an, mit

verstohlenen Blick, so als hätte seine Akte ein Geheimnis offenbart.
„Stimmt was nicht?“, erkundigte sich Elise verunsichert.
Für einen Bruchteil einer Sekunde schien Huber unentschlossen, dann schüttelte er den Kopf. Er hielt es nicht für nötig, sie darüber in Kenntnis zu setzen, dass Schneider in der Zeit, in der er mit Elise bereits zusammengelebt hatte, noch weitere intime Verhältnisse mit zwei Schwestern pflegte. Beide hatten Huber bei der Befragung davon erzählt, aber keine von beiden wusste von der anderen, und keine wusste von Elise. So sollte es auch bleiben, dachte Huber und klappte die Akte zu. Ihm stieß es schon ein wenig auf, dass „der Geschädigte Schneider“, wie er ihn im distanzierten Amtsdeutsch gern in Gedanken nannte, seinen SMS- und Mobiltelefonverkehr über einen obskuren Verschlüsselungsdienst aus Andorra abgewickelt hatte. Kollegin Leitner hatte ihn darüber aufgeklärt, dass solche Dienste in Swinger- und Sexsüchtigen-Kreisen beliebt seien. Huber dachte an seine Frau und staunte, dass es derlei überhaupt gab. Jedenfalls, statt einfach per Knopfdruck ein hübsches Bewegungs- und Beziehungsprofil des Geschädigten Schneider zu bekommen oder wenigstens auf die im Handy abgespeicherten Daten zurückgreifen zu können – das Gerät blieb trotz Tauchgängen in der Donau und Kontrolle aller bekannten Hehler verschwunden –, war er darauf angewiesen, dass ihm etwaige Bekanntschaften und Liebschaften etwas vom Geschädigten erzählten. Auch das harmlose Küken, das

da vor ihm saß.
„Wussten Sie von seiner Angelleidenschaft?“, fragte er unvermittelt.
„Ja, bestätigte Elise, „er ist jedes Wochenende zum Angeln gefahren. Im Morgengrauen ist er aufgestanden und erst am späten Nachmittag zurückgekommen.“
„Ich nehme an, Sie konnten seinem Hobby nicht viel abgewinnen?“
Elise zuckte mit den Schultern. „Er wollte mich auch nie mitnehmen. Er hat immer gesagt, dass ich die Fische vertreiben würde.“
„Warum haben Sie sich getrennt?“, fragte er übergangslos.
Elise schwieg für einen Moment und senkte den Blick. „Ich wollte eine Familie gründen ... heiraten und Kinder in die Welt setzen, aber er wollte nicht. Er hat mich nur ausgelacht, mich beschimpft, wie ich mir solche Schwachheiten einbilden könnte. Na ja, von da an hing bei uns der Haussegen schief. Manchmal hatte ich den Eindruck, dass er absichtlich Streit anfing, dass er einen Grund suchte, sich von mir zu trennen. Er hatte mir auch mal unterstellt, dass ich die Pille heimlich abgesetzt hätte, was aber nicht stimmte. Er kam auch oft nachts nicht mehr nach Hause. Irgendwann hat er gesagt, dass ich ihm die Luft zum Atmen nehme, ihn einenge mit meiner Fürsorge, dass ich sein Leben zerstören will und all solche Sachen. Irgendwann ist er dann ausgezogen. Ich hab mich nur gewundert, dass plötzlich alles so schnell ging, dass er so rasch eine neue Bleibe gefunden hatte ...“
Bei Schwester Monika aus von der Krebsstation, dachte

Huber, während er sich ausgiebig räusperte.
„War er eigentlich gewalttätig?“, hakte Huber nach.
Elise versuchte, gleichgültig zu wirken, aber Huber hatte ihr Zögern bereits bemerkt.
„Nein, er hat mich nie geschlagen. Er hat mich eher mit Worten verletzt, wenn Sie verstehen.“
Huber nickte wissend, behielt Elise im Auge, die nervös auf ihrer Unterlippe kaute.
„Wenn Sie noch etwas zu dem Thema sagen wollen, dann raus mit der Sprache“, animierte Huber.
„Was für ein Thema?“
„Gewalt – vielleicht sexuelle Gewalt“, half er ihr auf die Sprünge.
Elise schüttelte vehement den Kopf und straffte ihre Schultern.
„Nein“, sagte sie entschieden, „das geht zu weit ... Kann ich jetzt gehen?“
Komisch, dachte Huber. Die beiden anderen Zeuginnen hatten sich ihm anvertraut, ihm von den sexuellen Vorlieben des Doktors erzählt. Warum sie nicht? Egal, sinnierte er weiter. Er hatte den ganz leichten polnischen Restakzent bei Elise wahrgenommen. Vermutlich hatte der Geschädigte Schneider sich bei diesem zarten Wesen nicht gar so ausgetobt. Zudem galt es nicht einen Toten zu belasten, sondern den oder die Täter ausfindig zu machen. Obwohl die Aufklärung des Mordfalls drohte, im Sande zu verlaufen.
Vermutlich handelte es sich bei dem Raubmord um die gleichen Täter, die vor zwei Wochen ein holländischen Pärchen beim Campen überfallen und niedergeknüppelt haben. Sie wurden nachts im Zelt

überfallen und ihrer Wertgegenstände beraubt. Die Angaben der Opfer waren dürftig genug, um sich keine großen Hoffnungen zu machen. Zwei dunkle Gestalten mit Baseballkappe, die ohne mit der Wimper zu zucken auf die im Schlaf überraschten Opfer einschlugen und sich mit den erbeuteten Habseligkeiten aus dem Staub machten. Pässe, Handys, Laptops, Kreditkarten und Bargeld. Der Geschädigte Schneider hatte wohl das Pech, dass er ohnmächtig geworden ins Wasser gefallen und dabei wiederum ertrunken war. Bedauerlicherweise hatte es auch noch arg geregnet, so dass auch keine sinnvollen Spuren sichergestellt werden konnten.
„Wer hat Ihnen eigentlich dazu geraten, ihre Aussage zu vervollständigen?“, erkundigte sich Huber beiläufig.
„Niemand ...“
„Herr oder Frau Niemand?“
„Ich habe es so entschieden“, versicherte Elise empört.
„Gut, Frau Kaminsky, dann dürfen Sie jetzt gehen!“
Beinahe überstürzt löste sich Huber aus seiner entspannten Haltung und reichte Elise die Hand.
„Wie gesagt, falls Ihnen noch etwas einfällt, dann melden Sie sich bitte.“
Elise erhob sich von ihrem Stuhl und blickte Huber unschlüssig an.
„Ist noch was?“
Elise räusperte sich verlegen.
„Glauben Sie, dass Sie den Mörder finden werden?“
Huber schien kurz zu überlegen.
„Da bin ich mir ganz sicher!“, erwiderte er mit unangefochtener Gewissheit in der Stimme.

~ ~ ~

Elise war froh, dass sie Kuchenbrods Rat beherzigt hatte. Sie fühlte sich erleichtert, wie von einer schweren Last befreit. Als sie ihre Wohnungstür aufschloss, liebäugelte sie mit dem Gedanken, bei ihm zu klingeln, ihm von dem Besuch bei der Polizei zu erzählen, aber sie entschied sich dagegen, wollte jetzt lieber allein sein, über alles nachdenken. Sie ging in die Küche, kochte sich einen Tee und setzte sich anschließend auf die Couch. Zwei Stunden später saß sie immer noch an ihrem Platz, reglos, die Augen gerötet vom Weinen. Im Zimmer war es stockdunkel, totenstill, nur das Ticken der Wanduhr war zu hören. Müde geworden ließ sie den Blick zum Fenster schweifen, lauschte dem herannahenden Donner. Schlafen, dachte sie, ich will schlafen, alles vergessen, und am liebsten nie mehr aufwachen.

Sie ging ins Schlafzimmer, entledigte sich ihrer Kleidung, schlüpfte in das T-Shirt, das sie üblicherweise zum Schlafen trug, und zog sich die Bettdecke über den Kopf.

Elise schlummerte tief und fest, als sich leise eine dunkle Gestalt ihrem Bett näherte, für einen Moment alarmiert in der Bewegung verharrte, jenen Wortfetzen lauschte, die Elise im Schlaf murmelte, wartete, bis sie sich beruhigt hatte, dann weiterschlich, sich behutsam auf die Bettkante setzte. Einige Sekunden lang, blieb Kuchenbrod noch sitzen, bevor er sich aufs Bett legte, darauf achtete, dass die Matratze langsam und nicht ruckartig nachgab. Genau so sanft legte er sich in ihre Nähe, seine Gewissensbisse schob er beiseite. Und als

hätte er damit das Maß der Zumutbarkeit ausgeschöpft, hielt er ganz still und passte sich Elises Atemrhythmus an. Das gemeinsame Heben und Senken ihrer Oberkörper, die Wärme und der Geruch ihrer Haut versetzten ihn in selige Hochspannung. Von entrückter Hingabe erfüllt, sog er Elises süßlichen Duft ein.
Elise träumte, dass ihr jemand das Kopfkissen aufs Gesicht drückte, sie konnte den Druck spüren, glaubte zu ersticken, wollte aufwachen, schreien, aber sie war sich nicht wirklich sicher, ob sie träumte. Alles fühlte sich real an, als wäre sie wach. Sie konzentrierte sich, versuchte angestrengt, die Augen zu öffnen. Dann schreckte sie plötzlich hoch und schrie ihre Angst heraus. Der Druck war plötzlich weg. Sie starrte in die Dunkelheit und lauschte ihrem eigenen Herzschlag. Sie nahm einen Luftzug wahr, ein Türklappen. Nein, das konnte nicht sein. Er war tot. Anton war tot. Er konnte ihr nichts mehr antun, es war sicher das Fenster. Sie war sich ganz sicher. Eine paar Sekunden lang blieb sie still sitzen, atmete langsam und bedacht und sog die Gewissheit des Alleinseins in sich ein. Sie richtete sich auf, ging zum Fenster, es war geschlossen. Elise streifte die Gardine beiseite, sah die Baumkronen und Häuser auf der anderen Straßenseite. Die Äste peitschten im Sturm, Regentropfen prasselten wie Reiskörner an die Scheibe. Mit schweren Schritten ging sie ins Badezimmer, drehte den Wasserhahn auf und trank. Danach betrachtete sie sich im Spiegel, hilflos enttäuscht, ihr wurde schwindlig. Sie stützte sich am Waschbecken ab, sah den Duschvorhang im Spiegel. Er war zugezogen. Sie überlegte, ob sie ihn wirklich

zugezogen hatte. Sie ging zurück ins Schlafzimmer, legte sich aufs Bett und starrte an die Decke, wartete, bis ihre Lider von allein zufielen.
Plötzlich schrak sie wieder auf. Sie vernahm ein Geräusch. Die Tür. An der Tür hatte es geklopft. Oder war es eine Halluzination? Sie hörte eine Stimme:
„Frau Kaminsky ... Elise ... Hören Sie mich?"
Nein, sie war nicht wahnsinnig, dachte sie, eilte hinaus und öffnete die Tür einen Spalt breit.
„Herr Kuchenbrod", flüsterte sie schlaftrunken.
„Geht es Ihnen gut?", wollte er wissen. „Ich habe Sie schreien hören!"
„Ja, mir geht es gut, ich habe nur schlecht geträumt", flüsterte sie. „Vielen Dank, dass Sie sich Sorgen um mich gemacht haben."
„Kann ich Ihnen helfen? Vielleicht eine Milch mit Honig zubereiten, das beruhigt."
„Nein, danke. Es geht schon wieder ... Vielen Dank, das ist sehr lieb von Ihnen. Gute Nacht."
Schuldbewusst und noch innerlich aufgewühlt, trottete er in seine Wohnung zurück. Er war heilfroh, dass sie ihn nicht bemerkt hatte, während er hinter dem Duschvorhang stand.

6. Kapitel

Elise Kaminsky erwachte mit einem Lächeln auf den Lippen. In letzter Zeit schlief sie besonders gut, tief und erholsam. Vergnügt schwang sie sich aus dem Bett und zog die Vorhänge auf. Die Sonne strahlte, die Bäume und Sträucher blühten, der Frühling hatte Einzug gehalten. Für Elise war es die schönste Jahreszeit. Sie schloss die Augen, atmete tief durch und ließ die Sonnenstrahlen auf ihrem Gesicht tänzeln. Sie rechnete im Kopf nach, wann sie ihr Idol endlich sehen würde. Nur noch drei Tage, also 72 Stunden, dann würde sie ihn leibhaftig sehen. Erik Bernsteiner, den berühmten Schriftsteller, von dem sie jedes seiner Bücher und Hörbücher besaß, dessen Zeilen sie beim Lesen verschlang, dessen Stimme ihr beim Zuhören eine Gänsehaut bescherte. Dieser Mann war nun endlich in Regensburg. In der größten Buchhandlung am Platze fand seine Lesung statt. Man musste sich Karten besorgen, um einen guten Sitzplatz zu ergattern. Elise schwebte ein Platz in der ersten Reihe vor. Sie wollte ihrem Idol ganz nah sein, seine Aura spüren, in seine geheimnisvollen Augen schauen, seiner melodiösen Stimme lauschen und ihr schönstes Kleid tragen und ihm ihr schönstes Lächeln schenken, Herzklopfen verspüren, ja, und wenn möglich, um eine persönliche Widmung bitten. Ja, das wollte sie auch. Endlich wieder am Leben teilnehmen, es wieder lieben lernen. So wie es Bernsteiner in seinem letzten Roman geschrieben hatte. Es war ein Monolog, den ein Mann zu einer Frau sagte, die an ihrem Leben zweifelte.

... es ist dein Leben, du hast nur das eine, trauere nicht der Vergangenheit nach – liebe und lebe den Moment, glaube an die Liebe, vertrau deinem Instinkt, dann bist du auf dem richtigen Weg. Fange nie an, aufzuhören – höre nie auf, neu anzufangen ...

Elise verinnerlichte diese Worte wie eine Maxime, die für neuen Lebensmut sorgte. In ihren Augen war es nicht zu viel verlangt, neue Hoffnungen und Lebensfreude zuzulassen. Die Umstände deuteten darauf hin, dass sie sich auf dem richtigen Weg befand. Ja, es ging ihr gut. Die Wogen um Schneider hatten sich überhaupt geglättet. Elise hatte sich in ihrer neuen Wohnung gut eingelebt. Kriminaloberkommissar Huber ließ sie in Ruhe. Auch in der Klinik war Schneiders Tod bald kein Thema mehr. Der Alltag hatte Einzug gehalten und der Umgang mit den Kollegen hatte sich wieder auf ein angenehm unverbindliches Maß reduziert. Genauso zwanglos, wie das Verhältnis zu ihrem Nachbarn, wie Elise zumindest glaubte.
Während für sie die allwöchentlichen Ausflüge ins Schwimmbad eine nette Abwechslung waren, fieberte Kuchenbrod den Verabredungen wie ein ABC-Schütze dem ersten Schultag entgegen. Noch immer begegneten sie sich mit respektvoller Zurückhaltung. Sie sprach ihn weiterhin mit ‚Sie' an, während er sie weiterhin mit ‚Fräulein Elise' ansprach. Sie hatte auch nicht vor, etwas daran zu ändern. Für sie war er nach wie vor eine liebgewonnene Bereicherung. Aber sie legte keinen Wert darauf, ihre Bekanntschaft intimer werden zu

lassen, nein, daran war überhaupt nicht zu denken. Kuchenbrod war ein Freund, nicht mehr und nicht weniger. Er entsprach nicht dem Typ Mann, von dem sie sich körperlich angezogen fühlte – wenn sie überhaupt daran dachte. Er besaß das gewisse Nichts: Nichts Ausdrucksvolles, nichts Rätselhaftes, aber auch nichts, was sie störte.

Kuchenbrod sah das natürlich anders. Er wollte mehr sein, als zu wenig. Aber seine Vernunft und sein Taktgefühl verbaten es ihm, nach den Sternen zu greifen. Er gab sich genügsam. So mutierten die kleinen Bitten, Wünsche und Fragen, die Elise manchmal an ihn richtete und seine Gegenwart erforderten, zu Glücksmomenten, an denen er sich wie die Biene am Blumenbeet labte. So wie an jenem Tag, als sie ihn bat, sie zu einer Lesung zu begleiten.

Federnden Schrittes machte sich Elise an jenem Tag mit ihrem Nachbarn im Schlepptau auf den Weg zur Buchhaltung unweit des Regensburger Doms. Kuchenbrod hatte zuvor lange vor dem Spiegel gestanden und sich überlegt, was er zu diesem Anlass anziehen könnte. Eine Lesung war kein Theaterbesuch, keine Festlichkeit, für die er sich herausputzen musste. Er entschied sich für ein legeres Outfit. Emsig bügelte er in seine einzige Jeans eine Bügelfalte hinein, ergänzte das saloppe Beinkleid mit einem kurzärmliges Baumwollhemd und einer praktischen Bauchtasche, in der er die Platzkarten, ein Taschentuch, einen Kamm, seinen Ausweis und die Geldbörse verstaute. So schwänzelte er freudig erregt und doch in seinem Äußeren kontrolliert neben Elise her, die ausgelassen vor sich hinsummte, vorbeigehende Passanten anlächelte und trotz ihrer vergleichsweise hohen Absätze auf dem Bordstein balancierte. Sie war entspannt und glücklich, als könnte ihr niemand das Hochgefühl streitig machen. Sie trug ein schwarzes figurbetontes Kleid mit einem weißen Gürtel, dazu eine Handtasche und ein leichtes Strickjäckchen, das Kuchenbrod bis auf weiteres für sie tragen durfte. Er tat es gern, schwang es lässig über seine Schulter. Mit ungelenkem Charme versuchte er Elises Ausgelassenheit nachzuahmen, ohne dabei aus der Rolle des ritterlichen Begleiters zu fallen. Er hätte auch ihre Handtasche getragen, alles hätte er getragen – auch ihre Sorgen und Ängste, aber am liebsten hätte er sie auf Händen getragen. Aber momentan musste er ihre gute Laune ertragen. Ein Stimmungshoch, das nicht ihm, sondern einem Unbekannten galt. Einem Schriftsteller, einem Schreiberling, der es offensichtlich verstand, die Herzen der Frauen zu betören, und der Elise, seiner Elise, offensichtlich sehr viel bedeutete, mehr, viel mehr, als er sich je für seine eigene Person zu erhoffen wagte.

Aber das Leben war facettenreich. Erfinderisch und trickreich in seinen Wendungen, dachte Kuchenbrod weitsichtig.

„Nur gut, dass ich die Platzkarten besorgt habe, Elise", flötete er, als er von Weiten die Menschentraube vor der Buchhandlung erspähte.

Beide nahmen in der ersten Reihe des Lesesaals Platz.

Noch nie in seinem Leben war Kuchenbrod von dermaßen vielen Frauen umgeben. Sie saßen neben ihm, hinter ihm, er war regelrecht eingekesselt. Umgeben vom Duft der Frauen, von schweren und blumigen Parfüms, die mit der Penetranz eines maghrebinischen Großharems durch den Raum waberten und ihm den einen oder anderen unterdrückten Niesanfall bescherten. Er fühlte sich deplatziert, kam sich vor wie ein Spatz unter Nachtigallen, zwischen all den Frauen, die umherzwitscherten, sich wie Zirkuspferde herausgeputzt hatten und manch ein frivoles Lächeln auf ihren Lippen balancierten. Beinahe hilfesuchend blickte er sich im Saal um, aber seine Vermutung bestätigte sich. Er war der um Haaresbreite einzige Mann, der an dieser Lesung teilnahm. In einer der hinteren Reihen erkannte er, dass eine seiner Kolleginnen von einem Herrn begleitet wurde, der mit sehr distinguierten Gesten und stark nasaler Stimme seine Begeisterung über irgendwelche Nichtigkeiten ausdrückte. Elise störte die weibliche Übermacht im Raum ohnehin nicht. Gebannt blickte sie auf die Bühne, auf der ein Tisch und ein Stuhl aufgebaut waren. Sie beobachtete das hektische Treiben eines Tontechnikers, der sich am Mikrophon zu schaffen machte, nahm die vielen Bücher und Hörbücher ins Visier, die dekorativ auf einem anderen Tisch platziert waren. Der neueste Bestseller, den Elise nach der Lesung vielleicht mit einer persönlichen Widmung erstehen würde.
„Okay“, sagte der Tontechniker. Das Licht wurde etwas

gedämpft. Eine Dame tischte ein Glas Wasser auf, eine andere legte das neue Buch parat, aus dessen Seiten bunte Lesezeichen herauslugten.
Dann betrat Erik Bernsteiner die Bühne. Groß und breitschultrig war er und ganz in Schwarz gekleidet: schwarzes Sweatshirt, schwarze Hose. Die neongrünen Turnschuhe, die er trug, stachen hervor – ein Stilbruch, auf dem Bernsteiner bestand. Seine schulterlangen Haare trug er offen, den Bart auf Dreitageslänge gestutzt, so wie es ihm sein Agent empfohlen hatte, so wie er auf dem Buchcover seiner Romane abgebildet war, genauso, wie es von seinen Leserinnen erwartet wurde. Denn Bernsteiner sah aus, wie sich nicht nur Frauen jenseits der Vierzig ihren Traummann vorstellten: extrovertiert und doch geheimnisvoll, verrucht und gleichwohl erkennbar potent. Das war eben ein intellektueller Scheißkerl mit privatem Fitnesstrainer, dem die Frauen zu Füßen lagen. Für Bernsteiner war das Regensburger Publikum keine Herausforderung. Er entsprach tatsächlich dem, was andere für ein Ideal hielten. Tief im Inneren war er tatsächlich ein Rebell, ein Querulant, besaß eine düstere Fantasie. Er war kein Mensch, der sich mit dem Alltagsgeschehen zufrieden gab. Ihn faszinierte die dunklen Seite des Lebens, die Ausgeburt der menschlichen Begierde, die Magie der geheimnisvollen Unterwelt. Klar doch, er konnte sich die Frauen aussuchen, jeden Abend eine andere. Früher hatte er es getan, sich eine von „da unten“ ausgesucht, sie mit aufs Hotelzimmer genommen und sich bedienen lassen. Ihnen klipp und klar gesagt, dass er auf Oralverkehr

steht und mit der gleichen Klarheit versichert, dass es keine Zukunft gibt. Ersteres hatten sie bereitwillig geschluckt, Letzteres hatten die Damen heruntergewürgt, und darauf vertraut, dass sie die Macht besäßen, ihn, den Menschenverächter, vom potentiellen und potenten Begatter zum heiratsfähigen Gatten umzupolen. In ihren Augen war das nur eine Frage der Zeit, in seinen Augen, Dummheit im Quadrat. Sie waren alle einfältig – spaltbares Material mit interessanter Furche, anatomisch gesehen. Aber dennoch wusste Bernsteiner zu unterscheiden. Für ihn war es nicht egal, ob es sich um eine junge oder ältere Närrin handelte. Während die jungen sein männliches Ego streichelten, hatte er bei den Älteren das Gefühl, dass sie sein Ego verletzten. Der naive Glaube an die große Liebe war es, woran sie sich mit eiserner Disziplin klammerten. Bernsteiner konnte es von ihren Augen ablesen. Sie waren alle so durchschaubar, genauso vorhersehbar wie seine Romane. Den naiven Charme der jungen Dinger hingegen, empfand er als erfrischend. Vor allem die, die sich nicht im Klaren waren, welch wertvolles Gut sie besaßen – dass sie mit ihrer Jugend ein gestandenes Mannsbild von Anfang Fünfzig um den Verstand bringen, ihm Hörner aufsetzen und aus ihm einen Liebesnarren formen konnten. Von ihm abgesehen, im Regelfall jedenfalls. Aber die meisten waren zu naiv und zu dumm, ihr Kapital geschickt zu vermarkten. Es gab auch Ausnahmen. Anna war so eine. Sie hatte ihm vor einigen Jahren den Kopf verdreht, wusste, wie man einen alternden Mann einwickelte, ihn zur Marionette machte. Sie hatte es verstanden, ihn leiden zu lassen. Sie hatte den wunden Punkt entdeckt: Um über Gefühle schreiben zu können, musste er sie gelegentlich zulassen. Auf Distanz bringen, musste er die Urheberinnen allzu intensiver Gefühle dann doch wieder, bevor seine Herrschaft über die Beziehung oder gar über seinen Kontostand verlor. Anna hatte ihn über seinen üblichen Sicherheitspunkt hinaus geführt, verführt. Gut für einen Roman, aber gefährlich, wenn es um seine Souveränität ging. Der Schmerz saß noch tief. Bernsteiner litt noch heute. Das war tatsächlich eine Beziehung die loderte und gleichzeitig drohte, in Eis zu erstarren. Nie gab Anna ihm das Gefühl, sich ihrer sicher zu sein. Wohingegen er viel zu oft versicherte, dass er ihr verfallen sei. Anna wusste um ihre Macht, und er wusste um seine Ohnmacht. Seine Enttäuschung hatte er in seinem letzten Roman verarbeitet, natürlich mit einem guten Ende. So wie all seine Geschichten. Ein Prinzip, an dem es nichts zu rütteln gab. Gern hätte er einmal etwas anderes geschrieben. Einen Action- oder Psychothriller. Etwas, was eher den Abgründen seiner Seele entsprach. Aber diese Freiheit, diese letzte Freiheit, wurde ihm vom Verlag verwehrt. Man wollte kein Risiko eingehen. So wie es war, konnte es besser nicht sein. Kein Grund für waghalsige Experimente. Das war der Tenor seines Lektors, die Stimme seines Agenten, die Überzeugung seines Verlages. Sie alle verdienten an ihm, hofierten ihn, lobten seine Ideen, seine bildhafte Schreibweise – sein Talent, Emotionen zu wecken. Also schrieb er die Art Bücher, auf die man händeringend wartete. Das

Thema war immer das gleiche: alleinstehende, liebenswerte junge Frau begegnet faszinierendem Fremden. Das Genre verkaufte sich erstaunlich gut. Seine Fähigkeit, eloquent in Talkshows aufzutreten, brachte gute Zahlen, er wurde fürstlich entlohnt, weil er inzwischen als das deutsche Ventil für weibliche Unterleibsinstinkte galt, das sich sogar für den englischen Markt zu übersetzen lohnte. Trotz ihres Gegenstands entgingen seine Romane dem Verdacht, Liebesschnulzen zu sein, dafür waren seine Geschichten zu anspruchsvoll, zu tiefsinnig, zu wortgewandt. Jedenfalls hörte er es gern, wenn es ihm die führende TV-Moderatorin für Buchthemen genau diese Wertungen anlässlich seines jeweils neuesten Romans vor der Kamera um die Ohren schmeichelte. Mit Millionen Zuschauern. Dafür lohnte es sich seine Haut zu Markte zu tragen und mit ihr in die Kiste zu steigen. Einen Autor, den die rundliche kleine Frau im Fernsehen empfahl, hatte auf Monate sein Geschäft gemacht. Dabei bestand ihr ganzer Witz darin, am Ende der Sendung einige schlechte Bücher wie beim Kugelstoßen auf große Distanz in eine Altpapiertonne zu befördern. Das ging übrigens nur mit eingeklebten Bleigewichten. Fernsehen halt. Zähneknirschen fügte er sich auch in die Vorgaben der Marketingabteilung und mimte den gefühlvollen und extrovertierten Autor. Vertraute weiter auf seine schöngeistigen Ergüsse, setzte auf seinen Charme, sein markantes Aussehen. Er gab sein Bestes, tat so, als würde er die Frauen verstehen, obwohl sie ihn doch eigentlich anödeten, weil sie ihm sein sentimentales Geschreibsel abnahmen. Für ihn grenzte das an Beleidigung, an Körperverletzung, aber das konnte er nicht herausposaunen. Seine Leserinnen waren ihm treu ergeben und bescherten ihm Wohlstand und ein sorgenfreies Leben. Sie waren es, die sich an seinen frivolen Formulierungen und sexuellen Anspielungen wärmten, sich mit der Gefräßigkeit von Maden seine Pseudoweisheiten einverleibten, in seine Zeilen Dinge hineininterpretierten und mit kindlichem Trotz an die große Liebe glaubten, die er schon in unzähligen Varianten und kleingeistiger Präzision aus seinen Hirnwindungen herausgeleiert hat. Krampfhaft darauf bedacht, die Erwartungen seiner Leserinnen nicht aus den Augen zu verlieren. Sie waren es, denen es zu gefallen galt, auch wenn er glaubte, über den Dingen zu stehen, weil er ein Mensch war, der die Menschen beobachtete. Ihre Stimmungen und Ticks analysierte, ihre Lügen durchschaute, die sie erzählten, und die Art, wie sie die Wahrheit verschleierten. Er war mit den seelischen Untiefen der Menschen vertraut. Nur selten hatte er Mitleid, meistens ekelten sie ihn an. Was blieb, war die Hoffnung, irgendwann sich doch seinen Traum zu erfüllen. Eine Art *Tarantino* seiner Zunft zu werden, statt eine Schreibschwuchtel zu bleiben. Aber jetzt galt es, die bösen Geister zu vertreiben, mental auf Durchzug zu schalten, einem Trugbild zu entsprechen, zu schauspielern. Bernsteiner war kein Laie, er war Profi. Stets fit genug, über seinen eigenen Schatten zu springen und mit der federleichten Dynamik eines in die Jahre gekommenen Knackarschs trat er auch hier in Regensburg auf die Bühne. Verwegen und selbstbewusst stand er da und blickte milde lächelnd ins Publikum, aufs Publikum herab, zu seinen Verehrerinnen, die ihn mit Applaus begrüßten, mit ein paar aufmunternden Pfiffen ihre Bewunderung ausdrückten. Er dankte es ihnen mit einer angedeuteten Verbeugung. Je länger sie klatschten, umso weniger musste er lesen, dachte er. Er mühte sich, dass sein Lächeln nicht aus der Form geriet, dass man ihm seine Geringschätzigkeit, die Hassliebe, die er seiner Leserschaft gegenüber verspürte, nicht anmerkte. Er war von diesen Weibsbildern abhängig, weil sie sein Handwerk für gut befanden, ihm Lobeshymen in Form von schmachtenden Rezensionen und Leserbriefen schrieben. Es waren die vernachlässigten Frauen, denen er seinen Erfolg zu verdanken hatte. Er durfte sich seine Abneigung nicht anmerken lassen, nicht daran denken, dass er jetzt zwei lange Stunden aus dem neuen Buch vorlesen und auf dusslige Fragen antworten musste, die ihm einen autobiographischen Bezug seines Romans unterstellten.

Er musste sich schon seit geraumer Zeit überwinden, denn langsam empfand er zunehmenden Ekel, sowohl sich selbst als auch dem jeweiligen Buch gegenüber, das er Abend für Abend an verschiedenen Orten in verschiedenen Teilen des Landes vorstellte. Er konnte die gesichtslosen Hotelzimmer nicht mehr ertragen, selbst wenn er die Nächte allein verbrachte, konnte das vielköpfige Publikum nicht von dem des Vortages unterscheiden. Aber welche Geschichte ertrug es schon, Abend für Abend wiederholt zu werden. Buchstaben bilden nur Worte, sie nutzen sich ab wie ein satt geliebtes Weib. Man kann die Worte betonen, dazu lächeln, vielsagend schweigen oder sie wie ein Maschinengewehr abfeuern, aber je öfter er seine Worte las oder ausspuckte, all die versprengten Beobachtungen und leicht dahingeworfenen Wahrheiten und Erkenntnisse über das Leben, die Liebe, das Glück, das in seinen Büchern stets mit viel Glaube und Hoffnung garniert wurde, desto hohler und nichtssagender, ja, geradezu lächerlich, klangen sie. Worthülsen eben.

Während Bernsteiner geduldig ins Publikum lächelte, sehnte er sich bereits den Feierabend herbei. Wenn er sich nach der Signierstunde mit Veranstaltern, Journalisten und Buchhändlern traf, dem so genannten Leichenschmaus, wie man das in Fachkreisen nannte. Es war meist eine illustre Runde, bei der man aus dem Nähkästchen plauderte, sich gern den ein oder anderen Joint hineinzog, dem Alkohol zusprach und die stets damit endete, dass er halbbetrunken in sein Hotelzimmer torkelte. Aber noch war es für heute nicht so weit. Bernsteiner gönnte sich einen sehnsuchtsvollen Seufzer, während er dosiert in die Menge lächelte. Sehr darauf bedacht, nicht den Eindruck zu erwecken, dass er eine seiner Verehrerinnen bevorzugte. Das fiel ihm schwer, denn sein Blick schweifte immer wieder in die erste Reihe. Für einen Bruchteil einer Sekunde glaubte er, nicht richtig zu sehen. Etwas zog sich in seiner Brust zusammen, gleichsam schmerzhaft und süß.

Anna? dachte er verblüfft. Nein, sie war es nicht, stellte

er fest. Es war eine andere, eine Fremde, die seiner Anna zum Verwechseln ähnlich sah. Das gleiche madonnenhafte Gesicht, die verletzlichen Augen, die grazile Figur, das gleiche ergebene Lächeln. Dieses Lächeln, das scheu und liebevoll war, ummantelt von süßer Verheißung. Genau das Lächeln, auf das er zuletzt einmal wirklich hereingefallen war, das tief in seinem Inneren weiterlächelte – wie eine Fratze, die ihn auslachte.
Diese Frau dort unten in der ersten Reihe besaß etwas, das seine Erinnerungen aufflackern ließ und ihm den Puls auf mindestens einhundertachtzig Schläge beschleunigte. Wer war dieses Zauberweib? Die Frau schaute ihn mit Unschuldsmiene und perfekter Schönheit an. Einer Schönheit, die ihn faszinierte, die er sich gerne aneignen würde, auf eine dämonische Art, mit der er die Seichtigkeit seines Daseins durchbrechen könnte.
Bernsteiner streckte den Kopf, schloss kurz die Augen, als müsse er seine morbiden Gedanken abschütteln. Dann atmete er tief ein, wie ein Jagdhund, der Witterung aufgenommen hatte. Er wartete bis es ganz ruhig im Saal wurde. So still, dass man einer Maus beim Pinkeln hätte zuhören können. Beinahe unangenehm still. Ein Schachzug, den er gern einsetzte. Es kam ihm dann vor, als hätten sie alle die Luft angehalten. Dann begann er unvermittelt zu sprechen, so dass sie alle zusammenzuckten. Das war der Moment, in dem er sie alle im Griff hatte. Seine Arena.
Einleitend begann er damit, sich sinnloserweise mit

Namen vorzustellen. Auf hohem Niveau tiefstapeln, das machte sympathisch. Genauso wie er sich über das zahlreiche Erscheinen der Gäste freute und über die große Ehre, dass er von so vielen hübschen Frauen umgeben sei. Ein Privileg, um das ihn alle seine Kollegen aus vollem Herzen beneideten, wie er tief bewegt versicherte. Beifall ertönte. Er hatte nichts anderes erwartet.
Er setzte sich auf den Stuhl und begann zu lesen, wobei er Elise und den komischen Kauz, der an ihrer Seite saß, im Auge behielt. Wer war dieser Kasper? Auf keinen Fall waren sie ein Paar, mutmaßte Bernsteiner. Dafür waren sie zu unterschiedlich, und zwar nicht auf eine Art, die sich anzog, sondern auf eine, die sich ausschloss. Hin und wieder bedachte er seine Auserwählte mit seinem besten Schlafzimmer-Silberblick, während er weiter sprach. Kein Problem, er kannte die Passagen auswendig.
Elise hingegen war sich nicht ganz sicher, ob Bernsteiners verstohlene Blicke ihr galten. Ob sie sein Lächeln erwidern oder ob sie das lieber der Dame hinter ihr überlassen sollte. Kurz ging ihr der Gedanke durch den Kopf, dass ein so schöner Mann wie Bernsteiner vielleicht auch oder ausschließlich auf Männer stehen könnte – und vielleicht ihrem Nachbarn und ritterlichen Begleiter das kleine Extra-Lächeln schenkte. Dieser komische Gedanke wiederum ließ ihr Lächeln noch einmal besonders fröhlich aufscheinen. Bernsteiner schien das gleich zu bemerken. Aber sie machte sich zu viele Gedanken. Alle lächelten hier, alle, außer Kuchenbrod, der saß wie

festgenagelt neben ihr und verzog keine Miene. Bernsteiner hatte eine wunderbare Vorlesestimme. Rauchig und von melodischem Klang hallte sie wie das vollmundige Versprechen eines Barpianisten durch den Saal. Sie atmete seine Worte wie ein heilendes Elixier. Alles war mucksmäuschenstill. Keiner wagte es, den Lesefluss des Meisters mit Räuspern oder Hüsteln zu stören. Jeder lauschte wie paralysiert seinen Worten. Alle, außer Kuchenbrod, denn der war mittlerweile eingenickt und döste mit hängendem Kopf vor sich hin. Elise störte das nicht weiter, hoffte lediglich, dass er nicht anfing, zu schnarchen.

Nach zwei Stunden war die Lesung beendet. Bernsteiner versicherte mit gespieltem Bedauern, dass die Zeit verstrichen sei und dass er sich nun auf die Signierstunde freue. Elise blieb auf ihrem Stuhl sitzen. Sie wollte sich nicht gleich in die lange Schlange der Autogrammjägerinnen einreihen, wartete lieber geduldig, bis der Ansturm vorüber war. Kuchenbrod schlief immer noch. Leise ratzte er vor sich hin. Elise war es recht, so konnte sie sich unbehelligt ihrem Idol nähern. Sie hatte 45 Euro für Hardcover und Hörbuch ausgegeben. Nun stand sie aufgeregt hinter einer korpulenten Mitfünfzigerin, die aufdringlich nach Parfüm roch und sein letztes Buch als Meisterwerk der Schreibkunst lobpreiste.

„Für Sabine“, bat die Dame, und das Hörbuch ... auf den Namen meiner Tochter Lamira-Antoinette, bitte.“

Was für schwachsinnige Namen, dachte Bernsteiner. Vermutlich ist sie genauso hässlich wie ihre Mutter.

„Kann ihre Tochter tatsächlich schon lesen?“, fragte er

und lächelte die Dame mit hochgezogenen Augenbrauen an. Es sollte ein Kompliment sein, aber Bernsteiner musste einige Sekunden investieren, bis sie begriff und einen schrill entzückten Laut von sich gab, als hätte sie jemand in die Hüfte gezwickt. Sofort verwickelte sie ihn in ein Gespräch.
Elise hingegen nutzte die Zeit, um ihren Lieblingsautor aus der Nähe aus zu betrachten. Seine schönen Hände, seine blau-stechenden Augen, den schön geschwungenen Mund, sie konnte sein Aftershave riechen. Ihre Augen waren noch neugierig auf sein Antlitz geheftet, als er plötzlich aufblickte und sie mit geradezu kesser Neugier ansah. Elise konnte seinem Blick nicht standhalten, senkte die Lider und bemerkte, wie ihr das Blut ins Gesicht schoss, was den Effekt natürlich nur noch verstärkte.
Er nahm es mit gerührtem Interesse hin, bemühte sich, ihre Verlegenheit zu überspielen.
„Auf welchen Namen darf ich signieren?", fragte er, wobei seine Hand nach den Büchern griff und, wie zufällig, ihre Hand berührte.
„Elise", sagte sie räuspernd, „mein Name ist Elise", wiederholte sie mit klarer Stimme.
Er lächelte anerkennend, sah sie an, mit dem entrückten Blick eines Künstlers, der ein Meisterwerk erschaffen hatte.
„Elise", wiederholte er verträumt, während er mit dem Füllhalter spielte. „Beethoven hat Ihnen ein Lied gewidmet ... Da kann ich leider nicht mithalten", sagte er und zwinkerte ihr zu.
Elise wusste nicht, was sie darauf sagen sollte. Noch nie

hatte sie ein Mann darauf angesprochen. Keiner hatte sich bis jetzt über ihren Namen Gedanken gemacht, keiner, er war tatsächlich der erste. Fasziniert schaute sie ihm dabei zu, wie er das Buch aufklappte und zu schreiben begann. Ihr fiel auf, dass er viel mehr hineinschrieb als üblich. Es war mehr, viel mehr. Sie folgte den schwungvollen Bewegungen seiner Hand, aber konnte das Geschriebene nicht entziffern. Seine Widmung erstreckte sich über eine ganze Seite. Dann klappte er das Buch mit einer raschen Bewegung zu und händigte es ihr aus. Und wieder dieses Lächeln, das anzüglich seine Lippen umspielte.
„Ich könnte Ihnen das Stück auf dem Klavier vorspielen", sagte er. „Wenn Sie möchten", schob er noch nach, wobei er abgelenkt an Elise vorbeischaute und mit einer Kopfbewegung in die anvisierte Richtung deutete.
„Da wartet jemand auf Sie – Ihr Mann?"
Elise drehte sich um, sah Kuchenbrod, der versuchte, mit einer hüftsteifen Bewegung auf seine Wenigkeit aufmerksam zu machen. Die ganze Zeit hatte er gewartet, jedenfalls seit er wach geworden war. Egal wo er sich hinstellte, er stand immer jemandem im Weg, hüpfte behände beiseite, obwohl er es war, der angerempelt wurde. Kuchenbrod nahm es gelassen. Er war es gewohnt, übersehen zu werden.
„Nein, das ist nicht mein Mann", stellte Elise amüsiert richtig. „Das ist ein Nachbar, ein netter Bekannter."
Bernsteiner sah, wie sich der bloß nette Bekannte in Bewegung setzte und lebhaften Schrittes auf die beiden zusteuerte. Er schätzte die Sorte Bekanntschaft richtig

ein. Er sah sofort, dass es sich bei Kuchenbrod um einen liebestollen Narren handelte. Genauso, wie ich einer war, musste er sich allerdings eingestehen. Für eine Millisekunde verspürte er Mitleid. Er hätte ihn warnen können. Aber was ging ihm das Leben irgendeines Trottels an, der einer heiligen Hure verfallen war. Damals, als er auf Anna hereinfiel, hatte ihn auch keiner gewarnt.
„Ich nehme an, Sie benötigen kein Autogramm von mir", scherzte Bernsteiner an Kuchenbrod gewandt. Er rang sich ein Lächeln ab und streckte seinem Gegenüber die Hand entgegen, was Begrüßung und Abschied gleichermaßen entsprach.
Kuchenbrod verdeutlichte seinen Respekt mit einer Verneigung. „Es ist mir eine Ehre", versicherte er tief bewegt und nahm scheu die ausgestreckte Hand. Bernsteiner schenkte ihm ein mitleidiges Lächeln, klopfte ihm auf die Schulter. Was für eine armselige Kreatur, dachte er. „Passen Sie auf sich auf!", sprach er aus, wobei er hastig zum Bühnenausgang strebte und sich noch einmal flüchtig umblickte. Er sah Elise, die ihm sehnsüchtig anhimmelte. Er hatte nichts anderes erwartet.
„Was für ein sympathischer Mensch", bemerkte Kuchenbrod merklich erhitzt. Noch nie hatte ihm eine derart berühmte Person die Hand gereicht. Dass ihm der Vorstandsvorsitzende der Themis-Lusitania-Versicherungsgruppe zum 20. Jubiläum seiner Betriebszugehörigkeit persönlich gratuliert hatte, Kuchenbrod war da gerade erst 36 Jahre alt geworden, konnte da nicht mithalten. Ob er Elise von dem

Vergleich erzählen sollte? Nein, er redete ohnehin ihr gegenüber schon zu viel von seiner Arbeit, vielleicht sollte er aber mal in das Buch Bernsteiners hineinschauen?
„Haben Sie gut geschlafen?“, holte ihn Elise mit engelhaft feiner Ironie aus seinen Gedanken und lächelte erheitert.
Er wollte gerade zu einer Entschuldigung anheben, als ihn Elise mit einer Handbewegung erneut ins Wort fiel. „Sie brauchen sich nicht zu entschuldigen, Sie haben ja niemanden gestört.“
„Haben sich Ihre Hoffnungen erfüllt? Hat er Ihnen eine Widmung geschrieben?“, gab sich Kuchenbrod interessiert. und deutete auf die Bücher, die Elise wie ein entlaufenes Kätzchen an die Brust drückte.
„Hat er“, erwiderte sie knapp, „das Übliche: für Elise, viel Spaß beim Lesen ...“, fügte sie noch gleichgültig hinzu.
Damit hoffte sie, seine Neugierde befriedigt und seine eventuelle Bitte, einen Blick ins Buch zu werfen, aus dem Weg geräumt zu haben.
Während Elise gedankenverloren vor sich hin sann, überlegte Kuchenbrod angestrengt, wie er ihre Gesellschaft noch etwas länger beanspruchen könnte. Gern hätte er Elise jetzt wenigstens zu einer Tasse Kaffee oder zu einer erfrischenden Limonade eingeladen. Aber er traute sich nicht, sie darauf anzusprechen. Also, redete er um den heißen Brei herum. Lobte das schöne Wetter, die laue Luft, machte auf eine Kaffeerösterei ganz in der Nähe aufmerksam, wo man den besten Kaffee trinken konnte. Aber Elise

ging nicht auf diese Anspielungen ein. Sie wollte so schnell wie möglich nach Hause, wollte allein sein mit ihren Sehnsüchten und ihren Büchern. Und sie wollte einen langen Blick auf die Widmung werfen, die Bernsteiner für sie notiert hatte. Entsprechend zügig hatten sie die wenigen Querstraßen von Dom und Buchhandlung bis zu Kuchenbrods Sechsparteienhaus zurückgelegt.
„Vielen Dank, dass Sie mich begleitet haben", und noch ehe er etwas erwidern konnte, schloss sie die Tür vor seiner Nase.
Einige Sekunden lang blieb er noch fast verdattert stehen und überlegte, ob er sie verärgert haben könnte. Sie nimmt mir übel, dass ich während der Lesung eingeschlafen bin, schloss er betrübt.

~ ~ ~

Elise kickte hektisch ihre Schuhe von den Füßen, stürmte zum Sofa und warf sich in die Polster. Als hätte sie einen wertvollen Schatz geborgen, bahrte sie das Buch vor sich auf und streichelte über das aufwendig gestaltete Cover. Zögerlich hob sie den Buchdeckel an, als läge die Befürchtung nahe, das Buch könnte sie in die Hand beißen. Keine Frage, sie war aufgeregt und durcheinander. Was hatte er ihr hineingeschrieben? Was erhoffte sie sich? Wieder einmal zu viel?
Sie seufzte schicksalsergeben. Dann schlug sie die Seite kurzerhand auf und betrachtete die Schrift, ohne zu lesen. Es waren keine schwungvollen Buchstaben, sondern vielmehr eine etwas fahrig und düster wirkende Schrift, dominiert von einer unruhigen Beweglichkeit, die durch ihre Richtungsschwankungen

ein lebhaftes und gleichsam mystisches Gesamtbild ergab.

Für Elise, stand da geschrieben. Sie wiederholte flüsternd und las weiter.
So wie Sie, habe ich mir die Elise von Beethoven immer vorgestellt – Ihre Mutter wusste von Anfang an, dass aus Ihnen etwas Besonderes wird.
Bitte nehmen Sie mein Angebot an, machen Sie mich zu einem glücklichen Pianisten – zum Anbeter Ihrer Schönheit, zum Werkzeug Ihres Willens. Ich stehe Ihnen zur Verfügung. Rufen Sie mich an – heute oder morgen oder vielleicht auch nie, ich warte trotzdem.
PS: Denken Sie daran, das Leben führt uns oft in die Nähe von Menschen, die man nicht treffen möchte, aber manchmal ist ein Glückstreffer dabei ...
In Ergebenheit – Erik Bernsteiner

Elise las die Zeilen einmal, zweimal – zwanzigmal, bis sie mit dem Buch auf ihrem Schoß einschlief. Als sie erwachte, war es bereits dunkel. Sie war zugedeckt, das Buch lag auf dem Glastisch neben ihr. Sie stutzte. Hatte sie das Buch dorthin gelegt, und hatte sie sich, bevor sie wegdämmerte, zugedeckt? Sicher hatte sie es geistesgegenwärtig getan, dachte sie, aber in Anbetracht ihrer aufgewühlten Gedanken, war das unwichtig. Elise streckte die Glieder, gähnte beherzt und ging ins Schlafzimmer. Sie kuschelte sich in ihre Bettdecke, knüllte ihr Kopfkissen zurecht und blickte zum Fenster in die dunkle Nacht hinaus.
„Erik", flüsterte sie sehnsuchtsvoll vor sich hin, bevor

sie ihre Augen schloss.

7. Kapitel

Sie hatte schon zweimal versucht, seine Nummer einzugeben, bei der letzten Zahl brach sie jeweils ab. War es richtig, sich so schnell bei ihm zu melden? Schickte sich das? Wäre es nicht ratsamer, eine gewisse Zeit verstreichen zu lassen, sich dadurch interessanter zu machen? Konnte sie sich derartige Sperenzien überhaupt erlauben? Berechtigte Fragen, die Elise nur halbherzig beschäftigten, Zweifel, die sie vorschob, um sich ihre Feigheit nicht einzugestehen, Bernsteiner einfach anzurufen. Sie startete einen dritten Versuch. Diesmal wählte sie die vollständige Zahlenreihe. Sofort hörte sie seine Stimme.

„Bernsteiner!“, schmetterte es ihr entgegen.

Elise zuckte zusammen. Sie hatte mit einem sanfteren Tonfall gerechnet. Sie schluckte hörbar. Der Gedanke wieder aufzulegen war einfacher, als die passenden Worte zu finden.

Bernsteiner lauschte. Konnte am Rauschen und an der Zögerlichkeit des Atems heraushören, dass es sich nur um eine Frau handeln konnte. Vermutlich die von gestern.

„Elise?“, hauchte er sanft in den Hörer.

„Ja“, erwiderte sie erleichtert, froh darüber, dass er sie nicht vergessen hatte.

„Ich würde Sie gern sehen, so schnell wie möglich. Ich bin nur noch drei Tage in der Stadt, dann fahre ich zurück nach München ... Dort wohne ich.“

„Und wo wohnen Sie jetzt?“

„Im Hotel ... Hotel Bischofshof am Dom.“

„Soll ich dort hinkommen?“
„Ja, ich warte auf Sie. 21.00 Uhr? Ich hol Sie im Foyer ab.“ Bernsteiner schwieg nun absichtlich, wartete geduldig, bis Elise einwilligte.
Was sie denn auch tat. Zaghaft steckte sie den Hörer in die Station zurück. Blieb wie angewurzelt sitzen, um sich zu sammeln. Sie überlegte, wo das Hotel war, was sie anziehen könnte, wie sie ihre Aufregung in den Griff bekam, wie sie die Zeit bis zur Verabredung totschlagen könnte, ohne wie ein Wiesel in ihrer Wohnung hin und herzuhuschen.

~ ~ ~

Bernsteiner war noch nicht anwesend als Elise das Foyer des Hotels betrat. Es war ein vornehmes Hotel, eines, das sie unter normalen Umständen wohl nie betreten hätte. Unschlüssig stand sie da und blickte sich suchend um. Sie war sich nicht sicher, ob sie mit ihrem Outfit die richtige Wahl getroffen hat. Ob die weiße Bluse und die schwarze Hose nicht zu bieder und die hochgesteckten Haare zu streng wirkten. Verlegen zwirbelte sie an ihrer Halskette. Ihr fehlte das Selbstbewusstsein, sich auf diesen Terrain angemessen zu bewegen. Beinahe erschrak sie, als sie ein Concierge mit höflicher Zurückhaltung ansprach und seine Hilfe anbot.
„Danke, nein, ich bin mit jemanden verabredet“, sagte sie schuldbewusst.
„Wenn Sie mir den Namen sagen, können Sie so lange in der Lounge Platz nehmen, ich schicke den Gast dann zu Ihnen“, schlug er vor.
Sie wollte gerade Bernsteiners Namen nennen, als sie

erleichtert zum Fahrstuhl deutete. „Da kommt er auch schon ..."
Bernsteiner strebte mit einem gewinnenden Lächeln und ausgebreiteten Armen auf sie zu. Diesmal hatte er sein Haar zu einem neumodischen Dutt gebunden. Wieder war er ganz in Schwarz gewandet, abgesehen von den Turnschuhen, sie waren diesmal neongelb.
„Danke, dass Sie gekommen bist", sagte er nur, während er Elise umarmte und kaum wahrnehmbar ihre Wangen küsste.
„Ich freue mich auch", antwortete Elise nervös.
Er lächelte auffordernd, bot ihr seinen Arm an. Sie hakte sich unter und ließ sich von ihm ins Hotelrestaurant führen. Kaum ein Mensch war anwesend. Trotzdem waren alle Tische aufwendig eingedeckt.
Der Kellner kam angewieselt, sprach Bernsteiner mit Namen an und reichte die Karten. Er fragte, ob er einen Aperitif aufs Haus servieren dürfe. Bernsteiner bestellte zwei Gläser Champagner.
„Sie trinken doch gern Champagner?", erkundigte er sich bei Elise.
Nein, sie hatte keine Ahnung wie Champagner schmeckt, weil sie noch nie welchen getrunken hatte, aber sie wollte nicht als Hinterwäldlerin gelten.
„Eher selten", erwiderte sie ausweichend, während sie ihr Augenmerk auf die Speisekarte heftete, die an Umfang einer Tageszeitung entsprach, bei der Zahl und Beschreibung der Gerichte aber eher der Kürze ultramoderner Lyrik folgte. Sie studierte das Angebot, das sich aus erlesenen Speisen zusammensetzte, die ihr

ebenso exotisch erschienen wie die saftigen Preise. Während sich bei Elise ihr Unbehagen in einer kerzengerade Haltung ausdrückte, saß Bernsteiner gelassen zurückgelehnt in seinem Stuhl und äugte ahnungsvoll schmunzelnd über den Rand der Karte.
„Ich würde Ihnen Gericht Nummer 4 empfehlen ... Das Rinderfilet mit Olivenkruste."
Sie willigte ein und überließ ihm auch die Bestellung des Weins.
„Sie sehen heute sehr hübsch aus", bemerkte er, als er dem Kellner seine Wünsche mitgeteilt hat. Seine Stimme klang weich, sein Lächeln wirkte mondän, souverän und wehmütig gleichermaßen. Er hatte sich über den Tisch gebeugt und fixierte sein Gegenüber mit sanftmütigem Nachdruck. Er nahm ihre Hände in die seinen, rieb sie, als würde er sie aufwärmen.
„Wenn du deinem Leben eine Note geben müsstest, welche würdest du ihm geben?", fragte er unvermittelt.
Elise war irritiert, zuckte mit den Schultern. So etwas Merkwürdiges hatte sie noch keiner gefragt.
„Ich möchte nicht, dass du mit den Schultern zuckst, ich möchte dass du mir antwortest", wies er sie spielerisch tadelnd zurecht, „ehrlich antwortest", fügte er noch an, beharrlich lächelnd.
„Nun, das Leben hat es bis jetzt nicht besonders gut mit mir gemeint, oder besser ausgedrückt ..." Elise geriet ins Stocken. „Ich würde meinem Leben eine Vier geben", sagte sie entschieden.
„Mehr nicht?", hakte er bedauernd nach. „Dann bist du keine gute Schülerin."
„Das Leben war bis jetzt auch kein guter Lehrer",

erwiderte sie verschnupft.
„In welchen Fach, bist du besonders schlecht?“, hakte er betont feinfühlig nach.
Elise senkte den Blick. „Wie Sie mir schon in Ihrer Widmung geschrieben haben: Das Leben stellt einem nicht immer die Menschen vor, die man treffen möchte ...“
„Und weiter? Was habe ich noch geschrieben?“
Elise wiegelte lächelnd ab, wurde rot und strich verlegen das Tischtuch glatt. Natürlich wusste sie es noch genau:
... manchmal ist aber auch ein Glückstreffer dabei ...
Bernsteiner hingegen hatte den genauen Wortlaut schon längst vergessen.
„Und Sie? Was für eine Note würden Sie Ihrem Leben geben?“, lenkte sie ab.
Bernsteiner seufzte bedeutungsschwanger.
„Auch eine Vier“, sagte er. „Ich muss aufpassen, dass ich nicht sitzen bleibe“, fügte er noch schmunzelnd bei.
Elise war verblüfft.
„Aber Sie haben doch alles, was man sich wünschen kann. Einen Traumberuf, Erfolg, und sicher haben Sie auch keine Problem ... Ich meine, mit den Frauen.“
„Wenn man so erfolgreich ist wie ich, hat man kein Problem Frauen kennenzulernen, das gebe ich zu, aber es drängt sich dann die Frage auf: lieben die Frauen mich wegen meines Erfolgs oder meiner selbst willen. Die meisten Frauen bevorzugen einen erfolgreichen Mann. Einen, der ihnen ihre Wünsche erfüllt, einen, den sie vorführen können wie einen Tanzbär ... einen, den sie für dumm verkaufen können.“ Er lächelte

gequält, während Elise ihn ansah, als könne sie ihm nicht ganz folgen.
„Nun ja, ich will nicht alle über einen Kamm scheren“, milderte er ab und gönnte sich eine Kunstpause. „Es soll auch Ausnahmen geben. Bis jetzt allerdings, ist mir noch keine begegnet. Bis jetzt bin ich nur enttäuscht ... bitter enttäuscht worden.“
Für einen Moment glaubte Elise, einen gebrochenen Mann vor sich sitzen zu haben.
Bernsteiner gab sein Bestes. Trübsinnig blickte er in sein Glas, angespannt bewegte sich sein Unterkiefer. Er sah tatsächlich aus wie jemand, der nach Fassung rang.
„Ich verstehe was Sie meinen“, entgegnete Elise mitfühlend.
Blitzartig hob er den Kopf und blickte Elise mit zusammengekniffenen Augen an.
Gar nichts verstehst du, dachte er. Aber vielleicht wirst du es bald lernen – all den Schmerz, den ich ertragen musste, ausbaden.
Elise erwiderte sein Lächeln, auch wenn es ihrer Ansicht nach, etwas verzerrt wirkte.
„Darf ich Ihnen Nachhilfestunden geben?“, fragte er plötzlich. Seine Miene hellte sich auf.
„Nachhilfe?“, fragte sie begriffsstutzig.
„Lebensnachhilfe“, drückte er sich deutlicher aus, „vielleicht kann ich Ihren Notendurchschnitt verbessern.“
„Aber Sie haben doch selbst eine Vier!“, widersprach sie belustigt, „dass ist ja so, als würde ein Blinder einem Tauben helfen.“
Beide lachten ausgelassen. Das erste Mal an jenem

Abend. Das Eis schien gebrochen.
„Der eine kann sehen, der andere hören ... die perfekte Ergänzung“, warf Bernsteiner ein und zwinkerte ihr schelmisch zu. „Auf Sie, Elise!“ Er erhob das Glas und prostete ihr zu. Beide stießen miteinander an, tranken Brüderschaft und redeten sich ab jetzt mit Vornamen an. Nach und nach, fühlte sich Elise gelöster. Die Drahtzieher waren nicht nur die entstandene Vertrautheit, der Champagner und der erlesene Wein, auch Bernsteiner trug dazu bei. Er hatte viel zu erzählen. Eine Anekdote reihte sich an die andere, eine Lachtirade folgte der nächsten. Auch Elise steuerte ein paar Nettigkeiten aus ihrem Leben bei. Viel war es nicht, aber immerhin ausreichend, so dass ihr Bernsteiner aufmerksam zuhörte. Der Alkohol löste ihre Zunge. Sie geriet förmlich in einen Redefluss, teilte ihre Lebensansichten mit, offerierte ihre Wünsche, achtete darauf, dass alles maßstabsgerecht ihren Möglichkeiten angepasst war. Sie war eine Frau die viel erzählte, aber wenig zu sagen hatte. Trotzdem, seine Antennen waren ausgefahren. Es galt ihre Funksignale zu entschlüsseln. Alles was sie sagte, war für ihn von Bedeutung. Noch war er sich nicht sicher, ob sie die Richtige für ihn war. Elise bemerkte nicht, wie er sie aushorchte, inmitten des gelösten Parlandos auch präzise Fragen stellte. Unwichtiges ignorierte, Zwischentöne herausfilterte. Sie schnatterte unbefangen drauf los, während er sie wie ein Psychiater analysierte. Mit sanfter Trägheit hörte er ihr zu. Er beneidete sie um ihre naive Freude, das zu glauben, was sie sah.

Elise war so erfrischend ahnungslos. Sie merkte nicht, wie sie am Abgrund balancierte. Sah ihn unverwandt in die Augen, sah nicht, das tückische Funkeln, die Spekulationen, die sich zähflüssig in seinem Hirn zusammenbrauten.
Sie war perfekt, entschied er. Sie war sein zukünftiges Medium. Das perfekte Opferlamm für seinen teuflischen Plan. Diese Erkenntnis versetzte ihn in Hochstimmung, ummantelt, von der Überheblichkeit, Einfluss auf ihr Schicksal zu nehmen. Das machte ihn gefällig. Wie ein Raubtier beobachtete er jede ihrer Bewegungen, die einer verspielten Beute gleichkamen. Ja, lächle nur, freu dich des Lebens, dachte er. Genieße dein Lachen, solange du noch kannst. In spätestens drei Monaten, ist dein Lächeln ausgelöscht.

~ ~ ~

Es war bereits kurz vor Mitternacht, als Bernsteiner vorschlug, noch die Hotelbar aufzusuchen. Auch die Bar war wie leergefegt, nur ein Pärchen saß abseits in einer Nische und tauschte Zärtlichkeiten aus. Er bestellte nochmals Champagner. Elise nahm das Getränk kichernd entgegen. Sie war schon leicht beschwipst.
„Ich weiß nicht, wie heute nach Hause kommen soll“, sagte sie, wobei sie einen scheuen und gleichsam verheißungsvollen Blick in seine Augen riskierte.
„Kein Problem, ich werde dir ein Taxi rufen lassen“, erwiderte er prompt, wobei er ihren Blick mit gleicher Münze heimzahlte.
Elise ließ sich ihre Enttäuschung nicht anmerken, erwiderte sein Lächeln.

Er ist eben ein Gentleman, legte sie sich zurecht, er nutzt die Gelegenheit nicht aus. Jeder andere hätte es getan. Das fühlte sich, aufgrund ihrer Erfahrungen, irgendwie beruhigend an.
„Ich muss noch mein Versprechen einlösen“, sagte er abwesend. „Komm nimm dein Glas.“
Und ohne ein weiteres Wort zu verlieren, schlenderte er auf den Klavierflügel zu, der ein paar Meter weiter weg stand.
Er setzte sich an das Klavier, klimperte die Tonleiter, bevor er das Stück *Für Elise* von Beethoven zu spielen begann.
„Für dich“, raunte er ihr zu.
Elise war dermaßen gerührt, dass sie mit den Tränen zu kämpfen hatte. Mit verklärtem Blick stand sie neben dem Klavier und lauschte der Musik. Obwohl ihr zum Weinen zumute war, hätte sie am liebsten die ganze Welt umarmt.
Bernsteiner verkniff sich ein mitleidiges Lächeln. Eine Frau, die sich von dieser furchtbaren Fahrstuhl- und Warteschleifenkomposition Beethovens rühren ließ. Entzückend. Er war sich sicher, dass sie das Lied noch sehr oft hören würde. Mehr als ihr lieb war.
Während er sich diese Gewissheit verinnerlichte, spielte er mit der verlorenen Leidenschaft eines Pianisten weiter.
Er spielte sowohl das Stück als auch seine Rolle gut. Auch wenn er sich dabei lächerlich vorkam. Aber er wusste, dass Frauen wie sie nach solchen kitschigen Einlagen gierten. Er musste den Schein des Romantikers wahren, er musste sich überwinden, der

naiven Pute im wahrsten Sinne des Wortes etwas vorspielen.
„Sehen wir uns morgen wieder?“, fragte er, als er sie zum Taxi begleitete.
„Gern“, flüsterte sie. „Wo?“
„Hier im Hotel, Zimmer 100“, sagte er, ignorierte ihre Lippen, die sie schon erwartungsvoll gespitzt hatte, nahm ihr Gesicht in beide Hände und küsste sie auf die Stirn.
„Zieh morgen das Gleiche an wie heute. Ich habe eine kleine Überraschung für dich“, verabschiedete er sich und öffnete ihr die Wagentür.

~ ~ ~

In dieser Nacht bekam Elise kein Auge zu. Ihre Gefühle fuhren Achterbahn. Ihr Geist drehte Pirouetten. Ihre Emotionen gerieten außer Rand und Band.
Was fand dieser Mann an ihr? Ein Gedanke, der ihr den Schlaf raubte. Immer wieder kam er zurück, als hätte sie ihn nicht genug gefüttert. Wahrlich, sie hatte keine logische Antwort parat. Erst als ihre Zweifel allmählich verblassten, schlief sie endlich ein.

~ ~ ~

Am nächsten Abend traf sie sich wieder mit ihm. Wie von ihm gewünscht trug sie die Hose und die Bluse vom Vortag. Natürlich frisch aufgebügelt. Warum er darauf bestand, war ihr schleierhaft. Aber momentan war sie aufgeregt. Mit klopfendem Herzen stand sie vor seiner Suite. Sie atmete noch einmal tief durch, bevor sie zaghaft anklopfte.
Nichts geschah. Bernsteiner hatte die Verabredung vergessen. Er schlief seinen Rausch aus, den er sich

gestern nach der Verabschiedung von Elise noch zugelegt hatte. Er hatte sich noch einige Gläser Whisky einverleibt, sich Gedanken gemacht, einen Plan ausgebrütet, an den organisatorischen Details gefeilt, und immer wieder an Anna gedacht, an dieses hinterhältige Biest, das ihn so schamlos ausgenutzt, betrogen und ihn dann wie einen schmutzigen Lumpen weggeworfen hatte. Wie oft hatte er sich geschworen, sich an ihr zu rächen, sie zu entführen, sie zu quälen, bis sie um Gnade winselt und ihm den Dreck von den Schuhen leckt. Aber seine Phantasien blieben unbefriedigt, scheiterten an der Realität. Anna war weit weg, lebte wohlbehütet in Südfrankreich weiter. Unter der Fuchtel eines liebestrunkenen Kerls, der einmal sein Freund war – einem Scheißkerl, der sich mit dem Wort Moral den Arsch abwischte, und ihn – Bernsteiner als impotenten Schreibpinsel verspottete. Rachepläne an ihm oder an ihr scheiterten allerdings an der nackten Realität – denn einem südfranzösischen Luxusbauunternehmer mit besten Kontakten zur korsischen Mafia drohte man nicht, besser noch nicht einmal im Traum.

~ ~ ~

Erst beim dritten Klopfen schrak er hoch und erinnerte sich schlagartig an die Verabredung.
„Moment!", rief er. „Ich komme gleich!"
Elise war erleichtert, lächelte nachsichtig und wartete geduldig vor der Tür, während er ins Badezimmer sprintete, sich seine Klamotten vom Leib riss, in denen er gestern eingeschlafen war und sich kurz unter die Dusche stellte. Hastig griff er nach einem

Badehandtuch und schlang es sich um seine Hüfte, bevor er die Tür öffnete und Elise mit einem strahlenden Lächeln und einer liebevollen Umarmung empfing.
„Ich war unter der Dusche“, entschuldigte er sich, wobei Elise einen gemessenen Krankenschwesternblick auf seinen nackten Oberkörper warf. Er hatte breite Schultern, Haare auf der Brust, durchtrainierte Beine, eine athletische Figur, wenn man von dem kleinen Bauchansatz absah. Im Vergleich zu den oft übergewichtigen Herzpatienten auf ihrer Station war beinah jeder Mann schlank. Seine nassen langen Haare klebten ihm wie Seetang im Gesicht, das Handtuch schien jeden Moment den Halt zu verlieren. Tat es aber nicht. Er half selbst nach, riss es beiläufig von seiner Hüfte und warf es hinüber aufs Bett. Elise war ihm dankbar, dass er wenigstens so viel Anstand besaß, sich dabei umzudrehen. Nicht, dass ihr nackte Männer gänzlich suspekt geworden waren, aber sein Hinterteil zu betrachten war für sie weitaus angenehmer, als sein Gemächt in voller Blüte zu sehen. Er hatte einen knackigen Hintern, das musste sie zugeben, aber trotzdem legte sie keinen Wert darauf, auf diese Art in Verlegenheit gebracht zu werden – weder von ihm noch von irgendjemandem. Sie war nun mal keine primär an Sex interessierte Frau. Das hing nicht nur mit ihrem Trauma zusammen. Sie war vom Naturell keine Frau, die der Fleischeslust zusprach, konnte nicht nachvollziehen, dass es Frauen gab, für die Sex das Maß aller Dinge war. Die eine gute Partnerschaft von der Befriedigung ihrer Libido

abhängig machten und wussten, wie sich ein Orgasmus anfühlte. Elise hatte keine Ahnung wie sich das anfühlte. Sie sehnte sich nach Geborgenheit, Zärtlichkeit, Vertrauen, nach echter Liebe. Sex gehörte ganz sicher dazu, aber war in ihren Augen zweitranig. So hoffte sie innständig, dass er sich von der Verabredung – hier in seinem Hotelzimmer, nicht zuviel versprach. Sie war sich noch unschlüssig, ob sie stark, oder besser, vernünftig genug sei, seinen Avancen zu widerstehen. Gestern Nacht wäre sie bereitwillig mit ihm mitgegangen. Jetzt war sie nüchtern.
Bernsteiner hatte sich inzwischen angekleidet, nebenbei eine Aspirin in einem Wasserglas aufgelöst und es in einem Zug ausgetrunken. Mit einem gekonnten Griff wickelte er ein Haargummi in das noch feuchte Haar und schlüpfte in seine Turnschuhe. Während er sich die Schuhe zuband, wandte er sich Elise zu, die mittlerweile verloren auf einem Stuhl saß und sein etwas hektisch wirkendes Treiben verfolgte.
„Du fragst dich sicher, warum ich von dir verlangt habe, dass du das gleiche Outfit wie gestern trägst – nicht wahr?"
„Weil es dir gut gefallen hat?", mutmaßte Elise kokett.
Was für eine Idiotin, stöhnte er innerlich auf. Wie kommt diese Göre dazu, mir einen derartig schlechten Geschmack zu unterstellen.
Ohne sich etwas anmerken zu lassen, holte er unter seinem Bett einen weißen schmalen Karton hervor.
„Für dich", sagte er. „Mach ihn auf! Ich glaube, das wird dir gut stehen."

Zögerlich öffnete sie den Karton. Schwarzes Seidenpapier kam zum Vorschein, darunter ein hellblauer Stoff, der sich als edles Kleid entpuppte. Auch wenn Elise nichts von Designerkleidern verstand, sah sie sofort, dass es sich bei dem Stück nicht um Massenware handelte.

„Zieh es an", forderte er sie auf, die das Kleid staunend und verunsichert in ihren Händen hielt.

Bernsteiner hatte keine Lust ihre Begeisterung zu teilen, sich womöglich mit dankbaren Küssen und Umarmungen überhäufen zu lassen. Sich auf das Niveau des spendablen Lackaffen zu begeben. Er wollte, dass sie den Fetzen so schnell wie möglich anzog, er wollte sehen, in wieweit sie dem Original entsprach – oder auch nicht.

Das Kleid war ein Überbleibsel von Anna. Er hatte es ihr einmal geschenkt. Fürwahr ein teures Stück. Aber Anna wusste eben, was sie wert war, so wie er wusste, dass sie nicht billig zu haben war. Dieses Kleid hatte er ihr mit knapper Not entwendet. Es war ein Relikt einer tragischen Liebe. Einer Liebe, die nach Rache sann. Aber das sagte er natürlich nicht. Sollte das naive Ding doch auf den schönen Schein hereinfallen.

„Die passenden Schuhe liegen auch dabei", sagte er und griff nach dem Schuhkarton, den Elise vor lauter Aufregung übersehen hatte.

„Aber woher kennst du denn meine Schuhgröße?", wollte sie wissen, während sie hingerissen die Samtpumps mit dem hohen Absatz bestaunte.

Zufall, hätte er sagen müssen.

Aber er lächelte nur vielsagend. Auch die Schuhe

gehörten Anna. Sie hatte sie nur einmal getragen. Damals, als er sie zum Abendessen ausführte und sie ihn mit zuckersüßer Stimme bat, dass er sich sterilisieren lassen solle, weil sie die Pille nicht vertrug, sich auch das schmerzhafte Einsetzen einer Spirale ersparen wollte und so Angst hatte schwanger zu werden, dass sie sich ihre makellose Figur ruinieren könnte, dass er sie mit dem Kind allein lassen könne. *Meine Mutter ist beinahe bei meiner Geburt draufgegangen,* redete sie ihm ins Gewissen.
Wo bleibt sie denn nur, dachte er. Ungeduldig blickte er zur Badezimmertür, in der Elise vor einer Viertelstunde mit ihren „Geschenken“ verschwunden war.
Nach 20 Minuten kam sie endlich heraus. Fragend blickte sie ihn an, während er sie mit offenem Mund anstarrte. Er wirkte wie weggetreten, benötigte einige Sekunden, um sich zu sammeln.
„Gefalle ich dir nicht?“, wollte Elise wissen, wobei sie verunsichert an ihrem Kleid herumzupfte.
Während sie sich umzog, hatte Elise für einen Moment über die männliche Manie sinniert, sie in neue Kleider zu stecken. Anton, der auf Lack und Latex gestanden hatte. Jetzt Bernsteiner. Doch hatte sie sich den Vergleich sofort wieder aus dem Kopf geschlagen. Mit Anton hatte sie den obszönen Arzt vom Krankenhausflur kennengelernt. Den feinen Erik Bernsteiner kannte sie aus seinen Büchern, die sie eine tiefe Seelenbeziehung spüren ließen. Das war etwas anderes. Bücher logen nicht.
„Du siehst aus wie ...“, Bernsteiner schluckte. Wie

„Anna“ hatte er sagen wollen, „wie eine Göttin“, sprach er aus.
Tatsächlich sah Elise aus wie Anna. Das Kleid passte perfekt und schmeichelte ihrer schlanken Figur. Das eng geschnittene Oberteil mit dem dezenten Ausschnitt betonte ihre Oberweite, ohne vulgär zu wirken. Der weit geschnittene Rockteil reichte ihr eine handbreit über das Knie, die hohen Schuhe brachten ihre schlanken Beine zur Geltung und verliehen ihr eine grazile Haltung. Es haperte ihr lediglich an Selbstbewusstsein. Ihre scheue Zurückhaltung wollte so gar nicht mit ihren optischen Reizen harmonieren.
„Du siehst hinreißend aus. Lauf ein paar Schritte“, spornte er sie an. „Lass deine Schulter nicht so hängen! Kinn nach oben, straff deinen Rücken, bring Spannung in deinen Körper – du bist keine Magd, sondern eine Königin“, kritisierte er leichthin.
Elise kicherte verlegen, versuchte dennoch seine Tipps zu beherzigen, auch wenn sie noch weit davon entfernt war, dem Ideal eines Models zu entsprechen.
„Lass mich ein Foto von dir machen!“ Bernsteiner holte seine Kamera herbei und stellte im Handumdrehen die erforderliche Blende ein.
„Posiere ein bisschen! Dreh dich! Achte nicht auf die Kamera!“ Er knipste los. Einmal, zweimal ... zwanzigmal.
Irgendeins wird zu gebrauchen sein, dachte er und legte den Fotoapparat beiseite.
„Wie gefällst du dir selbst?“, fragte er sie.
„Ein bisschen ungewohnt, aber ...“
„Du wirst dich daran gewöhnen“, unterbrach er sie.

Ja, das werde ich wohl müssen, dachte sie einsichtig. Wie sonst sollte sie einem Mann wie ihm gefallen? Wie sonst, sollte sie einen wie ihn für sich gewinnen? Ich habe mich noch gar nicht bei ihm bedankt, dachte sie beschämt. Lächelnd stöckelte sie auf ihn zu, um ihn zu umarmen, aber sie lief zu schnell, knickte mit dem linken Fuß um, so dass sie direkt vor seinen Beinen landete.
Aber anstatt geistesgegenwärtig zu reagieren, blickte er eiskalt auf sie herab. Es war nur ein Wimpernschlag, in dem er seinem Hochmut unterlag. Zu kurz, als dass es Elise bemerkt hätte.
„Nicht so hastig!", sagte er scherzend, wobei er unterstützend nach ihrem Arm griff. „Was ist denn los mit dir?"
„Danke", keuchte Elise bewegt, „danke für das schöne Kleid und die Schuhe." Sie setzte sich auf seinen Schoß und umarmte ihn herzlich. Bernsteiner nutzte die Gelegenheit, hinter ihrem Rücken einen unauffälligen Blick auf seine Armbanduhr zu werfen.
„Wir sollten uns sputen", drängte er, wobei er sich möglichst behutsam aus ihrer Umarmung löste. „Ich hab uns einen Tisch reserviert. Nicht weit vom Hotel entfernt. Es wird dir gefallen."

~ ~ ~

„Na, habe ich zu viel versprochen?", fragte er, als sie einige Zeit später bei Kerzenlicht in der wohl einzigen wirklich noblen Pizzeria Regensburgs saßen. Elise war anzumerken, dass sie sich in dem gemütlichen Ambiente des Italieners weitaus wohler fühlte, als in der eher aufgesetzt feudalen Atmosphäre des Hotels.

Hier entsprach die Auswahl der Speisen ihren Vorstellungen, hier war es behaglich, die Gäste wirkten entspannt, die leise Musik sorgte für eine romantische Stimmung.
„Ich würde dir die Antipasti mit Feta empfehlen“, sagte sie aufgeweckt und zwinkerte ihm zu.
Bernsteiner bestellte Cannelloni mit Ricotta und ließ sich auch bei der Auswahl des Weins nicht reinreden.
„Du bist heute so verschlossen“, stellte Elise fest. „Was ist mit dir?“
Eine Frage, auf die er schon ungeduldig gewartet hatte. Er hatte sich die ganze Zeit etwas zurückgenommen, war nicht so gesprächig wie am gestrigen Tag. Ein Kalkül, das zu seinem Plan gehörte. Seufzend runzelte er die Stirn und blickte Elise wehmütig an.
„Vor dir kann man wohl nichts verbergen“, gab er sich bedrückt. „Wir werden uns eine Zeit lang nicht sehen“, erklärte er sachlich. „Ich tauche für einige Monate unter. So wie jedes Jahr um diese Zeit.“
„Abtauchen?“ Elise gab sich keine Mühe, ihre Enttäuschung zu verbergen.
Er griff nach ihrer Hand und blickte sie bedauernd an. „Ja, ich gehe einige Monate nach Norwegen ... ausspannen, neue Kraft schöpfen, die Einsamkeit genießen. Du weißt gar nicht, wie schön das ist. Einfach abhauen, von all den Stress ... kein Handy, keine E-Mails, keine Menschen, einfach versuchen, analog zu leben. Ich besitze dort ein nettes Ferienhaus. Solarbetrieb im Sommer, Kachelofen im Winter. Ich bin dort völlig unabhängig. Es gibt auch eine finnische Sauna. Das Haus liegt ganz einsam, an einem geheimen

Ort, in einem Tal, an einem angrenzenden See mit einem Holzsteg." Er blickte verträumt ins Leere, als würde er das Idyll vor sich sehen.
„Du glaubst gar nicht, wie gern ich dich mitnehmen würde", sagte er wehmütig. „Mit dir gemeinsam die Mittsommernacht erleben, wandern, saunieren, auf der Veranda sitzen, ein Glas Wein trinken und ..."
Er brach ab, als würde er einen absurden Gedanken nachhängen.
„Norwegen", wiederholte Elise ergriffen. „ich war noch nie in Skandinavien, aber ich habe schon viele Reiseberichte gesehen."
„Das ist kein Vergleich. Man muss die Natur sehen, berühren, schmecken und riechen, im Einklang mit ihr leben. Das ist das Paradies auf Erden."
„Aber so ganz abgeschieden von der Zivilisation? Hast du da keine Angst?"
„Vor wen? Vor den Elchen, den Wölfen, den Moschusochsen, den Bären? Nein, vor denen braucht man keine Angst zu haben. Angst muss man nur vor den Menschen haben und die gibt es dort nicht."
„Ich hätte Angst, so ganz allein, aber mit dir ..." Elise streichelte seine Wange.
„Mit mir bräuchtest du keine Angst zu haben, bei mir wärst du in guten Händen", säuselte er, während er liebevoll nach ihrer Hand griff.
„Wie heißt der Ort?"
„*Fana*, in der Nähe von Bergen. Aber die Stadt ist weit weg. *Fana* ist ein kleiner Ort, etwa 40.000 Einwohner, das Haus selbst liegt nochmal 100 Kilometer weiter südöstlich von *Fana* ... unwegsames Gelände, nur mit

dem Jeep zu erreichen, aber traumhaft schön."
„Du willst mich neidisch machen?", scherzte Elise.
„Nein, ich will, dass du mitkommst."
Bernsteiner blieb ernst, als wäre er sich der Tragweite seines Wunsches bewusst. Elise hingegen rutsche unruhig auf ihren Stuhl hin und her. Sie hatte Mühe, dass das in Gang gesetzte Räderwerk ihrer Gedanken nicht aus den Fugen geriet. Er will mich mitnehmen, jubelte sie innerlich. Ob sie so kurzfristig Urlaub nehmen könnte? Egal. Krankenschwestern werden immer gesucht. Zur Not würde sie kündigen.
Bernsteiner bemerkte, wie sie innerlich rotierte. Schmunzelnd sah er sie an. „Überleg es dir. Ganz in Ruhe. Ich möchte dich nicht überfahren."
„Aber wie lange? Ich meine ..."
„So lange du magst, aber vier Monate mindestens", fiel er ihr ins Wort.
„Vier Monate! So lange? – Ich habe noch 15 Tage Resturlaub vom Vorjahr, 30 für dieses, den Rest müsste ich beantragen", murmelte sie vor sich hin.
„Nimm dir Zeit, schlaf noch ein paar Nächte darüber. Allein
die Tatsache, dass du dir darüber Gedanken machst, macht mich glücklich."
„Wie lange habe ich Bedenkzeit?"
„Fünf Tage!"
„Das ist zu knapp! Das schaffe ich nicht", reagierte sie panisch.
„Schade", erwiderte er trocken, bemerkte aber selbst, dass er sich im Tonfall vergriffen hatte.
„Wir haben Ende April ... Anfang Mai müssten wir los

fahren."
„Können wir nicht ein paar Tage verschieben?"
„Nein." Er lächelte bedauernd. „Leider."
Elise blickte auf ihre Uhr. Sie hatte völlig die Zeit vergessen. „Schon nach elf", stellte sie erschrocken fest. „Ich muss morgen früh raus."
Bernsteiner bezahlte die Rechnung und begleitete Elise diesmal mit dem Taxi nach Hause.
„Hier wohne ich", sagte sie unentschlossen, als sie vor der Haustür standen. „Magst du noch einen Sprung mit hoch kommen?"
„Aber nur ganz kurz. Ich will dich nicht um deinen wohlverdienten Schlaf bringen."

~ ~ ~

„Hübsch, sehr hübsch", stellte er anerkennend fest, als er bei ihr in der Küche stand. Er schaute sich interessiert um, betrachtete die Gewürzpflanzen, die auf dem Fensterbrett standen, während Elise für ihn einen Kaffee kochte.
„Du kannst dich ruhig weiter umschauen", sagte sie.
Er schlenderte ins Wohnzimmer, sah das Bücherregal, er konnte von weitem sehen, dass es sich dabei zum größten Teil um seine Bücher handelte. Sein Blick wanderte zur Wand, an der einige Gemälde hingen.
„Gefallen sie dir?", fragte Elise, als sie mit dem Tablett das Wohnzimmer betrat. Bernsteiner sah sofort, dass es den Bildern an Professionalität mangelte. Der Pinselstrich war unsicher, die Auswahl der Farben harmonierten genauso wenig wie der Gesamteindruck. Es war die Handschrift eines Laien.
„Die habe ich gemalt", gestand sie feierlich.

„Du hast Talent“, log er.
Sie fühlte sich geschmeichelt. Allerdings verschwieg sie ihm, dass es sich dabei um eine Art Maltherapie handelte, die ihr von ihrer Psychotherapeutin empfohlen wurde.
„Nur ein Hobby“, tat sie leichthin ab.
Er nickte nachdrücklich und widmete sich dem Wellsittich der aufgeweckt in seinem Käfig herumflatterte.
„Hättest du jemanden, der ihn versorgen könnte?“, fragte er beiläufig.
Elise dachte an Kuchenbrod.
„Kein Problem, das würde mein Nachbar übernehmen, der wohnt gleich nebenan. Du hast ihn bereits kennengelernt.
Bernsteiner stutzte.
„Du meinst, den Mann, der bei meiner Lesung eingeschlafen ist?“
Elise bestätigte lachend.
„Und ihr seid also befreundet?“, hakte er gleichgültig spielend nach.
„Ja, nun, befreundet, ich weiß nicht recht“, gab sie sich unentschlossen.
„Ich glaube, der Typ ist über beide Ohren in dich verliebt.“
Sie lachte ihn aus. Bernsteiner blieb ernst.
Ihr Lachen verstummte schlagartig.
„Hast du was gegen ihn?“, hakte sie misstrauisch nach.
„Bist du etwa eifersüchtig?“ Ihre Stimme klang hoffnungsfroh.
Bernsteiner unterdrückte einen Lacher.

„Vielleicht?“, ließ er sie im Ungewissen.
„Im Ernst, der Typ ist mir nicht ganz geheuer“, sagte er aufgeräumt, „irgendwas stimmt mit dem nicht. Du solltest dich vor ihm in Acht nehmen. Ich meine, ihm nicht alles anvertrauen, wenn du verstehst, was ich meine.“
Elise nickte befangen.
„Du willst nicht, dass ich ihm von uns erzähle. Richtig?“
Bernsteiner seufzte versöhnlich. „Jedenfalls musst du ihm nicht alles auf die Nase binden … Zu deiner Sicherheit.“ In Elises Ohren klang das nicht wie ein guter Rat, sondern wie eine Zurechtweisung.
„Dein Kaffee wird kalt“, versuchte sie das Thema zu wechseln und klopfte einladend auf die Polster des Sofas. Er folgte ihrer Geste, setzte sich neben sie und nahm sie in den Arm, wobei er verhalten an der Kaffeetasse nippte.
„Ist der Kaffee gut? Der ist aus Polen“, erklärte sie stolz. Schmeckt wie flüssiger Teer, dachte er.
„Vielleicht ein bisschen zu stark“, wandte er erheitert ein, wobei er Elise fester an sich drückte.
Sie schmiegte sich an ihn, genoss seine Nähe, fühlte sich geborgen. Das Bedürfnis, heute Nacht in seinen Armen einzuschlafen, gewann die Oberhand. Sie war mehr als erstaunt über dieses Gefühl. Nach ihrem Traumata glaubte sie, nie wieder das Bedürfnis zu verspüren, von einem Mann in den Arm genommen zu werden.
„Ich muss jetzt gehen“, sagte er plötzlich und küsste sie sanft auf ihr Haar.

„Bleib“, bat sie ihm und küsste ihn auf dem Mund.
Er erwiderte ihre Zärtlichkeit nur halbherzig, wand sich aus ihrer Umarmung.
„Ich habe morgen früh auch viel zu erledigen“, entschuldigte er sich. „Wir hätten alle Zeit der Welt … ich meine, wenn du mich begleiten würdest“, fügte er noch augenzwinkernd hinzu.
„Ich versuche mein Möglichstes“, versprach sie ihm, als sie ihn zur Tür begleitete.
„Ich erwarte, dass du dein Allermöglichstes tust“, entgegnete er, wobei er liebevoll ihr Kinn nach oben stupste und sie küsste.
Das Treppenhaus war dunkel, als Bernsteiner die Stufen hinabeilte und mit einer dunklen Gestalt zusammenprallte, die wie hingehext auf der Treppe stand.
„Entschuldigung“, exkulpierte sich Kuchenbrod mit der freundlichen Routine eines Versicherungsvertreters.
„Keine Ursache“, knurrte Bernsteiner.

~ ~ ~

Gleich am nächsten Tag erkundigte sich Elise in der Krankenhausverwaltung, ob sie ihr Vorhaben in die Tat umsetzen könnte. Sie war selbst überrascht, wie reibungslos alles funktionierte. Sie konnte kurzfristig sowohl ihre Urlaubstage als auch acht Wochen unbezahlten Urlaub beanspruchen. Sie hatte mit erheblich mehr Widerstand gerechnet. Elise schwankte gleichwohl in ihren Gefühlen, was die Arbeit betraf. Auf der einen Seite war sie überglücklich, auf der anderen Seite war sie enttäuscht, dass man ihre Arbeitskraft für so entbehrlich hielt.

Sie verdrängte ihren Unmut und rief am Abend bei Bernsteiner an. Der war bereits in München und schien nicht besonders überrascht über ihre Neuigkeiten.
„Ich habe gewusst, dass es klappt ... mit uns beiden“, säuselte er in den Hörer.
Sie besprachen noch einige Kleinigkeiten. Elise wollte nochmals den Ort wissen und den Standort des Hauses. Sie gab an, auf der Landkarte schon mal nachsehen zu wollen.
In fünf Tagen sollte sie mit den Zug zu ihm nach München fahren und in seinem Haus übernachten. Am nächsten Tag würden sie dann mit dem Flugzeug nach *Bergen* fliegen, sich dort ein Auto leihen und noch am selben Tag nach *Fana* weiter fahren. Dort würden sie sich ein hübsches Hotel suchen, sich die Umgebung anschauen, Einkäufe erledigen und erst am darauf folgenden Tag ihr eigentliches Ziel ansteuern.
„Durch die Wildnis schlagen“, wie Bernsteiner scherzend betonte.
„Ich freu' mich so“, jauchzte sie euphorisch in den Hörer.
„Da hast du auch allen Grund dazu“, erwiderte Bernsteiner weichherzig.

~ ~ ~

Mir bleibt nichts anderes übrig, dachte Elise, als sie mit einem unbehaglichen Gefühl vor Kuchenbrods Wohnungstür stand. Sie ahnte bereits, dass sich ihr Nachbar keineswegs mit ihrem überstürzten Vorhaben anfreunden würde. Aber was blieb ihr übrig? Er war der einzige Mensch, dem sie vertraute. Der sich während ihrer Abwesenheit um ihre Belange kümmern

konnte.
Wie befürchtet, reagierte Kuchenbrod, als hätte sie ihm die Stuhlprobe eines Cholerakranken unter die Nase gehalten.
„Sie können sich doch nicht einfach einem wildfremden Menschen anvertrauen!“, empörte er sich und schüttelte angewidert den Kopf. „Sie kennen diesen Schmierf ... Kerl doch überhaupt nicht!“
„Dieser Kerl, wie Sie sagen, ist ein bekannter Bestsellerautor“, schnippte Elise beleidigt zurück.
„Ich habe ihn jedenfalls nicht gekannt“, konterte er gepresst. „Sie sind sehr leichtsinnig, geradezu naiv, auf den erstbesten Blender hereinzufallen. Ich hätte Sie für klüger gehalten. Haben Sie aus Ihren schlechten Erfahrungen nichts gelernt?“
Ein bisschen hatte er ja Recht, dachte Elise. Aber Misstrauen war nicht unbedingt das, was sie Erik gegenüber für angebracht hielt. Sollte sie ihm für etwas bestrafen, was ihr ein anderer zugefügt hatte? Lebensmut gedeiht nicht auf dem Fundament des Argwohns.
Trotzdem fühlte sie sich angegriffen, kam sich vor wie ein kleines Mädchen, das in die Schranken gewiesen wurde. Hatte sie das nötig? Sich von einem Spießer bevormunden zu lassen? Plötzlich bereute sie es, dass sie ihn eingeweiht hatte. Sie hätte auf Erik hören sollen, er hatte sie gewarnt.
Kuchenbrods Einwände waren in ihren Augen nur scheinheilig. In Wahrheit war er doch nur eifersüchtig auf Erik, auf diesen Mann, dem er nicht das Wasser reichen konnte.

„Sie sind doch nur neidisch“, verschaffte sich Elise Luft. Kuchenbrod versuchte ihren Einwand mit einer hilflosen Handbewegung wegzuwischen.
„Neidisch ...“, murrte er missbilligend, während er sich von Elise wie ein störrischer Esel abwandte und zum Fenster hinausstarrte. Zorn, vermischt mit Trauer und Fassungslosigkeit beherrschte sein Gemüt.
Wahrlich, er war neidisch, und zwar abgrundtief, auf diesen dahergelaufenen Schmierfink, der es im Handumdrehen schaffte, eine Frau für sich zu gewinnen. Aber das konnte er natürlich nicht zugeben. Er musste retten, was noch zu retten war, auch wenn es sich aussichtslos und demütigend anfühlte.
„Und ich hatte gehofft, dass Sie sich mit mir freuen, dass ich endlich jemanden gefunden habe ...“, versuchte Elise die Anspannung zu lösen.
Kuchenbrod schnappte nach Luft. Er fühlte sich, als wäre ein Überdruckventil in seinem Kopf geplatzt.
„Reiß dich zusammen, bleib ganz ruhig“, flüsterte er lautlos.
„Ich brauch Ihre Hilfe nicht. ich kann meinen Wellensittich auch ins Tierheim schaffen und meine Pflanzen verdursten lassen“, muckte Elise auf.
Er drehte sich um, blickte wie ein rettender Ritter zu Boden, dem die Märchenprinzessin erklärt hatte, dass der Feudalismus abgeschafft sei, niedergeschlagen, als suche er nach der passenden Antwort.
„Sie haben ja Recht“, gab er klein bei. „Vielleicht wird Ihnen diese Reise tatsächlich gut tun. Sie haben viel durchgemacht, vielleicht wird Ihnen die Einsamkeit und dieser ... dieser Herr Bernsteiner helfen, das

Erlebte zu verarbeiten. Bitte entschuldigen Sie mein Aufbrausen, aber Sie sind mir sehr ans Herz gewachsen, Elise ... da sei es mir doch in Gottes Namen gegönnt, mir Sorgen um Sie zu machen."

Elise lächelte erleichtert, eilte auf ihn zu und revanchierte sich mit einer Umarmung, die ein bisschen weniger zaghaft ausfiel als ihre früheren Berührungen.

„Schon gut." Kuchenbrod blieb distanziert.

„Erik ist ein guter Mann, zurückhaltend. Ein Mann, der weiß, was sich gehört", versicherte Elise.

Bin ich das nicht? lag Kuchenbrod auf den Lippen.

„Wann soll die Reise losgehen?", fragte er auf einmal munter und aufgeräumt, als sei er ein Außendienstmitarbeiter der Themis-Lusitania, der endlich begriffen hatte, wie man mit bösartigen Haushunden zurechtkam und sich auf ein Leben ohne Beißangst freute.

Elise schnatterte munter drauf los. Kuchenbrod bestand darauf, dass sie ihm den Ort ihres Aufenthalts sagte.

„Zirka hundert Kilometer südöstlich von *Fana*", wiederholte er skeptisch. „Das ist sehr dürftig. Könnten Sie mir nicht die Koordinaten nennen?"

Elise druckste herum. Sie wusste, dass Erik über nähere Angaben verfügte, aber sie nicht rausrückte. Schon gar nicht für diesen Kuchenbrod, dem er nicht über den Weg traute. Sie besaß nur eine Landkarte auf der ein rotes Kreuz den Standort des Hauses vage markierte. Bei Licht betrachtet deckte das Kreuz eine Fläche ab, auf der man unbemerkt einen Ufo-

Flughaften hätte errichten können.
„Vielleicht können wir was über Street View ausfindig machen?“, schlug sie vor.
Sie schauten bei Google Maps nach, wurden aber kaum schlauer. Das Anwesen war nicht zu lokalisieren.
Sie ließen den Abend mit einem Glas Wein ausklingen. Schweigsam zwar, aber versöhnlich.
„Soll ich Sie zum Bahnhof begleiten?“, hob Kuchenbrod an, als sie sich von ihm verabschiedete. Seine Stimme klang beinahe flehend.
„Nein“, lehnte sie ab. Ich muss sehr früh aufstehen. Um 6.10 Uhr geht mein Zug. Ich werde mich mit einem Taxi zum Bahnhof fahren lassen. Ich habe einiges an Gepäck. Aber ich würde mich freuen, wenn Sie mich in etwa vier Monaten abholen. Ich ruf Sie dann an, wenn es soweit ist.“

In dieser Nacht schlief Elise wie ein Stein.
Kuchenbrod hatte die ganze Nacht ihren Schlaf behütet. Wie ein Geist hatte er auf der Bettkante verharrt und gierig ihr schlafendes Profil betrachtet. Sie schlief auf dem Bauch. Das Gesicht war in seine Richtung gewendet. Ihr Nacken war freigelegt. Das lange Haar fiel wie ein Fächer auf das weiße Laken. Das Kopfkissen, das unberührt neben ihr lag, hatte er an sich gedrückt. Das Taschenmesser in seiner verschwitzten Hand, hatte er fest umklammert. Was für einen schönen schmalen Hals sie doch hatte, dachte er. Nur einmal berühren, ihre warme Haut spüren. Das Gefühl, in seinem Hirn konservieren – vier Monate waren eine lange Zeit. Leise schnappte das

Taschenmesser auf. Seine knochige Hand näherte sich ihrem Hals. Es muss sein, dachte er, während er mit dem Messer eine lange Haarsträhne entfernte und sie an sich nahm. Als die Dämmerung hereinbrach war er wieder verschwunden.

~ ~ ~

Getrieben von einer merkwürdigen Mischung aus Hochstimmung und Ungewissheit verließ Elise am frühen Morgen ihre Wohnung. Kuchenbrod stand am Fenster und verfolgte missmutig, wie der Taxifahrer Elises Gepäck in den Kofferraum hievte.
Ich werde die ganze Zeit in ihrem Bett schlafen. Das wird mich über die schwere Zeit hinwegtrösten, überlegte er sich. Der Adamsapfel zuckte erregt, während er sie nicht aus den Augen ließ, sah, wie sie sich gut gelaunt ins Auto schwang. Wahrlich, sie wirkte ausgelassen und glücklich. Ganz im Gegensatz zu ihm.

~ ~ ~

Als Elise im Münchner Bahnhof eintraf, war Bernsteiner weit und breit nicht zu sehen.
„Nimm dir bitte ein Taxi, mir ist etwas Wichtiges dazwischengekommen“, bat er, als sie ihm auf dem Handy anrief. Elise merkte sich Straße und Hausnummer und machte sich mit dem Taxi auf den Weg. Der Fahrer durchquerte eine gutbürgerliche Wohnsiedlung in Bogenhausen. Exklusive Einfamilienhäuser mit aufwendig angelegten Vorgärten, gestutztem Rasen und kiesgeschotterten Garageneinfahrten zeugten von Wohlstand.
„Hier ist es“, murmelte der Fahrer.
Das Grundstück, vor dem sie hielten, unterschied sich

von dem akkuraten Charme der übrigen. Das Haus war vermutlich Anfang der 1930er-Jahre gebaut worden. Das spitzförmige Giebeldach, die von wildem Wein umwucherten Fenster und die blauen Holzläden erinnerten an ein verwunschenes Gartenhaus. Das Eingangstor wirkte verwittert. Am Holzzaun, der das offensichtlich geräumige Grundstück umgab, blätterte die Farbe ab. Die Buchsbaumhecke, die den Zaun aus seiner spärlichen Verankerung zu reißen drohte, wucherte in alle Richtungen. Der Rasen im Vorgarten war kniehoch. Bernsteiner legte offensichtlich keinen Wert darauf, der gestalterischen Monokultur seiner Nachbarn nachzueifern.
„Willkommen in München“, sagte er warm und nahm Elise herzlich in Empfang.
Er bezahlte das Taxi und wuchtete das Gepäck aus dem Kofferraum. Während er die Koffer Richtung Haustür schleppte, entschuldigte er sich nochmals bei ihr, dass er sie nicht vom Bahnhof abholen konnte.
„Hereinspaziert“, flötete er, wobei er die angelehnte Tür schwungvoll mit dem Oberarm aufstieß.
Elise betrat eine geräumige Diele, an deren Wänden Aquarelle von Kaspar David Friedrich hingen. Das alte Eichenparkett knirschte melodisch unter ihren Füßen als sie das großräumige Wohnzimmer betrat. Es roch nach Tabak, Kaffee, Holz und Papier. Ein gemütliches Refugium, das sich über geschätzte hundert Quadratmeter und mehr erstrecken mochte. Wie nicht anders erwartet, besaß Bernsteiner eine enorme Büchersammlung, die ganze Wände beanspruchte. Englische Ledersessel waren um eine alte Holztruhe

gruppiert, die als Sofatisch herhielt. Ansonsten gab es einen wuchtigen Schreibtisch aus der Jahrhundertwende auf dem ein schicker Laptop stand. Überall auf dem Schreibtisch reihten sich Papierstapel aneinander. Einige Kaffeetassen lugten aus einem Sammelsurium von Notizzetteln hervor. Dann gab es noch einen gemauerten Kamin. Über dem Kaminsims hing ein Ölgemälde einer jungen Frau, die Elise zum Verwechseln ähnlich sah. Die gleichen rehbraunen Augen, die hellblonden, glatten Haare, die hohen Wangenknochen, die sanften Gesichtszüge, der volle Mund. Nur die erhabene Mimik und das herablassend wirkende Lächeln, widersprachen Elises Naturell.
„Wer ist diese Frau?“, wollte sie wissen.
„Anna“, erwiderte er knapp. „Keine Nachfragen, bitte.“
Elise hielt sich daran, folgte ihm zur Terrassentür, die in den Garten führte. Auch hier schien sich der Besitzer an die Gesetzmäßigkeiten der Natur zu halten. Durch das hohe Gras war ein gemauertes, mit Moos überwuchertes Teichbecken zu erkennen, ein alter Brunnen mit einer Heiligenfigur, knorrige Obstbäume, Sträucher und verwitterte Findlinge. Alles wirkte auf romantische Art verwahrlost, wie ein verwunschenes Paradies, das nicht erobert, sondern geliebt werden wollte.
„Gefällt's dir hier?“ Seine Frage klang, als wäre es ihm wichtig.
„Es ist idyllisch, so ursprünglich, ein Garten Eden“, schwärmte Elise, „nur die Obstbäume müssten jetzt im Frühjahr zurück geschnitten werden“, stelle sie fachmännisch fest.

„Dann schnapp dir die Motorsäge und eine Leiter. Beides liegt hinten im Schuppen, und fang schon mal an!“, reagierte er gleichgültig. „Ich koch uns in der Zwischenzeit was Leckeres. Einen gescheiten Schweinsbraten mit Semmelknödel.“
„Ist das dein Ernst?“ Elise wirkte belustigt und unschlüssig gleichermaßen.
„Was?“, hakte er nach.
„Dass du kochen kannst?“
„Kochen ist meine Leidenschaft“, sagte er ernst.
„Merkwürdige Arbeitsteilung, findest du nicht? Du stehst in der Küche und schwingst den Kochlöffel, während ich mit der Motorsäge hantiere.“
Doch dann zog sie sich tatsächlich um. Mit einer alten Jeans, einem Wollpullover und festen Wanderschuhen stand sie in der Küche. Bernsteiner, der zwischenzeitlich mit einer Küchenschürze bekleidet emsig Kartoffeln schälte, ließ sich nicht stören.
Mehr beiläufig als interessiert blickte er auf. Er stutzte.
„Hast du eine Schutzbrille und Arbeitshandschuhe?“, fragte Elise tatendurstig.
„Das mit dem Bäumesägen ... Das war nur Spaß“, murrte er verblüfft.
„Wieso? Obstbäume verschneiden habe ich von meinem Opa in Polen gelernt. Ich weiß genau, wie das geht. Wenn wir aus Norwegen zurückkommen, können wir die Früchte ernten“, erwiderte sie munter. „Wirst schon sehen, so viele Früchte haben die Bäume noch nie getragen!“
„Wenn du meinst, aber ich habe gedacht, dass du dich auf der Terrasse lieber ausruhen möchtest und dich

von mir verwöhnen lässt."
„Ich will mich nicht ausruhen. Ich kann jetzt nicht stillsitzen, bin viel zu aufgeregt. Man nennt es wohl Reisefieber!"
„Na dann, Handschuhe und Brille hängen an der Wand im Schuppen. Pass bitte auf, dass du dich nicht verletzt!"
„Eye, eye Sir!"
Während Elise im Garten die Motorsäge schwang, stand Bernsteiner am Fenster und beobachtete sie. Genau wie Anna, dachte er misstrauisch. Mit dem gleichen Eifer hatte sie damals die Teichanlage gereinigt, bis sie ihren südfranzösischen Froschkönigmillionär auftat, einen extrem zivilisierten Mann bester Manieren und erlesensten Geschmack, der im Gegensatz zu ihm sicher die eine oder andere Leiche im Beton versenkt hatte. Der Geschmack roher Gewalt unter kultivierter Schale. Bernsteiner hatte bald schon gewusst, dass er mit der wohlerzogen kaschierten Brutalität eines Bauunternehmers nicht konkurrieren konnte.
Da können wir im Sommer baden, hatte sie gesagt, obwohl die Anlage eher als Seerosenteich gedacht und nur knietief war. Aber Anna war in ihrem Elan nicht zu bremsen. Er sah sie heute noch, wie sie mit ihren kurzen Hosen, und ihren hüftlangen Haaren mit dem Schrubber das Moos von den Fliesen schrubbte. Ihm hatte das mächtig imponiert. Eine Frau, die nicht nur gut aussah, sondern auch zupacken konnte, die sich in seiner Gegenwart und Umgebung wohlfühlte. Es war wie eine kitschige Szene in seinen Büchern, etwas, das

man sich aus den Fingern sog.
Bernsteiner schüttelte sich, als könne er damit die entflammte Erinnerung schnell wieder loswerden.
„Sie sind alle gleich, wenn sie einen Mann für sich gewinnen wollen“, knurrte er vor sich hin und ging zurück in die Küche.

~ ~ ~

„Das Essen ist köstlich!“, lobte Elise voller Begeisterung. „Ich kann nicht so gut kochen.“
„Brauchst du auch nicht. Ich werde für dich kochen“, sagte er, „bis du platzt“, fügte er noch lachend hinzu.
Nach dem Essen ging Elise ins Bad, um zu duschen. Genüsslich ließ sie das Wasser über ihr Gesicht perlen, als sie plötzlich seinen Körper wahrnahm, der sich behutsam an ihren Rücken schmiegte. Sie spürte seine Hände, die sanft ihre Brüste umschlossen, genoss seine Lippen, die zärtlich ihren Hals berührten. Elise seufzte wohlwollend.
„Darf ich dich einseifen?“, flüsterte er.
Sie gab keine Antwort, ließ ihn gewähren. Was sie allerdings nicht wollte, war, dass er sie unter der Dusche verführte. Das war ihr irgendwie zu glitschig, zu oberflächig. Sie wollte ihn riechen, schmecken, in seine Augen sehen, wenn er sie liebt – in etwa so romantisch und leidenschaftlich, wie er es in seinen Büchern beschrieb.
„Bringst du mich jetzt in dein Bett“, flüsterte sie sehnsüchtig, wie sie es aus seinen Büchern kannte.
Bereitwillig hüllte er sie in ein großes Badehandtuch, tupfte sie mehr ab, denn dass er sie rubbelte, um sie dann schwungvoll auf seine Arme zu schwingen und

mit ihr ins Schlafzimmer zu gehen, das er eilig präpariert hatte, als sie unter der Dusche war. Er hatte einer dieser blauen Pillen geschluckt. Seit seiner Sterilisation hatte er Potenzprobleme, aber vielleicht waren die auch nur psychischer Natur. Er wusste es nicht so genau. Jedenfalls waren auch die Rollläden heruntergelassen und die Betten frisch überzogen. Die Stehlampe warf malerische Schatten an die Wand, die leise Musik tat ihr Übriges, um den kitschigen Erwartungen einer Traumtänzerin zu entsprechen.
Er liebte sie zärtlich, flüsterte ihren Namen, während sie leise stöhnend seine Lippen küsste und ihn sanft über seinen Rücken streichelte, anstatt seinen Schwanz zu blasen, der hart wie Kruppstahl beinahe zu zerbersten drohte. Aber er fügte sich ihren Zärtlichkeiten wie ein abgerichtetes Schoßhündchen. Widerstrebend würgte er den Impuls ab, sie richtig durchzuvögeln. So wie er es mit Anna getan hatte, deren Wollust so unersättlich war, dass sie in der gezähmten Brutalität ihres provenzalischen Liebhabers eine Steigerungsform suchen musste. Anna, dieses Luder, war für alles zu haben. Sie hatte ihn um den Verstand gefickt, wie er es bezeichnete. Seine Eier und sein Hirn weichgekocht.
Du hast den schönsten Schwanz der Welt, hatte sie behauptet. Er hatte ihr geglaubt. Nicht weiter nachgebohrt, auf welcher Grundlage diese Vergleiche beruhten.
Na endlich, dachte er genervt, als Elise ihre Beine bereitwillig spreizte und er in sie eindringen konnte. „Sei vorsichtig“, wisperte sie ihm ins Ohr, wie eine

Gebetsschwester, die an die unbefleckte Empfängnis glaubte. Er war total überreizt, buckelte sich auf wie ein Maultier, erstarrte in seiner Bewegung und gab einem brachialen Laut von sich.
Er war sich bewusst, dass sie mit einem zaghaften Stöhnen geliebäugelt hatte, war sich sicher, dass er sie nicht befriedigt hatte, aber das war ihm egal. Er war jetzt todmüde. Erschöpft rollte er sich von ihren Körper ab. Er wollte nur eines: schlafen.
Ich muss sie in die Arme nehmen, fiel ihm gerade noch rechtzeitig ein. Er schlang seine Arme um ihren Bauch und kuschelte sich an sie heran.
„War's schön für dich", schnurrte sie leise.
Fragten das normalerweise nicht die Männer, dachte er noch, bevor er schnarchend dahindämmerte.

~ ~ ~

Im Morgengrauen wurde er wach. Bis zur Abreise hatten sie noch ein paar Stunden Zeit. Er ging unter die Dusche, danach lief er zum Bäcker, holte eine große Tüte mit Brötchen, die Zeitung, knickte im Vorbeigehen bei seinem Nachbarn ein paar Krokusse ab.
In der Küche schaltete er das Radio auf volle Lautstärke, in der Hoffnung, dass Elise aufwachte, so blieb ihm erspart, dass er sie wachküssen musste. Bei aller Liebe, aber so viel Gefühlsduselei brachte er nicht auf.
In aller Ruhe begann er den Frühstückstisch zu decken. Er gab sich Mühe, dem Standard eines passablen Hotels zu entsprechen. Er arrangierte die Blumen in einer Vase und schob wie ein Hütchenspieler Geschirr

und Speisen an den richtigen Fleck. Wie erwartet dauerte es nicht lange, bis Elise die Küche betrat, sich verschlafen die Augen rieb und hingerissen den schön gedeckten Tisch bestaunte.
„Guten Morgen mein Schatz!“, begrüßte er sie, faltete seine Zeitung zusammen und gab ihr einen Kuss. „Gut geschlafen?“
„So gut, wie schon lange nicht mehr“, säuselte sie verzückt.
Er schenkte ihr Kaffee ein, schob ihr den Stuhl zurecht, setzte sich ihr gegenüber und lächelte sie an.
„Wie lange haben wir noch Zeit?“, fragte sie mampfend.
„Mit vollem Mund spricht man nicht!“, erwiderte er belustigt.
Er blickte auf seine Armbanduhr. „In gut vier Stunden geht unser Flieger.“

~ ~ ~

Rund zwei Stunden später standen sie aufbruchbereit vor der Tür und warteten auf das Taxi, das sie zum Flughafen bringen sollte.
„Hast du auch nichts vergessen?“, erkundigte er sich nervös, während er seine Dokumente in der Jackentasche verstaute. „Reisepass?“
„Hab ich in meiner Handtasche“, beruhigte Elise.
„Gib ihn her!“ Bernsteiner streckte ungeduldig seine Hand aus.
„Warum?“
„Frag nicht! Gib schon her!“, drängte er. „Weil dann alles beisammen ist“, fügte er noch erklärend hinzu.

8. Kapitel

Während Bernsteiner im Flugzeug schlief, blickte Elise verträumt zum Fenster hinaus, bewunderte die vorbeiziehenden Wolken, genoss den Flug mit all seinen Annehmlichkeiten und hing ihren Gedanken nach. Als die Stadt *Bergen* in Sicht kam, weckte sie ihn auf.
„Wir sind gleich da!", quengelte sie aufgeregt, „schau dort unten, was für eine herrliche Landschaft!"
Es war Nachmittag als sie in *Bergen* landeten. Das Wetter war besser als erwartet. Obwohl *Bergen* zu der regenreichsten Stadt Europas gehört, schien die Sonne warm und verbreitete für Anfang Mai ungewohnt warme Temperaturen. Mit dem Taxi fuhren sie zu einer Autovermietung. Bernsteiner entschied sich für einen japanischen Jeep mit Laderampe. Ein Modell, das er bevorzugte und ihn bis jetzt noch nie im Stich gelassen hatte. Sie luden ihre Sachen ins Auto und hielten Ausschau nach einem Nachtquartier. Sie fanden ein Holzhaus, das von der Veranda aus, einen traumhaft schönen Ausblick auf den inneren *Byfjord* bot.
Während Elise begeistert auf der Veranda stand und die Aussicht bewunderte, stand er hinter ihr und schlang seine Hände um ihre Hüften.
„*Bergen* wird als das Tor der Fjorde bezeichnet. Es ist von sieben Hügeln umgeben", erklärte er, wobei er mit der Hand in die Ferne deutete.
„Und wo in etwa ist unser Haus?", fragte Elise aufgekratzt.
„Irgendwo dort hinten ... hinter dem Hügel." Mit einer

nebulösen Geste deutete er in die besagte Richtung.
„Hinter den sieben Bergen sozusagen“, sagte er lachend.
„Es ist so traumhaft schön hier“, schwärmte sie und lehnte den Kopf an seine Schulter.
„Genug geträumt!“, riss er sie aus ihrer Schwärmerei. „Komm ich zeig dir die Stadt!“
Gemeinsam schlenderten sie Hand in Hand durch die Stadt, schauten sich einige Sehenswürdigkeiten an und kehrten in einem Gasthaus ein. Nach dem Essen bestellten sie sich noch eine Flasche Wein.
„Morgen müssen wir noch eine Menge Lebensmittel einkaufen, die Ersatzkanister für den Jeep müssen auch noch aufgefüllt werden, und dann brauch ich noch einiges an Werkzeug“, sagte Bernsteiner abwesend, während sie ihn verklärt betrachtete.
„Was ist? Was guckst du so?“, fragte er, wobei er abgelenkt etwas auf eine Serviette kritzelte.
„Wenn ich jetzt meinem Leben eine Note geben würde“, flüsterte Elise ihm aufgemuntert zu. „Dann eine glatte Eins!“
Er lächelte gezwungen.
„Streberin!“, entgegnete er etwas entspannter.
In dieser Nacht schlief Bernsteiner nicht mit Elise. Er kuschelte sich lediglich an sie heran und nahm sie beschützend in seinen Arm. Elise wunderte sich über seine Zurückhaltung. Offensichtlich legt er nicht viel Wert auf Sex, spekulierte sie. Ein Gedanke, der ihrer verletzten Seele schmeichelte. Vielleicht muss ich in Zukunft die Initiative im Bett ergreifen? dachte sie weiter, während sie die Geborgenheit genoss und selig

dahindämmerte.

~ ~ ~

„Jeder schnappt sich zwei!“, befahl er, als sie am nächsten Tag vor dem Supermarkt standen und er hektisch mehrere Münzen für die Absperrung der Einkaufwagen hervorkramte.
„Wofür brauchen wir so viele Einkaufswagen?“, wunderte sich Elise.
„Weil das jetzt ein Großeinkauf wird!“, erwiderte er knapp, während er zielstrebig mit den Wagen zum Eingang rasselte.
„Eine Hamsterkauf?“
„Nenn es wie du willst. Du bist für die Süßigkeiten verantwortlich. Kauf alles was dir schmeckt!“, sagte er und rollte genervt mit den Augen, als er sah, wie sie zwei Tafeln Schokolade in den Wagen legte.
„Hast du mich nicht richtig verstanden?“, reagierte er ungehalten. „Das Zeug gibt’s hier auch im Zehnerpack!“
Verblüfft verfolgte sie, wie er zehn Packungen aus dem Regal räumte. „So, und in diesen Dimensionen setzt du deinen Kauf fort! Verstanden?“
„Das sind hundert Tafeln Schokolade. Wer soll das essen?“
„Das ist schneller weg als du denkst! Also los jetzt, sonst stehen wir heute Abend noch hier! Ich will noch vor Anbruch der Dunkelheit an unserem Ziel ankommen!“
Ohne ein weiteres Wort zu verlieren, wandte er sich ab und setzte seinen Einkauf fort. Er konzentrierte sich vor allem auf die Tiefkühlkost. Unmengen von Pizzen,

Fertiggerichten, Fleisch und Sahnetorten landeten in seinen Einkaufswagen. Als beide bis über den Rand aufgefüllt waren, kümmerte er sich um die Einkaufswagen von Elise, die nur randvoll gefüllt waren.
„Hol noch zwanzig Tüten Chips, zehn Tüten Salzgebäck und zwanzig Büchsen gesalzene Nüsse – die Großpackung bitte!"
„Das kostet sicher ein Vermögen", haderte sie, als sie mit ihren Einkaufswagen an der Kasse standen und die Kassiererin die Waren über die Theke schob.
„Kein Grund zur Sorge", entgegnete Bernsteiner gelassen und zückte ohne mit der Wimper zu zucken seine Geldbörse. Elise wunderte sich ein bisschen, dass er den horrenden Betrag in bar zahlte.
Allein den Einkauf im Auto zu verstauen, dauerte eine Ewigkeit. Die Tiefkühlkost sollte in große Styroporwannen. Alles war bedacht. Bernsteiner blickte ungeduldig auf die Uhr.
Als endlich alles untergebracht war, machte er noch einen Abstecher in den Baumarkt. Anschließend fuhren sie zum Tanken. Während er mit dem Auffüllen der Kanister beschäftigt war, zückte Elise ihr Handy und schrieb Kuchenbrod eine SMS.
Bin gut angekommen, es ist herrlich! tippte sie.
Das letzte Lebenszeichen.
„Endlich!", keuchte Bernsteiner erschöpft, als er sich ins Auto schwang und aus den Augenwinkeln registrierte, wie sie eilig ihr Handy in ihrer Tasche verstaute.
„Was machst du?", wollte er wissen.

„Nichts“, erwiderte sie ertappt. „Wie lange fahren wir jetzt?“
„Zirka drei Stunden“, ließ er sich nichts anmerken. „Die halbe Stunde bis *Fana* ist gemütlich. Danach fahren wir über Land, anschließend geht's weiter über unwegsame Gebirgspfade. Wenn wir Glück haben und wir nicht vom Regen überrascht werden, könnten wir vor der Dämmerung noch eintreffen.“ Er blickte prüfend zum Himmel.
„Ich muss mal“, quengelte Elise nach zweistündiger Fahrt.
Während sie ihrem Bedürfnis nachging, fischte er ihr Handy aus der Tasche. Er entfernte die SIM-Karte. Während er noch überlegte, was er mit dem Rest machen sollte, kletterte Elise wieder ins Wageninnere. Er ließ das Fenster auf seiner Seite herunter und warf das Handy hinaus.
„Was machst du da?“, fragte Elise, die den Wurfgegenstand nicht gesehen hatte.
„Nichts!“, brummte Bernsteiner.

~ ~ ~

„Halt dich fest!“, warnte er. „Jetzt geht's bergab.“ Gekonnt lenkte er den Wagen über ein abfallendes Geröllfeld. Er hatte das Seitenfenster heruntergekurbelt, um besser eventuellen Hindernissen ausweichen zu können. Elise musste sich an dem Haltegurt klammern, um nicht mit den Kopf an die Wagendecke zu schlagen. Ängstlich blickte sie auf das Gefälle, das sich an einer herabfallenden Felswand entlangschlängelte, zuckte zusammen, wenn sie ein Stück unkontrolliert abrutschten, betete innerlich, dass

der Wagen heil blieb und sie unbeschadet ihr Ziel erreichten.
„Ein See? Hast du dich verfahren?“ Elise klang besorgt. Sie hatten das Tal erreicht und standen nun am Ufer eines Gewässers.
„Das ist kein See, das ist eine Pfütze!“, verbesserte Bernsteiner tatendurstig und ließ den Motor aufheulen. „Attacke!“
Mit schreckgeweiteten Augen tastete Elise nach dem Haltegurt, winkelte ihre Beine an und stemmte sie dann ausgestreckt gegen das Armaturenbrett. Mit einer riesigen Wasserfontäne stob der Jeep durch das offensichtlich flache Gewässer. Bernsteiner johlte aus voller Kehle. Beinahe übergangslos schlitterten sie in ein Tal, das sich plötzlich wie hingezaubert vor ihnen erstreckte. Sie hielten an.
„Na, was sagst du?“, tat er beeindruckt. Seine Stimme klang sentimental, während er sich bückte, mit der Hand über das feuchte Gras glitt und einen Erdklumpen in seiner Hand zerbröselte, wie ein Farmer, der sich von der Fruchtbarkeit seines Bodens überzeugte. Immer wenn er hier herkam, fühlte er sich seltsam verlassen und verwundbar, irgendwie erlöst, von der Zivilisation mit ihren Technologien und Medien. Die Rastlosigkeit schien von ihm abzufallen, wie das welke Laub eines Baumes. Elise spürte seinen Stimmungswandel, obwohl sie selbst damit beschäftigt war, all die Eindrücke zu verarbeiten. Beinahe sprachlos starrte sie auf das Tal hinab. Sie sah ein gelbes Holzhaus mit weißen Fensterläden, einem spitzen Dach, das sich schützend über die Veranda zog

und von hölzernen Säulen getragen wurde. Im ersten Stock gab es einen Balkon, der sich offenbar um das ganze Haus schlang. Es war ein wunderschönes Haus, das in dieser Wildnis an ein hingezaubertes Märchenschloss erinnerte. Es wirkte einladend, als würde ein guter Zauber auf dem Haus ruhen und die Bewohner vor allem Bösen beschützen. Auch die Natur schien Gefallen an dem Haus zu finden. Durch die Holzdielen der Veranda sprossen kleine Sträucher, Kletterpflanzen rangen sich um die Holzsäulen.
„Ich hätte nie gedacht, dass es so schön ist“, entgegnete sie entrückt.
Auch das Innere des Hauses, übertraf ihren Erwartungen. Selbst wenn die Luft abgestanden und etwas modrig roch. Bernsteiner öffnete eilig alle Fenster. Durch die Diele kam man direkt in den großzügigen Wohnbereich, in dem sich naturbelassene Holzbalken erstreckten. Es gab eine gemütliche Sofaecke aus abgewetztem Leder. Der Holzboden war mit Schafsfellen bedeckt, eine große Truhe mit antiken Beschlägen diente als Tisch, darüber hing ein robuster Kristallleuchter, sogar ein riesiger TV-Bildschirm war an der Wand montiert. Ein Schreibtisch aus Glas und Chrom stand am Fenster. Auch hier gab es, wie in Bernsteiners Münchner Behausung, einen gemauerten Kamin mit geschlichteten Holzscheiten daneben.
„Wie bei dir daheim“, stellte Elise fest und warf sich kurzerhand in einen der großen Sessel. „Und das mitten in der Wildnis, kaum zu glauben.“
Sein Blick ruhte noch prüfend auf ihrem Gesicht, als sie sich mit einer spontanen Bewegung ihm zuwandte.

„Wo ist unser Schlafzimmer?", fragte sie keck und sprang auf. Übermütig lief sie auf eine Treppe zu, die sowohl in das obere als auch untere Stockwerk führte. „Und wo ist die finnische Sauna?"
„Nicht jetzt! Später. Alles zu seiner Zeit", drosselte er ihren Übermut. „Wir müssen unsere Vorräte ausladen!", beschied er knapp und wandte sich Richtung Tür.
Im unteren Stockwerk befanden sich mehrere Zimmer, unter anderem ein großer Vorratsraum, der mit zwei riesigen Kühltruhen an einen Tante-Emma-Laden erinnerte.
„Die eine ist ja noch halbvoll", stellte Elise fest, während sie die Lebensmittel in die Truhe schlichtete. Bernsteiner antwortete nicht. Schweigsam stapelte er die haltbaren Lebensmittel in die Regale. Alles geordnet: Süßigkeiten, Konserven, Säfte, Nudeln, Reis, Toilettenartikel.
„Ist noch was im Auto?", fragte er.
„Meine Koffer", erwiderte Elise.
„Dann hol sie!"
Das Licht fiel golden auf die Veranda. Die Sonne glitt flach über die dicht bewaldete Landschaft, verschwand kurz, sendete einen letzten Strahl, bevor sie endgültig im Dunkel der Bäume versank, während Elise ihre Koffer ins Haus brachte und sich verträumt noch einmal umblickte.
Ein letztes Mal.
„Wohin damit?", keuchte sie. „Fragend blickte sie Bernsteiner an, der gerade dabei war, die Tür hinter ihr abzuschließen. Gemächlich wandte er sich um,

verschränkte seine Arme vor der Brust, starrte sie mit erhobenem Kinn an, ohne ein Wort zu sagen. Seine Augen schienen sich um eine Nuance verdunkelt zu haben. Sein Blick wirkte starr, wie der einer Echse. Ein undefinierbarer Ausdruck haftete in seinen Mundwinkeln, den sie nicht richtig zu deuten vermochte. Zuneigung war es jedenfalls nicht. War es etwa ... Verachtung?

„Wohin damit?", wiederholte sie verunsichert.

„Ins Gästezimmer", erwiderte er. Seine Stimme klang plötzlich ganz anders. Etwas hatte sich darüber gelegt. Es klang, als würde er durch ein Tuch hindurch sprechen.

„Aber ... ich bin doch nicht dein Gast?" Elise zwang sich dabei zu lächeln. Es hörte sich hilflos an.

„Nein!", grinste er abfällig. „Ab heute bist du meine Gefangene!" Er sagte es so leise, dass sie glaubte, sich den Satz nur eingebildet zu haben.

„W-a-s?", geriet sie ins Stottern.

„Ab heute bist du meine Gefangene!", blaffte er sie an. „Ab heute hast du auf meine Befehle zu hören! Ab heute bist du ein Nichts! Ab heute bist du in meiner Gewalt!"

Elise schnappte nach Luft, wusste nichts zu erwidern. Es war, als hätte er ein Licht ausgeknipst, als wäre sie aus einem Traum erwacht. Elise fühlte sich von einer derartig heftigen Welle der Fassungslosigkeit übermannt, dass sie nicht imstande war, zu reagieren.

„Erik ... bitte!", begann sie zu stammeln. „Bitte lass uns reden!"

„Reden!", keifte er sie an. „Wenn du reden willst, dann

red mit dir selbst! Oder friss die Seiten meiner Bücher, da stehen genug Wörter drauf."
Ehe Elise noch etwas erwidern konnte, packte er sie am Haarschopf und zog sie die Treppe hinab. Als hätte er mit einem Fingerschnippen ihre Willenskraft außer Kraft gesetzt, ließ sie ihn widerstandslos gewähren. Polternd flog die Tür eines Zimmers auf, genauso unsanft wie er sie in den Raum hineinstieß, landete sie auf einem Doppelbett. Und noch ehe sie ihren Standort realisieren konnte, flogen ihre beiden Koffer und ihre Tasche hinterher. Das französische Bett auf dem sie lag, war weich, der geblümte Bettüberwurf fühlte sich seidig an. Absurderweise griff sie nach einem der Zierkissen, die um sie herum drapiert waren.
„Schön seidig", murmelte sie konfus, während sie ihren Kopf darin vergrub. Diese Geste fühlte sich genau so bizarr an, wie es die Situation verlangte.
Das ist alles nur ein Scherz, dachte sie verwirrt. Gefangene wirft man in ein Verlies, in einen Keller. Ich liege auf einem schönen Bett, umgeben von ebenso schönen Gegenständen. Wie um sich selbst zu rechtfertigen, blickte sie sich in dem Zimmer um. Es war groß, vielleicht dreißig Quadratmeter. Außer dem großen Bett gab es einen Esstisch aus poliertem Kirschholz, zwei gepolsterte Stühle, einen großen Flachbildschirm, der gegenüber dem Bett angebracht war, ein Kleiderschrank, eine Kommode. Vor dem Bett, lagen weiche Bettvorleger, es gab sogar Bücher, die sich zu mehreren Säulen auftürmten. In einem Regal stapelten sich Unmengen von Pralinenschachteln. Vor dem bodenlangen Fenster hingen mattschimmernde

Gardinen, die Vorhänge waren aus dem gleichen Material wie der Bettüberwurf. Die mächtige Fächerpalme neben dem Bett gedieh prächtig – schien sich wohl zu fühlen. Kein Wunder in dieser Umgebung. Hier gab es alles, was ein behagliches Heim erforderte. Es gab sogar ein Bad mit Badewanne, das durch eine separate Tür abgetrennt war.
„Er hat sich einen Scherz mit mir erlaubt. Ein sehr makabrer zwar, aber ein Scherz“, flüsterte sie, als würde ihr die Erkenntnis wie Schuppen von den Augen fallen. Zögernd ließ sie sich vom Bett gleiten, um sich von einer anderen Perspektive von ihrer Einschätzung zu überzeugen. Ihr Blick schweifte zu dem großen Fenster. Es handelte sich ganz klar um eine Terrassentür, die ganz sicher hinaus ins Freie führte, von wo aus man einen schönen Ausblick genießen konnte.
Gemütlich in der Mittsommernacht ein Glas Wein trinken konnte – ja, genau, so wie es Erik gesagt hatte. Alles nur ein Scherz. Er wollte sie nur auf ihre Belastbarkeit prüfen. Sie sind eben alle ein bisschen verrückt diese Künstler. Manchmal können sie eben Realität von Phantasie nicht unterscheiden. Elise zog die Gardinen zur Seite. Es war bereits dunkel geworden. Der Mond leuchtete hell am Firmament. Sie hörte ein Käuzchen schreien.
Ihr eigener Schrei blieb ich in der Kehle stecken. Das Fenster war von außen vergittert.
Nur eine Vorsichtsmaßnahme, damit keiner einbricht, legte sie sich rasch eine Erklärung zurecht.
Wer soll hier einbrechen? Hier in dieser Wildnis?

widersprach ihr Unterbewusstsein.
Ganz sicher handelt es sich um ein bewegliches Gitter, konterte sie in ihrem Gedanken-Pingpong. Sie öffnete das Fenster. Die Luft duftete verführerisch nach Kräutern und frischem Gras, das Gitter besaß kunstvoll geschwungene Streben und war fest verankert.
Als wolle sie es nicht wahrhaben, rüttelte Elise an den Gitterstäben. Die Konstruktion gab keinen Millimeter nach. *Ab heute bist du meine Gefangene!* erinnerte sie sich.
Plötzlich begann sie hysterisch zu lachen, bis sie abrupt verstummte. Noch mit beiden Händen die Gitterstäbe umfasst, blickte sie hinaus ins Freie, sah die Umrisse eines Raubvogels, der kreischend davonflog, sah die dunkle Gestalt, die plötzlich vor ihr stand. Sie gab einen gellenden Schrei von sich.
„Pssst ..."
„Erik?", keuchte sie atemlos.
„Wie gefällt dir dein neues Zuhause", fragte er mit Grabesstimme.
Der Schreck saß ihr noch in den Knochen.
Sie schnaufte gehetzt.
„Es ist kalt!" Sie schloss das Fenster.
„Gute Nacht Anna", hörte sie ihn lachen.
Pedantisch zog sie die Gardinen samt Vorhängen zu, als hinge davon ihre Sicherheit ab. Sie sank auf das Bett, sah sich unschlüssig um. Ihr Blick wanderte zu einem Bilderrahmen, der auf dem Nachtkästchen stand. Sie nahm ihn in die Hand, betrachtete ungläubig das Pärchen, das glücklich in die Kamera lachte. Das Glas des Bilderrahmens hatte einen Sprung.

Bernsteiner hielt eine schöne junge Frau im Arm, eine Frau, die ihr zum Verwechseln ähnlich sah. Es war die Frau, auf dem Ölgemälde. Anna? dachte Elise. Hat er sie auch hier gefangen gehalten? Sie stellte das Bild wieder zurück, betrachtete es noch eine Weile nachdenklich, bevor sie es kurzerhand mit der Vorderseite nach unten klappte. Ihre Augen huschten unruhig durchs Zimmer, als wollten sie sich irgendwo Halt verschaffen, bis sie letztlich an ihrem Gepäck ankerten, das immer noch unangetastet am Boden lag. Ich sollte versuchen Kuchenbrod anzurufen, dachte sie lahm. Sie griff so lustlos nach ihrer Handtasche, als würde sie bereits erwarten, dass sich das Gesuchte nicht findet.
„Er hatte mich gewarnt", flüsterte sie ernüchtert, blieb eine Weile sitzen und begann zu grübeln. Sie kam sich vor als würde sie ein Déjá-vu erleben. Was war gefährlicher? Drei besoffenen Kerlen oder einem Psychopathen ausgeliefert zu sein? Wo war der Unterschied? Gab es eigentlich eine Entschädigung für Unglück? Sie erinnerte sich an die Worte ihrer Therapeutin – *dass nichts im Leben einfach so passiert – dass jeder eine gewisse Mitschuld an seiner Tragödie trägt*. Diese Klugscheißerin hatte Recht, dachte Elise verbittert. Sie widerstand dem Impuls, sich weinend aufs Bett zu werfen. Stattdessen schrie sie aus voller Kehle los. Ein markerschütternder Schrei donnerte durchs Haus.
Bernsteiner konnte Elise hören – und sehen. Er saß vor dem Monitor in seinem Arbeitszimmer und verfolgte ihren Gefühlsausbruch. Er lächelte, hatte den Kopf

schräg geneigt, als würde er eine putzige Szene in einem Zeichentrickfilm betrachten. Gleich wird sie aufstehen und gegen die Tür trommeln, mit Gegenständen um sich werfen, seinen Namen rufen, ihn anbetteln. Dann hatte sie Phase 1 erreicht. Aber er lag falsch. Er musste näher an den Monitor heranrücken, um zu glauben was er sah. Elise stand plötzlich wie fremdbestimmt auf, hievte ihre Koffer auf das Bett und begann in aller Gemütsruhe ihre Sachen auszuräumen und auf Häufchen zu sortieren, während sie leise vor sich hinsummte.

Ist die verrückt? Bernsteiner war irritiert.

Er schüttelte den Kopf. Gleich wird sie wieder normal reagieren, dachte er lauernd.

Mit einem Stapel Pullover in der Hand, öffnete Elise den Kleiderschrank. Wie angewurzelt starrte sie ins Innere, auf das hellblaue Kleid, das verloren auf einen Bügel hing - wie ein Sakrileg. Die sorgfältig zusammengelegte Kleidung rutschte ihr aus der Hand, ihre Augen begannen zu brennen, ihre Hände ballten sie zu Fäusten zusammen. Mit einer wirschen Bewegung fegte sie das Kleid vom Bügel, trampelte darauf herum, bis sie es in die Hände nahm und es in Fetzen riss.

Die Erkenntnis, dass sie sich in den Fängen eines Verrückten befand, der sie aus irgendeinem Grund auserkoren hatte, um sie psychisch zu vernichten, wurde ihr schnell zur Gewissheit. Ich habe ja schon Übung darin, dachte sie sarkastisch: Gibt es eigentlich ein Wort dafür? ‚Selbstsarkastisch' vielleicht? Es war, als hätte ihr ein Arzt mitgeteilt, dass sie an einer

unheilbaren Krankheit litt, einer von der Sorte, die man schon einmal überlebt hatte.
„Warum ich! Warum? Was habe ich getan!“, brüllte sie. Sie rannte zur Tür, hämmerte wild dagegen, trat mit den Füßen gegen das Holz, während sie ihre Worte gebetsmühlenartig wiederholte. Bis sie völlig außer Atem war, entkräftet zu Boden sackte und nur noch leise vor sich hinwimmerte.
Sie vernahm ein leises Surren, blickte zum Fenster. Wie von Geisterhand setzte sich der Rollladen in Bewegung und schirmte das Fenster ab. Im gleichen Moment erlosch das Licht im Zimmer. Es war stockdunkel. Elise spürte, wie sich Panik in ihr ausbreitete.
Was hat das zu bedeuten? Was hatte er vor? Was ist, wenn sich der Rollladen nicht mehr öffnet, das Licht nicht mehr angeht – nie mehr. Sie biss sich auf die Lippen, bis sie Blut schmeckte. Ein statisches Knistern, ließ sich erschreckt aufhorchen.
„Willkommen in deinem Reich – Anna!“ ertönte eine Stimme. Rau und tief. Die Stimme fühlte sich greifbar nah an. Elise atmete flach, blickte sich panisch erregt um, als hätte sie Angst, dass jeden Moment eine Hand nach ihr greift.
Dann nahm sie ihren Verstand zusammen. Das bisschen zumindest, was ihr in dieser Situation noch zur Verfügung stand. Lautsprecher, dachte sie, es sind nur Lautsprecher. Irgendwo hier im Raum. Sie zwang sich ruhig zu bleiben.
„Erik?“ Ihre Stimme klang trotzdem zitternd.
„Ja, Anna, ich bin bei dir, ganz in deiner Nähe.“
„Ich ... ich bin nicht Anna!“, begehrte sie auf, trotziger

als sie sich fühlte.
Sie lauschte angespannt, hielt die Luft an.
Stille.
„Erik?“ Es klang wie ein Hilferuf.
Keine Antwort.
Die Stille und Dunkelheit schienen wie eine imaginäre Hand ihre Kehle zuzudrücken. Sie hatte das Gefühl, dass sich Wände und Zimmerdecke auf sie zu bewegten. Das Gefühl, keine Luft mehr zu bekommen, an ihrer eigenen Furcht zu ersticken, verstärkte sich dermaßen, dass sie gleichzeitig schwitzte und fror.
„Ja, Anna?“, hallte es plötzlich.
Elise schrie kurz auf. Wie elektrisiert zuckte sie zusammen.
„Was willst du von mir?“
„Was ich von dir will ist Rache!“ Er lachte – hohl und dämonisch, als hätte dieser komplett geisteskranke Schriftsteller sich vorgenommen, vom Liebeskitsch auf Horrorklischees umzusatteln. Er hörte gar nicht mehr auf zu lachen. Sie hielt sich die Ohren zu, weil sie diese Stimme nicht mehr ertragen konnte. Erst nach einer Weile, als sie glaubte, dass er sich beruhigt hatte, nahm sie zögernd die Hände von ihren Ohren. Stille.
Elise lauschte. Sie war ganz ruhig geworden. Hörte nur das Rauschen in ihrem Kopf.
„Aber warum? Ich habe dir nichts getan!“, flüsterte sie benommen, ganz leise, mehr zu sich selbst. Sie erwartete keine Antwort.
„Schlaf gut Anna.“ Beinahe klang seine Stimme zärtlich, eine Zärtlichkeit, die sich falsch anfühlte, weil sie nicht ihr galt. Verzweiflung und Erschöpfung legten

sich wie ein Schleier über ihr Gemüt. Sie war plötzlich müde. Sie raffte sich auf, stolperte über einen ihrer Koffer, hin zu ihrem weichen Bett. Sie warf die Bettdecke über ihren Kopf, schloss die Augen. Die Bettwäsche duftete nach ... sie kam nicht drauf, schloss die Augen. Sie hatte nur noch einen Wunsch – sich wegträumen. Vielleicht ist morgen wieder alles gut, dachte sie, dann schlief sie ein.

Es war Punkt 9.00 Uhr am Morgen, als Elise durch ein surrendes Geräusch erwachte. Blinzelnd blickte sie sich um, sah den Rollladen, der sich automatisch nach oben bewegte und ihr Zimmer erhellte. Obwohl ihr in diesem Moment auch bewusst wurde, wo sie war, lächelte sie trotzdem, wenn auch gequält. Schließlich war es leichter, seine Gefangenschaft in einem lichtdurchfluteten Zimmer zu ertragen, als in einer Dunkelzelle.
Habe ich mich denn schon damit abgefunden? haderte sie mit sich. Sie richtete sich auf, rieb müde die Augen und blickte sich seufzend im Zimmer um.
Absurderweise hatte sie erstaunlich gut geschlafen. Woher nahm sie bloß die Gelassenheit? Wieso ließ sie das alles so widerstandslos mit sich geschehen? Warum drehte sie nicht durch, unternahm etwas, um sich zu befreien? Im gleichen Moment hörte sie seine Stimme. „Guten Morgen Anna. Heraus aus den Federn. In einer viertel Stunde bringe ich dir dein Frühstück!“ Der Stimme folgend, blickte sie zur Zimmerdecke. Sie konnte nicht erkennen, wo die Lautsprecher eingebaut waren.

„Anna", wiederholte sie genervt. „Er hält mich für Anna. Was hat diese Frau verbrochen, dass ich für sie als Sündenbock erhalten muss?"
Elise ging ins Bad, um zu duschen. Sie konnte zwischen verschiedenen Duschgels, Haarshampoos und Körperlotionen wählen. Es waren nicht die billigen, die sie daheim stets benutzte. Vermutlich hat diese Marke diese geheimnisvolle Anna immer benutzt, mutmaßte sie vor sich hin, während sie sich abtrocknete, die nassen Haare in einem Handtuchturban verstaute und sich frische Sachen anzog. Danach räumte sie hastig die Koffer zur Seite. Ich kann meine Sachen nachher in den Schrank einräumen. Oder? Sie überlegte. Alles so lassen wie es ist. Seine Stimme klang heute so zugänglich. Vielleicht kann ich mit ihm reden, ihn überreden, mich gehen zu lassen. Ihm klar machen, dass ich nicht Anna bin, dass ich ihr nie das Wasser reichen kann, dass ich kein Ersatz für sie sein kann und will, so schön wie sie ist – ja, das ist gut, dachte sie, das klingt plausibel, so werde ich es ihm sagen.
Elise blickte auf. Sie hörte Schritte. Die Tür wurde aufgeschlossen. Bernsteiner trat mit einem freundlichen Lächeln zur Tür hinein. Obwohl er ein großes Tablett in der Hand hielt, war er noch in der Lage, die Tür hinter sich zuzuknallen. Elise vernahm den Duft von Gebratenem, Rühreier mit Speck. Ihr lief das Wasser im Mund zusammen. Sie hatte erbärmlich großen Hunger.
„Guten Morgen Anna, hast du gut geschlafen, mein Schatz?"
Elise gab keine Antwort. Abgelenkt starrte sie auf das

Tablett. Sie sah Wurst und Käseaufschnitt. Der Teller mit den Rühreiern hatte das Füllvolumen einer Schüssel. Marmelade, Honig, Brötchen, geröstete Toastscheiben, Orangensaft, eine große Tasse Kakao und eine kleine Tasse Kaffee.
„Wer soll das alles essen? Das reicht ja für mindestens fünf Personen."
„Du natürlich mein Schatz ... damit du groß und stark wirst", erklärte er mit übertriebener Freundlichkeit. „Und ich würde dir raten, alles aufzuessen", fügte er mit resoluterem Ton hinzu. „Setz dich!", befahl er.
Sie gehorchte, während er sich in ihrem Zimmer umblickte. „Du hast deine Sachen noch nicht in den Schrank geräumt" stellte er fest. Zielsicher öffnete er die Schranktür.
„Wo ist das Kleid?"
„Welches Kleid?" Kalt erwischt, fuhr sie hoch. Der Bissen Toast drohte in ihrer Kehle stecken zu bleiben.
„WO IST ES!" Bernsteiner schritt auf Elise zu, packte sie wie eine junge Katze am Kragen und zog sie vom Stuhl. Elise würgte. Mit der Hand deutete sie auf den Abfalleimer.
„Du hast es entsorgt?" Seine Stimme klang, als hätte er mit der Faust auf den Tisch gehauen.
Elise schüttelte den Kopf. „Nein ... Nur zerrissen", stammelte sie konfus.
Wütend fischte er das Kleid aus dem Eimer. Betrachtete es mit zerknirschter Miene und bedachte Elise mit einem giftigen Blick.
„Du wirst es wieder zusammennähen! So wie es mal war! Hast du mich verstanden?", brüllte er.

Ja", parierte Elise. „Nein ... ich kann nicht nähen!", verbesserte sie.
„Dann wirst du es lernen!", erwiderte er ruhig. „Dort unten findest du Nadel und Faden!" Mit eingezogenem Kopf folgte Elise seinem Finger, der auf eine Kommode deutete.
„Ich werde es versuchen", erwiderte sie geduckt.
„Du wirst es schaffen", donnerte er zurück. „Genauso, wie du dein Frühstück aufessen wirst, das ich mit sehr viel L-i-e-b-e für dich zubereitet habe!"
Elise nickte stumm. Bernsteiner lächelte zufrieden. Die Tür donnerte zu. Sie zuckte unter dem Geräusch zusammen.
Ich werde meinem Schrank wohl doch einräumen müssen, dachte sie niedergeschlagen.
Sie setzte sich zurück an den Tisch. Der Appetit war ihr vergangen. Trotzdem knurrte ihr Magen. Sie zwang sich zu essen. Wer weiß, ob ich heute noch etwas zu essen bekomme. Sie verspeiste die Rühreier, den Toast, den Aufschnitt, trank den Orangensaft und den Kakao. Dann konnte sie nicht mehr. Sie nahm die Brötchen und versteckte sie unter ihrer Bettdecke. Dann räumte sie ihren Schrank ein.
Eine halbe Stunde später hörte sie seine Schritte. Diesmal schlug ihr das Herz bis zum Hals. Er schloss die Tür auf.
„Nimm mir mal das Ding ab!", sagte er, als wäre nichts geschehen. Es trug eine Schaufensterpuppe unter dem Arm. „Am besten dahin!" Elise tat was er verlangte, ohne nachzufragen. „Wenn du mit dem Kleid fertig bist, ziehst du es der Puppe an. Ich hab noch was." Er

zog eine blonde Perücke aus einer Tüte „Ist doch viel zu schade, das Kleid im Schrank vergammeln zu lassen. Findest du nicht?"
Elise nickte ungläubig. Wo hat der das ganze Zeug her?
„Wo hast du das ganze Zeug her?", rutschte ihr raus.
„Ja erinnerst du dich denn nicht? Du wolltest doch unbedingt so ein Ding haben, danach stand sie dir im Weg herum und ich habe sie auf den Dachboden verfrachtet."
„Nein, äh ja, ich erinnere mich", erwiderte sie verwirrt.
„Hast du alles aufgegessen?" Prüfend blickte er auf den Tisch.
„Ja", sagte sie gehemmt.
„Wirklich?" Bernsteiner wirkte skeptisch.
Mit einer zackigen Bewegung riss er die Decke vom Bett und holte die Brötchen unter den Kissen hervor. Er setzte sich auf die Bettkante und streckte seine Arme nach Elise aus.
„Komm her Anna", flüsterte er beherrscht.
Unsicher folgte sie seiner Geste. Sie fühlte, wie sich der Schweiß auf ihrer Stirn sammelte.
„Ich mag nicht, wenn du mich anlügst. Du musst doch langsam mal kapieren, dass das sinnlos ist. Du musst doch endlich mal einsehen, dass ich es nur gut mit dir meine. Warum lügst du mich an? Sag's mir!" Er griff nach ihrer Hand, tätschelte sie und lächelte enttäuscht.
Elise saß zusammengesunken neben ihm, wagte es nicht, ihm in die Augen zu sehen, traute dem inszenierten Frieden nicht.
„Ja", piepste sie leise. Bernsteiner griff demonstrativ an sein Ohr, als hätte er nicht richtig verstanden.

„Ja, ich verspreche, ich werde dich nicht mehr anlügen“, sagte sie räuspernd.
„Na siehst du, das war doch gar nicht so schwer“, sagte er zufrieden, wobei er ihr Kinn sanft nach oben schob, so dass sie ihn direkt in die Augen sehen musste. Elise zwang sich zu lächeln.
„Versprochen?“, säuselte er.
Sie gab einen gurgelnden Laut von sich, versteifte sich, als er ihr einen Kuss auf den Mund drückte.
„So, jetzt nimmst du die Brötchen und isst sie auf. Ich schaue dir dabei zu.“
Sie zögerte.
„Na mach schon!“, fauchte er bissig. „Ich habe noch etwas anderes zu tun, als die beim Fressen zuzusehen! Ich muss schreiben! Verstehst du! Ich muss Geld verdienen, damit du im Luxus leben kannst! Du weißt genau, dass ich keinen Ärger gebrauchen kann! Wenn man sich sein Brot im Land des Fantasierens verdient, braucht man die Gewissheit der Gewohnheit. Alles Ungewohnte, das sich von außen einschleicht, führt zu Irritationen. Gerade jetzt, wo ich keinen Ärger gebrauchen kann, jetzt, wo ich meine wahre Berufung gefunden habe, ausgerechnet jetzt, musst du mich ärgern!“ Seine Stimme klang plötzlich weinerlich, aber Elise spürte, dass es darunter brodelte. Dieser Mann saß auf einem Pulverfass und sie saß neben ihm, war seinem Gefühlsterror ausgeliefert. Sie war ihm mit Haut und Haaren ausgeliefert, und genau das galt es zu retten.
„Was ... was ist deine Berufung sag es mir ... Bitte“, gab sie sich interessiert, während sie mit zitternden

Händen das Brötchen in kleine Stücke zerkleinerte, in den Mund schob, mechanisch kaute und ihn nicht aus den Augen ließ.
„Man soll über ungelegte Eier nicht reden ... Ich bin da abergläubisch“, entgegnete er betulich, wie jemand, der aus der Reserve gelockt werden möchte.
„Lass mich raten? Du schreibst einen neuen Roman?“ Elise versuchte, so begeistert wie möglich zu klingen.
„Wie geistreich von dir?“, reagierte er abfällig. „Was soll ich denn sonst schreiben? Ein Kochbuch? Dummerchen!“
Elise lächelte duldsam. Ich muss ihn bei der Stange halten, dachte sie.
„Sag’s mir bitte!“, ließ sie nicht locker.
„Na gut, wenn du meinst, aber nicht weiter erzählen.“
Wem denn? dachte sie bitter, wobei sie ihn mit verzweifelter Spannung ansah.
„Ich schreibe zurzeit einen Thriller, einen Horrorthriller, so wie mein Kollege und Vorbild *Dan Simmons* – kennst du den?“
„Nein, Thriller, also Horror, da ist nicht so mein Ding“, sagte sie entschuldigend.
„Du hast gekrümelt!“, unterbrach er pikiert und deutete auf den Boden. „Heb das sofort auf!“
Sie gehorchte umgehend. Klaubte auf allen Vieren die Krümel vom Boden.
„Und weiter?“, versuchte sie ihn bei Laune zu halten.
Er grinste geheimniskrämerisch.
„Und du, meine liebe Anna, sollst meine Muse sein.“
„Mu - se?“, stammelte Elise schluckend.
„Meine Inspiration, meine Hauptfigur“, entgegnete er

feierlich. „Wenn du so willst: mein Versuchsobjekt.“ Elise unterdrückte ein Aufstöhnen. Vergeblich, die Brotkrumen reizten ihre Kehle. Sie verschluckte sich und begann erbärmlich zu husten.

„Wasser“, krächzte sie mit hochrotem Kopf, während sie nach Luft schnappte und sich an den Hals griff.

„Dort drüben“, erwiderte Bernsteiner unbeeindruckt.

Elise taumelte zum Tisch und trank gierig.

„Entschuldige ...“, würgte sie, während er sie missmutig im Auge behielt.

„Magst du auch ein Brötchen? Die sind sehr gut?“ Elise reichte ihm eins, hoffte dadurch, ihn weiter bei Stimmung zu halten.

„Nein, danke!“, erwiderte er süffisant. „Ich werde sonst zu fett. Die Rolle ist für dich bestimmt.“ Gleichzeitig erhob er sich, nahm das Tablett vom Tisch und trat den Rückzug an.

„In zwei Stunden gibt es Mittagessen!“

Sie blieb noch einige Minuten regungslos sitzen und überlegte angestrengt.

Wenn er die Tür öffnet, hat er die Hände voll, dachte sie. Das wäre ein Augenblick, den ich nutzen könnte, um ihn zu überwältigen. Mich hinter der Tür verstecken. Sie blickte sich suchend nach einem Gegenstand um. Der Stuhl? Die Kristallschale? Die Puppe? Als wäre das letzte Wort ein Stichwort, sprang sie auf. Ich muss dieses verdammte Kleid zusammennähen, schoss es ihr durch den Kopf.

Hektisch schob sie die Schublade der Kommode auf.

Sie sah einen Nähkorb, in dem alles Erforderliche vorhanden war. Erleichtert atmete sie auf, als sie sah,

dass das Kleid nur an den Nähten aufgerissen war. Das erleichterte ihr die Arbeit um einiges. Sie gab sich trotzdem Mühe, aber es fiel ihr schwer, sie war beileibe keine gute Schneiderin, stellte sie fest, als sie ihr fertiges Werk betrachtete. Sie glättete das Kleid so gut das ohne Bügeleisen ging, bevor sie es der Schaufensterpuppe überstreifte. Mit kritischer Miene betrachtete sie die Puppe, zupfte am Stoff, und drehte die Puppe so, dass das Kleid vorteilhaft zur Geltung kam. Sie war gerade dabei, die Perücke durchzukämmen, als sie seine Schritte vernahm. Sie atmete mehrmals tief durch, konzentrierte sich. Es galt, ihre Chancen auszuloten, inwieweit sie ihn gegebenenfalls überwältigen könnte. Wenn er sich genauso verhält wie das letzte Mal, ist er spätestens morgen Abend fällig, nahm sie sich vor. Sie hatte sich für den Stuhl entschieden. Massives Holz. Das müsste ausreichen, um ihn außer Gefecht zu setzen.
Er schloss die Tür auf und trat mit dem Tablett ein. Die Speisen waren mit silbernen Hauben abgedeckt. Mit dem Arm knallte er die Tür hinter sich zu. Genauso wie er es heute früh getan hatte. Die Tatsache, dass er kein Misstrauen hegte, offensichtlich auf ihre Hilflosigkeit vertraute, gab ihr Mut, ihr Vorhaben zu verwirklichen.
„Was gibt es denn Schönes?“, fragte sie gutgelaunt.
„Spargelcremesuppe als Vorspeise, und als Hauptspeise, Hähnchen mit Pommes, und als Nachspeise Schokoladenpudding mit Vanillesoße. Lass es dir schmecken!“ Er entfernte die Abdeckungen und verwies mit einer theatralischen Handbewegung auf die Speisen, als hätte er sich fest entschlossen, nach der

Karikatur eines Horrorschriftstellers auch noch einen blödsinnigen Butler zu mimen. Ein riesiger Teller mit Suppe, ein ganzes Hähnchen, eine weitere Schüssel mit Pommes und ein riesiger Puddingberg kamen zum Vorschein. Elise gab sich alle Mühe, ihre Begeisterung beizubehalten.
„Guten Appetit, mein Schatz. Wenn du noch etwas Nachschlag möchtest, dann brauchst du nur zu läuten.“
Er deutete auf einen Schalter, direkt an der Tür, den Elise bis jetzt nicht bemerkt hatte.
„Danke, aber ich glaube, das ist genug“, erwiderte sie beherrscht und lachte gekünstelt.
Sie aß die Suppe, sie aß das Hähnchen und auch den Pudding. Danach knabberte sie lustlos an ein paar Pommes, betrachtete die Schale, die dem Füllvolumen einer Obstschale entsprach und kapitulierte. Sie nahm das Gefäß und schüttete den Inhalt ins Klo. Aber anstatt in der Versenkung zu verschwinden, saugten sich die Pommes nur mit Wasser voll. Sie spülte mehrmals hintereinander, aber es half nicht.
„Mist“, fluchte sie panisch. Der Gedanke, die Pommes in Klopapier zu wickeln kam zu spät.
„Was machst du da?“ Es fühlte sich an, als wäre eine Abrissbirne gegen ihren Schädel geprallt.
Bernsteiner stand wie hingehext hinter ihr. Wortlos schubste er sie beiseite und starrte in die Toilettenschüssel.
„Ich kann nicht so viel essen. Ich habe es versucht, aber ...“, beeilte sie sich sagen. Ihre Stimme bebte.
„Wenn ich dich gefragt hätte, ob du alles aufgegessen hast, was hättest du mir geantwortet?“

„Ich ... Ich.“ Sie hatte sich in die Ecke verdrückt, sah ihn an, wie ein waidwundes Reh, dem der schlecht schießende Jäger noch mit dem Mordsmesser den Rest geben wollte. Instinktiv spürte sie, dass sie jetzt das Richtige sagen musste.
„Antworte!“
„Ich hätte gesagt, dass ich alles aufgegessen habe.“
War das wirklich die richtige Antwort, haderte sie verstört.
„Du hättest mich also wieder angelogen?“ Ein Feststellung, auf die er keine Antwort erwartete.
„Komm her!“ befahl er.
Sie gehorchte.
„Alles rausholen!“ Blitzartig drückte er sie zu Boden, so dass sie mit dem Kopf vor der Schüssel kniete.
Wimmernd klaubte sie die Pommes aus der Kloschüssel
und legte sie in die Schüssel zurück.
„Und nun?“, kuschte sie ängstlich.
„Aufessen! Und zwar alles! Das ist vorerst deine letzte Mahlzeit!“
Stück für Stück würgte Elise die aufgeweichten Pommes hinunter. Sie versuchte ihren Geschmackssinn auszuschalten, nicht daran zu denken, was sie da aß, widerstand den Würgereiz. Sie ahnte, dass sie alles auflecken musste, wenn sie erbrach.
Als sie fertig war, packte er sie an ihren Haaren, bugsierte sie in die Senkrechte und trieb sie aus dem Zimmer in den Flur hinaus. Mit der freien Hand öffnete er eine Tür. Elise stolperte in einen Raum hinein, sie fiel zu Boden. Ihre Knie schmerzten.

Keuchend richtete sie sich auf.
Es war stockdunkel um sie herum. Kein Fenster, kein Lichtstrahl, absolute Dunkelheit. Sie tastete den Boden ab. Fließen, kalt und hart. Auch an der Wand. Ein gefliester Raum. Mühsam stand sie auf. Taumelte geradeaus. Zwei Schritte, weiter kam sie nicht. Sie ließ sich zu Boden fallen, krabbelte auf allen Vieren in die andere Richtung. Nach vielleicht zwei Metern stieß sie mit dem Kopf an die Wand, erfühlte einen kleinen Behälter. Sie tastete sich weiter. Hoffte, auf einen Gegenstand zu treffen. Nichts. Keine Matratze, kein Waschbecken, kein Klo, noch nicht mal eine Decke. Lediglich ein Behälter, der offensichtlich für ihre Notdurft gedacht war. Wimmernd kauerte sie sich an die Wand. Die Kälte der Fliesen schien wie eine kalte Hand ihren Rücken hinabzukriechen, die Dunkelheit wie ein Leichentuch sie zu bedecken, die Stille wie ein bösartiger Kobold auf sie einzuschlagen. Elise blieb stumm. Spürte, wie sich eine eigenartige Ruhe in ihr ausbreitete, eine überwältigende Leere, dumpf und alles verschluckend – Vergangenheit, Gegenwart, Zukunft. Ihr Gesicht nahm einen unbeteiligten, beinahe hypnotisierten Ausdruck an. Die Finsternis drückte ihr die Augen zu.
So fühlte sich die Musik beinahe an, als wäre sie bereits ins Reich der Träume dahingedämmert. Sie vernahm Klaviermusik – *Für Elise* von Beethoven.
Das kann nur ein Traum sein, dachte sie. Halt ihn fest, bloß nicht die Augen öffnen, sonst löst er sich auf, der Traum, mit dieser schönen Musik. Aber die schöne Musik schien kein Ende zu finden, einer Endlosschleife

gleich.
Aufwachen, befahl sie sich. Sie öffnete die Augen, aber die Musik ertönte weiter, ohne Unterbrechung, immer wieder das gleiche Stück.
„Aufhören", flüsterte sie verschlafen. „Bitte aufhören! Ich bin doch jetzt wach!"
„Aufhören!" schrie Elise nach drei Stunden.
„Aufhören!", schrie sie nach vier Stunden.
Nach fünf Stunden rappelte sie sich auf und hämmerte mit ihren Fäusten gegen die Tür. Als das nichts half, begann sie zu singen, laut, aus voller Kehle, alles was ihr einfiel, vom Weihnachtslied bis zur Nationalhymne. Für eine gewisse Zeit gelang es ihr sogar, das nervtötende Geklimper zu übertönen. Aber irgendwann war sie erschöpft, summte nur noch leise vor sich hin. Ihre Kehle fühlte sich ausgetrocknet an. Vom Singen, vom Schreien.
Nach sechs Stunden hielt sie sich die Ohren zu. Ein Fehler. Die Musik wurde auf volle Lautstärke gestellt. Wenn sie die Hände wegnahm, wurde sie leiser. Elise kam schnell dahinter, dass irgendwo im Raum eine Nachtsichtkamera installiert war. Sie probierte es aus. Sie presste ihre Hände an die Ohren, lockerte sie. Erst langsam, dann im Sekundentakt. Aus ihren Bewegungen, wurde ein beinahe rhythmisches Klatschen, wie eine Psychopathin, die nicht wusste was sie tat, bis sie mit beiden Händen auf ihre Ohren einschlug. Es tat weh, aber der Schmerz schien sie zu betäuben, aber die Musik spielte weiter. Irgendwann begann sie zu wimmern, dann zu betteln.
„Wasser!", jammerte sie. „Bitte ... Wasser."

Zehn Stunden waren mittlerweile wohl sicher vergangen. Elise vermochte die Zeit nicht einzuschätzen. Bernsteiner hingegen wusste es genau. Die Nacht und eine weitere Nacht vergingen, in denen Elise wie ein zusammengekrümmter Wurm am Boden lag. Sie hatte jegliches Zeitgefühl und Orientierungssinn verloren. Sie flehte auch nicht mehr nach Wasser. Mit letzter Kraft leckte sie die feuchten Wände ab, den Boden, biss sich ihre Lippen auf, kratzte sich blutig und saugte gierig an ihren Wunden. Aber nichts half ihre Qual zu lindern. Nach drei Tagen ertönte die Musik nur noch stündlich. Elise nahm es nicht mehr wahr. Sie hatte keine Kraft mehr, zu wimmern, zu betteln ... zu beten. Schließlich nahm sie es auch nur nebulös wahr, als am Abend des dritten Tages die Zelle aufgesperrt und sie an ihren Armen wie ein erlegtes Wild aus ihrer Zelle geschleift wurde. Er schaffte sie in ihr Zimmer, öffnete die Badtür und legte Elise unter der Dusche ab. Danach schaltete er das kalte Wasser ein. Elise kam zu sich, öffnete den Mund, um zu schreien, aber ihre Laute erstarben in einem erstickten Röcheln. Aber es gab Wasser, in Hülle und Fülle. Sie kam langsam wieder zu sich, auch wenn sie sich nicht auf ihren eigenen Füßen halten konnte. Bernsteiner war ihr behilflich. Er trug sie auf das Bett, hielt ihr den Rücken gerade und half ihr beim Trinken. „Du wirst mich nie mehr anlügen“, sagte er, wobei sie mit ungezügelter Hast an der Flasche sog.
Als sie eine Flasche Wasser ausgetrunken hatte, deckte er sie zu und ließ sie allein. Gegen Mitternacht stand er wieder an ihrem Bett, rüttelte sie grob wach und gab

ihr eine weitere Flasche Wasser zu trinken. Mehr oder weniger gewaltsam. Elise verschluckte sich beim Trinken, er klopfte ihr auf den Rücken.
„Danke“, murmelte sie geläutert.
„Für was?“
„Dass du mich am Leben lässt.“
„Beim nächsten Mal kommst du mir nicht so einfach davon.“
Es wird kein nächstes Mal geben, dachte Elise, aber sie hatte keine Kraft die Worte auszusprechen.

~ ~ ~

Am nächsten Tag erwachte sie erst gegen Mittag. Sie hätte vielleicht noch länger geschlafen, wenn sie nicht geweckt worden wäre. Die ganze Nacht lang bekam sie kein Auge zu. Immer wieder hörte sie, einem Tinnitus gleich, die verdammte Melodie. Sie stopfte sich Watte in die Ohren, als das nichts half, schaltete sie das Radio an und wählte einen Nachrichtensender aus. Erst im Morgengrauen schlief sie ein.
Wortlos stellte er ihr das Frühstück auf den Tisch.
„Ich habe dir Pfannkuchen gemacht“, sagte er unterkühlt, „die magst du doch so gern.“
Elise mochte keine Pfannkuchen, aber sie war dermaßen ausgehungert, dass sie einen Topf roter Rüben verzehrt hätte. Wie eine hungrige Löwin fraß sie alles, was er ihr servierte. Sie nahm ihre Hände und stopfte alles in sich hinein, ohne darauf zu achten, dass sie sich bekleckerte, dass sie gar nicht richtig kaute, dass ihr das Essen teilweise wieder aus dem Mund rutschte, dass sie sich wie ein kleines Kind voll sabberte. Elise aß nicht, sie fraß, und sie hatte sich fest

vorgenommen, diese Völlerei beizubehalten. Alles aufzufressen, was ihr vorgesetzt wurde, nichts mehr verschwinden lassen, nicht mehr zu lügen. Ihre eigene Identität ablegen, war von nun ab ihre Devise. Ich schlüpfe lieber in die Rolle dieser verdammten Anna und fresse mich zu Tode, dachte sie, als noch einmal in diese Zelle gesperrt werden. Nie wieder in Ungnade fallen, schwor sie sich. Das nächste Mal wird er mich umbringen, da war sie sich sicher. Es wird kein nächstes Mal geben, entschied sie eisern, und in diesem Moment glaubte sie fest daran. Ihr Überlebenswille war zu stark, als dass sie ihr Leben aufs Spiel setzen wollte. Sie zwang sich, an sein Versprechen zu glauben, dass er sie laufen ließe, wenn sie sich nicht seinem Willen widersetzte.
„Ich heiße Anna", schmatzte sie vor sich hin. „Anna, verdammt, ich heiße Anna ... Anna friss!"
So wie sich Elise an ihre Portionen gewöhnt hatte, alles auffraß, was ihr aufgetischt wurde, so hatte sie sich auch irgendwann an ihre Gefangenschaft gewöhnt. An das tagelange Dahindösen, das Nichtstun, das Faulsein. Keine Verantwortung mehr zu tragen, auszuschlafen, sich gehen lassen, in den Tag hineinleben, nicht mehr auf ihr Gewicht und ihr Aussehen zu achten, sich nicht mehr auf die Arbeit quälen und sich für einen guten, aber doch nie ausreichenden Krankenschwesternlohn ihren Rücken ruinieren zu lassen. Irgendwann kam sie an einem Punkt an, an dem sie ihre Passivität auf irgendeine perverse Weise sogar genoss. Merkwürdigerweise schien ihr Gemüt mit den makabren Umständen zufrieden zu werden. Sie war

weder depressiv noch litt sie unter Angstzuständen. Sie schlief gut und vor allem lang. Vielleicht mischte ihr Peiniger ihr ja Beta-Blocker unter den reichen Fraß, dachte sie einmal, bis sich der Geist der Krankenschwester, die sie gewesen war, wieder von ihr verabschiedete. Zu mühsam, die Lage zu reflektieren. Nach dem Frühstück legte sich Elise noch einmal aufs Ohr, gönnte sich einen Verdauungsschlaf. Bis das Mittagessen serviert wurde, verspürte sie tatsächlich schon wieder so etwas Hunger. Wusste der Teufel, was Bernsteiner ihr da unter die Speisen mischte, oder ihr Magen hatte sich tatsächlich an die riesigen Portionen gewöhnt. Nach dem Mittagessen widmete sie sich ihrer Körperpflege. Nahm ein ausgiebiges Bad. Am liebsten mit den bunten Badeperlen, die viel Schaum erzeugten und verführerisch dufteten. Sie wusch sich ihre langen Haare und salbte ihren mittlerweile füllig gewordenen Leib mit duftenden Ölen ein. Rasierer, Nagelschere oder Pfeile besaß sie nicht. Es war ihr gleichgültig, genauso wie sie es gelassen hinnahm, dass sie nicht mehr in ihre Kleider passte, weil ihr Bauch immer dicker, ihre Brüste größer und ihre Schenkel sich beim Gehen aneinander rieben. Sie besaß keinen Spiegel. Dafür besaß sie weit schwingende Gewänder aus wertvollem Stoff, die er ihr in aller Regelmäßigkeit zurechtlegte. Ob er sie vorrätig hatte oder gelegentlich in die Stadt fuhr, war ihr inzwischen gleichgültig. Längst trug sie Übergröße. Diese Tatsache versuchte sie auszuklammern, und das ging am besten mit ein paar Tüten Erdnusschips, den köstlichen Pralinen, die sie in der Regel schachtelweise verputzte und dem leckeren

Kirschlikör, der für gute Laune sorgte. Elise fühlte sich zeitweise dermaßen wohl und entspannt, dass sie völlig vergaß, in welcher prekären Situation sie sich befand. Das lag natürlich auch an ihm, Bernsteiner, der alles tat, damit sich sein Opfer wohlfühlte, sich in Sicherheit wog, keine Langeweile verspürte und somit nicht auf dumme Gedanken kam. So hatte er ihr eine Staffelei aufgebaut, Leinwand, Farben und Pinsel besorgt. Elise freute sich über die Abwechslung, und er freute sich über ihre naive Freude. Wenn sie nicht malte, las sie. Natürlich nicht mehr die Bücher ihres Peinigers. Wenn das Lesen ihr zu anstrengend erschien, schaltete sie den Fernseher ein oder döste einfach vor sich hin und aß natürlich. Es war, als flösse kein Blut mehr, sondern ein beruhigendes Medikament durch ihre Adern.
Dieser Gehorsam, wie Bernsteiner ihr Verhalten empfand, stimmte ihn gütlich. Seiner Meinung nach war es Zeit für eine Aussprache.
Eines späten Abends klopfte er an Elises Tür. Sie hatte zu Abend gegessen und gönnte sich gerade ein kleines Nickerchen.
„Darf ich reinkommen?“, fragte er höflich.
Er durfte sich auch auf ihr Bett setzen, und sie ließ es sogar zu, dass er seinen Arm um ihre Schulter legte, wobei sie nicht genau wusste, ob sie sich sicher oder bedroht fühlen sollte. Sie konnte seinen Atem riechen. Er hatte getrunken.
„Was ist das?“, wollte sie wissen.
„Unser Fotoalbum“, erwiderte er. „Hier sind unsere Erinnerungen verewigt.“
Er klappte das Album auf.

„Schau, das war der Tag an dem ich dich das erste Mal gesehen habe, du hast in der dritten Reihe gesessen mit deiner Mutter ... Erinnerst du dich?“
Elise blickte auf die beiden Frauen. Eine davon war Anna. Sie wirkte auf dem Foto schüchtern, ganz anders, als auf dem Ölgemälde.
„Ja, ich erinnere mich“, spielte Elise mit.
„Für mich war es Liebe auf den ersten Blick, als ich dich gesehen habe“, murmelte er versonnen, während er sanft mit den Finger über das Foto strich.
„Was hast du gedacht, als du mich das erste Mal gesehen hast?“, sprach er weiter.
„Äh ... Ich ... Was für ein charismatischer Mann habe ich gedacht, und ob du noch zu haben bist, ja, das habe ich auch gedacht.“
Er lächelte gütlich.
„Du wirktest auf mich so zerbrechlich, so unschuldig, auf verführerische Weise keusch und unerfahren. Wenn ich gewusst hätte, wie du wirklich bist, dann hätte ich dir an Ort und Stelle den Hals umgedreht ... Aber ich wusste es nicht. Du hast dich gut verstellt.“
Elise schluckte unbehaglich, spürte, die negativen Schwingungen, die von ihm ausgingen.
„Was ist zwischen uns schiefgelaufen? Sag es mir Anna? Ich habe dir doch jeden Wunsch von den Augen abgelesen. Alles habe ich dir gekauft. Schöne Kleider, einen schönen Sportwagen. Ich habe dich in die teuersten Lokale geführt, bin mit dir in den Urlaub gefahren ... ich habe mich für dich aufgeopfert, dich auf Händen getragen, und je mehr ich mich um dich bemüht habe, umso hochnäsiger bist du geworden,

hast meine Liebe mit Füßen getreten.“
„Du hast dein Bestes gegeben“, begann Elise stockend. „Du trägst keine Schuld. Du hast mich nur zu sehr verwöhnt. Warst mir total verfallen ... meiner Schönheit, meinem Körper. Nicht wahr?“
Bernsteiner nickte beipflichtend.
„Du hattest einen wunderschönen Körper. So weich und zart. Gerade mal siebenundvierzig Kilo hast du auf die Waage gebracht. Deine Figur war dir heilig, du hast sie gepflegt und gehegt, kaum was gegessen, und wenn doch, hast du es hinterher ausgekotzt. Manchmal habe ich geglaubt, dass du deinen gottverdammten Körper mehr geliebt hast als mich, und ich habe mir oft gewünscht, ein Teil von ihm zu sein ... dein kleiner Finger oder dein Ohrläppchen.“
„Mein Körper und mein Aussehen waren mein Kapital!“ Elise war sich sicher, dass Anna jetzt so geantwortete hätte. „Du hast mich gern vorgeführt, wie eine Trophäe. Ich war mir nicht sicher, ob du mich wirklich geliebt hast, ich meine, die Anna, die in dieser schönen Hülle steckte.“
Er gab keine Antwort, deutete stattdessen auf ein Foto, auf dem Anna mit einem Minikleid vor einem knallroten Sportwagen stand.
„Da schau! Dein siebenundzwanzigster Geburtstag. Mein Geburtstagsgeschenk. Wenn du in dem Auto herumgekurvt bist, hast du ausgesehen wie eine Edelhure. Ja, du warst eine Hure, die sich jeden Kerl an den Hals geworfen hat.“
Elise krampfte sich merklich zusammen, krallte ihre Finger in die Bettdecke hinein. Schuldbewusst senkte

sie den Blick.
Er hatte sich dermaßen in seine Wut hineingesteigert, dass er aufsprang und Elise die Bettdecke aus den Händen riss und sie verächtlich taxierte.
„Hat's dir dein neuer Stecher besser besorgt als ich? Hatte er einen größeren Schwanz als ich? Sprich!"
Elise schüttelte den Kopf.
„Nein, er war nicht besser ... bestückt, meine ich", stammelte sie unbeholfen.
Er lächelte erhaben.
„Ich war dir verfallen", fuhr er zerknirscht fort, wobei er sich mit den Händen durch die Haare fuhr und dann wütend die Schaufensterpuppe durchs Zimmer wirbelte. „Ich Trottel habe alles für dich getan. Mich sogar für dich kastrieren lassen."
„Aber nur, weil ich die Pille und die Spirale nicht vertragen habe", erwiderte Elise hastig. „Und weil du gesagt hast, dass du keine Kinder haben willst." Elise hoffte innständig, dass sie richtig lag.
„Du lügst!" brüllte er los und warf ihr das Album an den Kopf. „Ich habe dir gesagt, dass ich irgendwann Kinder haben möchte."
„Aber du hast nicht gesagt, von wem", rutschte Elise raus, um es im gleichen Moment zu bereuen.
Verdammt, was hatte sie sich da angemaßt? War sie verrückt geworden?
Bernsteiner hielt inne und starrte sie entgeistert an. Sie hatte keine Zeit mehr, sich zu entschuldigen. Wie eine Furie stürzte er sich auf sie, presste seine Beine auf ihren Schoß und ihren Kopf zwischen seine Hände und ließ ihren Kopf mehrmals hintereinander aufschlagen.

Es tat nicht weh, die Kissen federten die Schläge ab. „Entschuldige“, schrie sie aus voller Kehle. Aber er ignorierte ihr Flehen.
„Was ist das für einen Gefühl, das Leben eines anderen zu ruinieren? Wie fühlt sich das an!“, brüllte er außer sich, während er weiter ihren Kopf gewaltsam umklammerte. „Gib es endlich zu, du wolltest mich ruinieren. Aus mir einen impotenten Zwerg machen! Einen Alkoholiker noch dazu!“
Elise verneinte hilflos. Ihre Wangen begannen zu glühen, hilflose Wut breitete sich in ihr aus. Langsam begann sie, diese Anna zu hassen. Was machte es für einen Sinn, in ihrem Namen zu sprechen, dachte sie. Egal, ob hochmütig, berechnend, oder einfach nur klug genug, Bernsteiners Paranoia früh genug erkannt zu haben. Diese Frau hat mein Leben verpfuscht. Wegen ihr muss ich als Sündenbock herhalten. Wegen ihr steht mein Leben auf dem Spiel, dachte sie weiter. Es war unsinnig, dieses Biest zu verteidigen. Ihr Peiniger wollte ein Schuldeingeständnis, das spürte Elise. Sie musste sich der Schuld einer Fremden bekennen.
„Du hast recht“, gab sie klein bei. „Ich habe dich sehr verletzt, und wenn ich könnte würde ich alles rückgängig machen. Bitte verzeih mir.“
„Du gibst zu, dass du eine hinterhältige, berechnende Hure bist?“ Er lockerte seinen Griff und starrte Elise hasserfüllt an.
„Ja“, erwiderte sie schluckend.
„Und du willst, dass ich dir verzeihe?“
„Ja, bitte!“, heischte sie, hoffend, dass ihre Reue belohnt wurde.

Aber Bernsteiner brach in schallendes Gelächter aus. „Du glaubst tatsächlich, dass du ungeschoren davon kommst?“, höhnte er lautstark.
Nicht ungeschoren, aber wenigstens lebend, dachte Elise und sah in wehmütig an.
„Von was träumst du eigentlich nachts?“, machte er sich lustig. Im nächsten Augenblick gefror seine Miene. „Du bist hier, um deine gerechte Strafe zu erhalten!“, legte er los. „Du bist hier, damit ich dich für immer unschädlich machen kann! Du bist hier, damit ich mich daran erfreuen kann, deinen schlanken Nuttenkörper bis zum Platzen zu mästen!“
Seine Wut schien von biblischem Ausmaß erfüllt, den Zeigefinger hatte er zornig auf Elise gerichtet, als wollte er nach der Karikatur eines Horrorschriftstellers und der Persiflage eines Grandhotel-Kellners jetzt auch noch den Herrgott spielen, der fingerzeigend aus den Wolken seine sterblichen Kreaturen anblafft. Es war eine Erlösung, als er endlich von ihr abließ, die Tür zudonnerte und davonstob. Die trügerische Ruhe war verflogen, die kalte Angst war zurückgekehrt. Sie hatte ihren gewohnten Platz eingenommen und schien Elise mit ihrer Zutraulichkeit zu erdrücken.
„Ich muss hier weg“, flüsterte sie panisch.

~ ~ ~

Es war bereits nach neun Uhr am Morgen. Sie hatte unter ihre Bettdecke ein paar Kissen gestopft, so dass es aussah als schliefe sie noch. Seit einer Viertelstunde stand sie nun schon lauernd mit dem Stuhl hinter der Tür. Ihr Herz klopfte ihr bis zum Hals, ihre Hände schwitzten. Sie hörte Schritte. Sie wusste, dass sie das

Überraschungsmoment nutzen musste, schnell und vor allem präzise. Die nächsten Sekunden würden über ihr weiteres Schicksal entscheiden. Als sie den Schlüssel im Schloss hörte, durchfluteten Elise Hitzewellen vom Scheitel bis zu den Fußspitzen. Einen Atemzug später öffnete er die Tür. Sie sah die Umrisse des Tabletts, seinen Oberkörper, hörte seine Stimme.
„Aufstehen!“, brüllte er eisig.
Die Tür fiel ins Schloss. Für eine Millisekunde kreuzten sich ihre Blicke. Wie ein Schaf glotzte er sie an. Das Tablett fiel zu Boden. Im gleichen Moment als der Stuhl auf seinem Kopf einschlug. Stöhnend sackte er zusammen. Der Stuhl zerbrach. Elise hatte nur noch die Stuhllehne in der Hand. Bernsteiner blutete am Kopf. Er lag am Boden - vor der zugeklappten Tür. Er lag im Weg. Elise schlug noch einmal zu, direkt auf seinen Kopf. Einmal, zweimal ... fünfmal. Mit geschlossenen Augen. Wie von Sinnen schlug sie auf ihn ein. Dass sie dabei nur seine Hände erwischte, mit denen er sich geistesgegenwärtig schützte, nahm sie nicht wahr. Wichtig war, dass er irgendwann seinen Widerstand aufgab, sich nicht mehr rührte, scheinbar ohnmächtig geschlagen am Boden lag. Elise versuchte ihn mit dem Bein von der Tür wegzutreten. Da die Tür von innen keine Türklinke besaß, musste sie ihre Hände zwischen Tür und Rahmen klemmen. Sie schnaufte unter der Anstrengung, aber die Angst verlieh ihr die notwendige Kraft. Einen Spalt breit stand die Tür offen. Zu wenig, als dass Elise hindurchgepasst hätte. Früher vielleicht, aber jetzt? Er lag immer noch am Boden. Ächzend, schien er das

Bewusstsein wiedererlangt zu haben. Elise geriet in Panik. Die Knöchel ihrer Hand färbten sich weiß. Jetzt bloß nicht mit den Händen abrutschen. Nur noch ein kleines Stück, dann habe ich es geschafft, dann kann ich mich durchquetschen, dachte sie. Im gleichen Moment krachte die Tür zu. Elise schrie jämmerlich auf. Der Schmerz war so intensiv wie sich das Knacken ihrer Finger anhörte. Mit aller Kraft stemmte sich Bernsteiner gegen die Tür. Ihre Schreie hallten wie das Geheul einer Sirene durchs Haus, bis er sie von ihren Qualen erlöste. Sie brach zusammen, während er sich das Blut aus dem Gesicht wischte. Schwer atmend und wutverzerrt blickte er auf Elise herab, die sich vor Schmerzen wand.

„Du elendes Stück!“, fauchte er. Er spuckte sie an und trat mit den Füßen nach ihr. Danach packte er sie dermaßen grob an ihren Haaren, dass Elise den Kopf nicht mehr bewegen konnte.

„Bitte!“, wimmerte sie, „Bitte tu mir nichts!“

Er riss die Tür auf und zerrte sie in den Flur hinaus.

„Bitte nicht! Nicht in den Raum!“, kreischte sie, wobei sie genau in diesen Raum hineingestoßen wurde.

Vorbei, dachte Elise. Sie hatte sich an die Wand gelehnt. Wie standrechtlich erschossen, sackte sie in die Hocke. Schluchzend tastete sie sich ihre schmerzenden Finger ab. Zwei Finger waren gebrochen.

Die müssten geschient werden, dachte sie. Eigentlich.

~ ~ ~

Bernsteiner hatte in der Zwischenzeit seine Kopfwunde untersucht, festgestellt, dass es nur eine Platzwunde war. Halb so schlimm, hatte er entschieden, sich das Blut entfernt, die Wunde gereinigt und desinfiziert. Dann verließ er das Haus, suchte genügend Holzscheite zusammen, um die Blocksauna kräftig einzuheizen. Erst mal auf 90 °C. Für jemanden wie ihn eine angenehme Temperatur, für Frischlinge eine Qual.

~ ~ ~

„Erheb deinen Arsch!“, schmetterte er Elise entgegen, die mehr perplex als ängstlich hochschreckte. Sie hatte nicht erwartet, dass er sie bereits nach zwei Stunden wieder aufsuchte. Dass er überhaupt wiederkam.
„Zieh dich aus! Nackt!“
Sie gehorchte.
„Nach dir!“, befahl er.
Unterwürfig ließ sie sich wie ein geprügelter Hund vorantreiben. Durch den Flur, die Treppe hinauf, durch die Wohnstube hindurch – hinaus ins Freie.
Blinzelnd blickte Elise zum Himmel empor. Die Sonne strahlte erbarmungslos herab. Es war ein heißer Julitag. Sehnsüchtig blickte Elise zu dem kleinen See hinab, der wie eine überfüllte Schatztruhe in der Sonne glitzerte.
Jetzt in den See springen, ein erfrischendes Bad nehmen, dachte sie. Das Verlangen danach, war so übermächtig, dass sie stehen blieb und überlegte, einfach loszulaufen und sich ins Wasser zu werfen.
„Gaff nicht so blöd! Geh weiter!“, wurde sie aus ihren Gedanken gerissen und nach vorn gestoßen. Sie stolperte.
„Wohin?“
„Da lang!“ Seine Hand deutete auf ein Blockhaus, aus

dessen Schornstein kräftige Rauchschwaden stiegen.
Elise kniff ungläubig die Augen zusammen.
„Sauna?“
„Genau!“, höhnte er gehässig. „Eine kleine Schwitzkur wird dir guttun! Er blickte informiert zum Himmel. „Das Wetter spielt auch mit.“
Weglaufen! Weglaufen! hämmerte es in Elises Kopf. Als hätte er ihre Gedanken gehört, stieß er sie energischer an, so dass sie gezwungen war, zügig zu laufen.
Er sperrte die Holztür auf.
„Geh rein! Hinterher wirst du dich wie neugeboren fühlen!“
Hinterher, echote es in ihrem Kopf. Hinterher ... klingt besser als nie mehr.
Zögernd stand sie da, wie ein Nichtschwimmer vor dem Tauchbecken. Er gab ihr einen Stoß und verrammelte die Tür.
Elise verkroch sich in eine Ecke, winkelte die Beine an und versuchte, ganz still zu sitzen und flach zu atmen, während sie vom Dunst eingehüllt vor sich hinstierte. Nach einer halben Stunde rann ihr der Schweiß aus allen Poren. Sie hatte den Platz gewechselt. In der Hoffnung, der Hitze zu entkommen, saß nun mit den Rücken an die Tür gelehnt. Die Sauna war mittlerweile auf 100 °C aufgeheizt. Das Atmen fiel ihr immer schwerer, sie bekam Platzangst, ihr Kopf summte wie ein Bienenschwarm, verzweifelt hämmerte sie gegen die Tür.
„Lass mich raus!“, schrie sie erschöpft. Ihre Worte klangen bleiern. Anstatt zu atmen, keuchte sie nur

noch. Bernsteiner hörte sie trotzdem, er war gerade dabei Holz nachzulegen.
„110 Grad", zischelte er, während er erwartungsvoll durch ein kleines Guckloch lugte.
Elise lag keuchend auf den Rücken, ihre Augen wirkten glasig und ausgehöhlt. Ihre Haut war feuerrot, glühte, als würde sie jeden Moment Blasen schlagen.
Er will mich zu Tode kochen, dachte sie.
Schreckentstellt rang sie nach Atem. Sie spürte wie ihr Kreislauf schlapp machte, wie ihr schwarz vor Augen wurde, wie ihre Schläfen pochten, ihre Augen brannten. Mit letzter Kraft versuchte sie, sich am Türknauf hinaufzustemmen. Einmal noch, wollte sie um Hilfe schreien. Einmal wenigstens noch. Mehr Kraft hatte sie nicht mehr.
Das Thermometer zeigte unterdessen 115 °C an. Bernsteiner zögerte, war sich unsicher, ob er noch mal nachlegen sollte.
Elises Anblick sprach dagegen. Sie musste bei dem sinnlosen Versuch, die Tür zu öffnen, das Bewusstsein verloren haben. Kein schöner Anblick. Die Beine nach hinten gegrätscht, das Gesicht fratzenartig verzerrt ans Holz gepresst, die Arme merkwürdig erschlafft, als wären sie ausgekugelt.
Er hatte plötzlich Sorge, dass sie einen Herzstillstand erlitten haben könnte.
Hektisch schob Bernsteiner den Riegel der Tür beiseite. Die Tür öffnete sich nach außen. Elises lebloser Körper klatschte ihm direkt vor die Füße. Er kontrollierte ihren Puls. Kaum spürbar, aber vorhanden. Er wandte sich ab, lief zum Haus hinunter und kam mit einem

Holzkarren zurück. Er hievte Elise auf die Plattform des Wagens und rollte ihn Richtung See hinunter. Vor dem flachen Wasser stoppte er und winkelte den Karren an. Elise plumpste ins Wasser. Das Wasser dampfte fast. Bernsteiner wartete, bis sich der nackte Fleischbatzen bewegte. Es dauerte nicht lange, bis Elise wieder zu Bewusstsein kam. Wie ein harpunierter Wal bäumte sie sich auf, schnappte fieberhaft nach Luft, röchelte, zappelte, hustete, schrie – alles auf einmal. Bernsteiner betrachtete das mit einem gewissen Wohlgefallen. So stand er da, mit vor der Brust verschränkten Armen und betrachtete seine Horrormuse seelenruhig. Als sie sich endlich beruhigt hatte, nur noch schwer atmend am Ufer lag, trieb er sie an, zurück ins Haus zu gehen – nein, gehen wäre falsch, entschied er spontan. Kriechen wäre besser.
So musste Elise auf allen Vieren zum Haus kriechen. Als sei sie ein Tier trieb er sie mit einer Birkenrute in der Hand an.
Elise kroch langsam, empfand diese Art der Fortbewegung noch nicht mal erniedrigend. Ihr Körper zitterte. Die Beine schlotterten und wären nicht in der Lage gewesen, ihr Gewicht zu tragen. Auf allen Vieren kroch sie auch die Treppe hinunter, sie ächzte schwerfällig, verfehlte ein paar Stufen, aber kam im Untergeschoss heil an.
Ihr fiel ein Stein vom Herzen, als sie nicht, wie sie erwartet hatte, in der Dunkelkammer landete. Bernsteiner trieb sie in ihr schönes Zimmer.
„Dein Essen habe ich dir heute schon gebracht!“, knurrte er giftig und deutete auf den Boden, auf dem

das Tablett samt Speisen noch verstreut herumlag.
Sie nickte eingeschüchtert. Als die Tür ins Schloss fiel, stürzte sie sich über eine Flasche mit Cola her. Hastig trank sie die zwei Liter aus. Sie blieb auf dem Boden sitzen und vertilgte ihr Frühstück bis zur letzten Brötchenkrume. Danach hievte sie sich in ihr Bett, schlüpfte unter die Decke und presste ihr Kopfkissen besitzergreifend an sich. Auch wenn es sich absurd anfühlte, sie fühlte sich in diesem Moment wie neu geboren.
Dieses Gefühl hielt nicht lange an. Elise musste für ihre Revolte büßen. Bernsteiner begegnete ihr nicht mehr mit der gewohnten Freundlichkeit, auch wenn sie scheinheilig war, so hatte sie Elise weitaus erträglicher empfunden als die Abneigung und Verachtung, mit der er sie jetzt strafte, denn die, die fühlte sich echt an.
So zogen die Wochen dahin. Elise hatte die Hoffnung endgültig begraben, ihren Peiniger zu überwältigen. Allein der Gedanke daran bescherte ihr eine Gänsehaut. So gab sie sich unterwürfig oder war es tatsächlich, hätte zwischen beidem kaum zu unterscheiden gewusst, und bedankte sich für die Speisen, die er ihr servierte, lieblos und von abnehmender Qualität. Trotzdem muckte sie nicht auf. Die Angst sowohl davor, seinen Zorn zu wecken, als auch die Gewissheit, dass sie ihm ausgeliefert war, machten sie gefügig. Tagsüber konnte sie ihren Ängsten noch Halsbänder anlegen, aber nachts streiften sie frei herum, buhlten um Aufmerksamkeit, kläfften sie wach und ließen sie beinahe jede Nacht schweißgebadet aufschrecken.

Einmal nahm sie all ihren Mut zusammen und fragte ihn, wann er sie gehen ließe.
„Wenn du fett genug bist“, hatte er ihr geantwortet und sie abschätzend beäugt. „Es kann nicht mehr lange dauern.“
So wartete Elise auf den Tag X.

9. Kapitel

Der gute Duft von Elises Nachthemd hatte sich schon längst verflüchtigt. Kuchenbrod hatte es jede Nacht an sein Gesicht gepresst. Die ganze Zeit hatte er in Elises Bett geschlafen, sich um ihren Wellensittich und ihre Pflanzen gekümmert und ihre baldige Rückkehr herbeigesehnt. Vier Monate wollte sie bleiben, mindestens, hatte sie gesagt. Mittlerweile waren viereinhalb Monate ins Land gezogen, seit sie sich das letzte Mal bei ihm gemeldet hatte. Er machte sich Sorgen, große Sorgen, die ihm den Schlaf raubten. Mehrmals hatte er versucht, sie auf dem Handy anzurufen. Vergeblich. Elise schien wie vom Erdboden verschluckt. In seiner Verzweiflung erwog er eine Vermisstenanzeige aufzugeben, aber es sprachen mehr Argumente dagegen, als dafür. Elise war eine erwachsene Frau. Er war nicht mit ihr verwandt und außer ihm schien sie niemand zu vermissen. Auch der Gedanke bei Bernsteiners Verlag anzurufen, vielleicht eine E-Mail-Adresse oder Telefonnummer herauszubekommen, hielt er für unklug. Stattdessen entschied er, sich selbst auf die Suche zu begeben. Irgendetwas in seinem Inneren sagte ihm, dass dies die bessere Lösung sei. Er wusste zwar, dass es die in Männerdingen ebenso anspruchsvolle wie unkluge Elise wohl ungern hören wollte, aber tatsächlich half ihm das „Handbuch zu Grundfragen des Versicherungsbetrugs“, das er in seinen Überstunden für die Themis-Lusitania-Versicherungsgruppe überarbeitet hatte, dabei, seinen Verdacht und seine

Überlegungen zu strukturieren. *Solange Sie – gleich ob Sie ein Schadenssachbearbeiter, Außendienstmitarbeiter oder Kundendienstler sind – nur einen Anfangsverdacht haben und auf die Mittel einer systematischen Untersuchung nicht zurückgreifen können*, hieß es in dem Handbuch, *dann recherchieren Sie zunächst mit unauffälligen Mitteln des täglichen Lebens (ein gewöhnlicher Gastronomiebesuch beim Gastwirt, der Diebstahlsschäden meldet; ein Blick in die Seitenstraße, aus der schon wieder ein Auto gestohlen worden sein soll etc.). Machen Sie sich ein Bild, vertrauen Sie nicht allein der EDV. So verschrecken Sie Ihren Kunden nicht, wenn sich ihr diffuser Anfangsverdacht nicht erhärtet und Sie erlauben Ihrem versicherungswissenschaftlich geschulten Hirn im Zweifelsfall aber doch, weitere Spuren zu entdecken*

So wütend Kuchenbrod noch manchmal darüber war, dass ihm seine selige Frau Mutter ein so furchtbar gestörtes Verhältnis zum anderen Geschlecht vermacht hatte, so dankbar war er, dass er sich im Lauf der bald 25 Jahre bei der Themis-Lusitania aus all den Dienstanweisungen und Handbüchern, aus Schulungen und Kundenkontakten doch ein ganz brauchbares Weltbild hatte zusammenzimmern können. Natürlich sog er trotzdem noch einmal den verflogenen Duft aus Elises Kopfkissen, bevor er sich daran machte, aus der groben geografischen Markierung, die ihm von Elises Karte und dem Cache-Speicher ihres Computers erhalten geblieben war, eine nähere Standortbestimmung zu wagen. Dann kaufte er sich Trekkingrucksack, Schlafsack, ein kleines Zelt, Kompass, Fernrohr, andere sinnvolle Ausrüstung, die ein Ausflug in die Wildnis erforderte.

Eine Woche später trat er eine Reise ins Ungewisse an. Schon als er im Flugzeug auf den Weg nach *Bergen* saß, war er sich nicht mehr sicher, ob er nicht überstürzt gehandelt hatte. Sein Verstand schien seinen blinden Aktivismus nicht gutzuheißen, sein Bauchgefühl sprach dagegen. Doch, andererseits: Er schulte seine Außendienstmitarbeiter darin, wachsam allen Formen des Unrechts gegenüber dem menschlichen Anspruch auf Sicherheit zu bleiben. Er war bereit, diese Tour wie eine große Versicherungsbetrugsermittlung zu begreifen. Hatte ihm die Existenz Elises nicht den Glauben gegeben, er könnte diese Sache mit den Frauen noch einmal auf die Reihe bekommen? War das nicht auch eine Art Versicherung? Mit seinen 38 Jahren vielleicht noch entjungfert zu werden? Kuchenbrods Weltbild mochte etwas beschränkt sein, aber es gab kaum etwas auf Erden, das er nicht in irgendeine krude Versicherungsmetapher quetschen konnte.

In *Fana* mietete er sich in einer kleinen Pension ein. Kuchenbrod konnte sich nicht recht entscheiden, ob er die in Frage kommende Umgebung zu Fuß abgrasen oder ob er sich einen kleinen Geländejeep mieten sollte. Er entschied sich für einen fahrbaren Untersatz. Das würde ihn viel Zeit ersparen, schließlich galt es einen Umkreis von ca. 150 Quadratkilometer abzusuchen. Die Möglichkeit notfalls im Auto zu übernachten, anstatt in einem wackligen Zelt, gab seiner Entscheidung jenen Ausschlag der Vernunft, den man von einem deutschen Versicherungssachbearbeiter auch dann erwarten darf, wenn man ihn nachts um drei Uhr aus dem Bett holte, um ihn scharf auf sein Weltbild hin zu befragen.

~ ~ ~

Am nächsten Tag, in der Morgendämmerung, machte er sich auf den Weg. Mit dem Jeep zuckelte er erst eine Landstraße entlang, bevor er in südöstliche Richtung weiterfuhr. Je weiter er sich von der Zivilisation entfernte, umso schlechter wurden die Straßen. Unbefestigte Trampelwege und Gebirgspfade, die sich teilweise an steilen Schluchten vorbeischlängelten, trieben ihm den Angstschweiß auf die Stirn. Er war kein guter Autofahrer, aber ein guter Wanderer. Statt ein Risiko einzugehen, stellte er den Jeep lieber ab und marschierte zu Fuß weiter. Auf seiner Landkarte kennzeichnete er sich die Gebiete, die er bereits abgefahren beziehungsweise erkundet hatte. Viel war es nicht. Das Gebiet war teilweise dicht bewaldet, kleine Seen, Bäche, umgestürzte Bäume blockierten das Weiterkommen und zwangen zur Umkehr. Manchmal kam es ihm vor, als würde er sich im Kreis bewegen. Aber das war nur Einbildung. Der Kompass war nagelneu. Seine Zweifel galten dem Wahrheitsgehalt von Elises Aussage. Hatte sie ihm wirklich das Richtige gesagt? Kuchenbrod verspürte Frustration in sich aufkeimen. Was machte er eigentlich hier? War es nicht lächerlich, einer Frau hinterherzulaufen, die mit

ihrem Liebhaber durchgebrannt war? Bedurfte sie wirklich seiner Hilfe? Seit mehr als einer Woche war er nun schon unterwegs. Heute endete seine Suche vor einem Gletschersee. Das Gewässer war von hohen, steilen Felswänden eingepfercht. Vermutlich konnte man den Felsen zu Fuß erklimmen, aber Kuchenbrod war nicht lebensmüde genug, um es zu versuchen. Außerdem braute sich langsam ein Gewitter zusammen.
„Schon wieder“, fluchte er zu sich selbst, während er genervt zum Himmel blickte, wo sich dunkle Wolken formierten.
Morgen, dachte er, morgen breche ich die absurde Suche ab und fahre zurück nach Deutschland. In Gedanken spielte er kurz das ökonomische Problem der „Versunkenen Kosten“ durch, das dann eintritt, wenn man sich durch Mittel, die man schon für eine Sache aufgewendet hat, auf einem falschen Weg festgelegt fühlt – man wartet im Schneesturm auf den Bus und weil man schon so lange gewartet hat, bleibt man weiter stehen, nur weil man die aufgewendete Wartezeit nicht verschwenden möchte. Selbst wenn gar kein Bus mehr kommt. Kuchenbrod schüttelte den Kopf. Ökonomisches Denken half ihm hier nicht weiter. Er war jetzt schon eine Weile auf einem unvernünftigen Pfad unterwegs, auf dem ihm weder die Lehren seiner Mutter noch die Vernunft der Themis-Lusitania Versicherungsgruppe halfen. Im Wortsinn hilflos eilte er zum Jeep, startete den Motor und trat den Rückweg an.
Nach einer Stunde Fahrt musste er erkennen, dass er

eine bestimmte Weggablung verpasst hatte, die ihn zur Landstraße führte. Er musste einen Schleichweg oder Nebenpfad erwischt haben. Der Kompass zeigte die richtige Richtung an, also fuhr er weiter, durch strömenden Regen, einen holprigen Pfad entlang. Es war zwischenzeitlich dunkel geworden, seine Sicht war durch den Regen erheblich eingeschränkt. Er fuhr im Schritttempo, bis er plötzlich stutzte, stoppte und verdattert auf den Weg starrte, auf dem ein Hindernis lag.

„Ein totes Tier?“, murmelte er. „Auch das noch.“ Ihm wurde bewusst, sich nicht hinreichend erkundigt zu haben, welches Verhalten das norwegische Straßenverkehrsrecht von ihm in solchen Fällen verlangte. Egal. Er stülpte sich die Kapuze über, schnappte sich die Taschenlampe und stieg aus. Der Regen peitschte ihm ins Gesicht, als er sich vorsichtig dem toten Tier näherte. Es war mit einer Decke abgedeckt, nur Füße lugten hervor. Nackte Füße. Das war kein Tier. Das war ein Mensch. Kuchenbrod bekam Herzrasen. Gewöhnlich begann seine Zuständigkeit oder die seiner Kollegen ja doch erst lange nach einem Schadensereignis. Fast panisch blickte er sich um. Der Regen tropfte ihm von Nase und Kinn, die Hand zitterte ihm, als er die Decke ein Stück beiseiteschob, da wo er den Kopf vermutete. Er schrak zurück, als er den geschorenen Schädel erblickte.

„Ha ...Hallo“, seine Lippen bewegten sich, aber seine Stimme versagte. Er nahm seinen ganzen Mut zusammen und warf die durchweichte Decke zu Seite. Eine Frau. Eine nackte dicke Frau, dachte er

schockiert.
Er warf sich auf die Knie, fühlte ihren Puls. Sie lebt – noch, dachte er nüchtern, konnte aber keine Atmung wahrnehmen. Das ließ ihn das Programm abspulen, das er gerade im Frühjahr im Erste-Hilfe-Kurs aufgefrischt hatte. Er nahm die entsprechende Dienstanweisung dazu ernst. Routiniert riss er sich seine Jacke vom Leib, knüllte sie zusammen und bettete ihren Kopf auf das Kleidungsstück. Dann begann er sie zu beatmen. Nach mehrmaligen Versuchen bewegte sich die Frau, stöhnte, ohne die Augen zu öffnen.
„Hören Sie mich! Hallo, hören Sie mich! Bitte antworten Sie! Sie sind in Sicherheit – ich werde Ihnen helfen!“ Er versuchte es mit einem doch etwas hilflosen Gemisch bayerisch gefärbtem Englisch, aber Elise erkannte ihn trotzdem.
„Gott-lieb?“, lallte sie benommen.
Kuchenbrod verharrte. Für einen Bruchteil einer Sekunde, schien die Welt stillzustehen, sich in ihre Bestandteile aufzulösen.
„Elise?“, stammelte er. Die Zweifel wurden zur Gewissheit. Sie hatte ihn an seiner Stimme erkannt, seinen Vornamen genannt. Das erste Mal. Er legte seinen Kopf in den Nacken und ließ sich den Regen ins Gesicht prasseln, als könnten ihm die nordischen Götter damit zur Klarheit des Geistes verhelfen. Er spürte wie sein Herz in seiner Brust rebellierte, als wolle es zerspringen, in tausend Stücke. Plötzlich brüllte er los. Das klang wie der Schrei eines verletzten Tieres. Es war, als würde seine Seele die ganze

Schmach ihrer eigenen Existenz aufsaugen.
Kuchenbrod zitterte am ganzen Leib. Er raufte sich die Haare, den Kopf nach unten gedrückt, nunmehr leise vor sich hin wimmernd, sein ratloses Gesicht auf Elise gerichtet. Behutsam nahm er es in beide Hände und starrte es hilflos an.
„Bitte ... hilf mir“, hauchte sie, ihre Augen halb geöffnet.
Ja, es sind ihre Augen, dachte er niedergeschlagen.
„Was hat dieser Mensch mit dir gemacht? Was hat dieses Schwein mit dir gemacht!“, knurrte er in einem Ton zwischen wilder Entschlossenheit und der Bereitschaft, sich hilflos der Lage zu ergeben. Er hielt ihr Gesicht fest umklammert und bemerkte, wie kalt es sich anfühlte.

~ ~ ~

Zwei Stunden später lag Elise in mehrere Decken eingehüllt in seinem Bett. Er hatte den Ofen eingeheizt, ihr eine kräftige Brühe gekocht, sie mit heißem Tee versorgt und die ganze Nacht an ihrem Bett gesessen und leise vor sich hinweinend zum Fenster hinausgeblickt. Es war nicht nur Elises Anblick, der schmerzte, es war vor allem die bittere Erkenntnis, dass er sie für immer verloren hatte.
Als Elise sich einigermaßen erholt hatte, erzählte sie ihm, was geschehen war. Er hörte ihr zu, stoisch, ohne zu widersprechen, ohne nachzufragen, ohne sie zu bedauern, aber auch, ohne ihr einen Vorwurf zu machen. Er hielt einfach nur ihre Hand, streichelte ihre wulstigen Finger. Mehr konnte er nicht tun, bis er sie für transportfähig genug hielt sie nach *Bergen* ins

Krankenhaus zu schaffen. Mehr konnte sie von ihm nicht erwarten. Außer natürlich, dass er sie danach wohlbehalten nach Hause brachte und sich weiterhin um sie kümmerte. Alles andere, war eine stumme Vereinbarung mit seinem Gewissen.

~ ~ ~

Bald waren zwei Wochen vergangen. Zwei Wochen in denen Elise ihr Bett hütete, wortlos vor sich hindöste und weiterhin Süßes in sich hineinstopfte, obwohl Kuchenbrod sie mit frischen Obst und Gemüse versorgte. Den Wunsch, ein Krankenhaus von innen zu sehen, stand inzwischen im steten Widerstreit mit der Scham, dort nicht so gesehen werden zu wollen, wie sie jetzt eben aussah. Nur allzu gern nahm sie seine Hilfe an, war ihm dankbar, dass er sich um sie sorgte, ihr das Gefühl gab, dass sie ihm wichtig sei, auf eine primitive und vor allem völlig verdrehte Art glaubte sie sogar, dass er sie mehr brauchte als sie ihn. Aber sie lag falsch. Kuchenbrod brauchte niemanden mehr. Er war sich selbst genug und überdrüssig, fühlte sich ausgebrannt und leer gelebt. Es war, als hätte jemand mit der Schere einen Teil seines Lebens aus ihm herausgeschnitten und ein anderes hineingeklebt. Es war, als wären alle Gefühle in ihm erloschen. Das Einzige, was er noch verspürte, war das Bedürfnis der Rache. Mit Elise glaubte er nicht, darüber sprechen zu können. Ihm war für einen Augenblick, als habe sich seine Mutter all die Jahre an ihm gerächt, indem sie ihm das Leben eines gesunden jungen Mannes abschnitt. Jetzt ging ihm auf, dass Rache ein ebenso starkes Gefühl war wie das der Liebe. Er hatte den

Zusammenhang in diesem Jahr schon einmal erfahren. Er hatte den verschärften Hunger, dies ein zweites Mal zu erleben, während Elise bloß nach neuem Zuckerzeug hungerte.

~ ~ ~

Es war Ende September, ein wunderschöner Spätsommertag, als er sich auf den Weg nach München begab. Im Rucksack hatte er alles verstaut, was er für seine Reise benötigte. Die Straße, in der Bernsteiner wohnte, wirkte an diesem Tag wie leergefegt. Kuchenbrod war das recht, er brauchte keine Zeugen für sein Vorhaben. Er betrat das Grundstück. Die Haustür stand einladend offen. Er registrierte es im Vorbeigehen. Er vernahm Bernsteiners Stimme, folgte ihrem Klang, schlich die Hausmauer entlang und spähte durch das offenstehende Fenster. Bernsteiner stand in der Küche und telefonierte. In der einen Hand das Handy, in der anderen Hand eine Gabel, mit der er geistig abwesend in einer Bratpfanne herumstocherte. Kuchenbrod lief zurück zur Eingangstür, ging hinein und schloss die Tür von innen. Lautlos. Bernsteiner telefonierte immer noch. Dem Anschein nach mit seinem Agenten, so wie er aus den Wortfetzen kombinierte. Er wartete, bis das Gespräch beendet wurde, dann schlich er sich an Bernsteiner heran. „Was gibt's denn Schönes zu essen?“, fragte er. Bernsteiner blieb ihm die Antwort schuldig. Denn der Elektroschocker hatte ganze Arbeit geleistet. Bernsteiner lag bewegungslos am Boden. Kuchenbrod verlor keine Zeit. Eine Haarschutzhaube hatte er sich schon beim Betreten des Hauses über den Kopf gestülpt. Das kluge Handbuch der Themis-Lusitania wusste zwar, dass man in Versicherungsfällen nur selten auf gentechnische Spurensuche ging, aber hier würde es nicht bei einem gewöhnlichen Schadensereignis bleiben. Aus einer Folie zog er einen OP-Überzug und OP-Handschuhe, um möglichst keine Spuren zu hinterlassen. Alles musste nun schnell gehen, nach Plan abgespult werden, so wie er ihn nächtelang ausgebrütet hatte. Jeder Handgriff musste sitzen. Er steckte Bernsteiners Handy ein, drehte den Herd ab, schloss alle Fenster, ließ die Rollos herunter und knipste das Licht an. Anschließend wuchtete er sein Opfer auf einen Stuhl, öffnete den mitgebrachten Rucksack und holte das Verbandsmaterial hervor. Zehn Rollen reißfestes Klebeband, das er in einer Linie aneinanderreihte. Kuchenbrod wollte den Überblick behalten. Routiniert begann er, sein Opfer mit dem Panzerband einzuwickeln. Er begann an den Füßen und arbeitete sich langsam nach oben, darauf bedacht, dass die Streifen eine geometrische Form ergaben. Er arbeitete ruhig und konzentriert. Außer dem fletschenden Geräusch des Klebebandes war es totenstill. Innerhalb einer halben Stunde hatte sich Bernsteiner in eine Mumie verwandelt. Kein Haar, kein Stofffetzen war mehr zu sehen. Nur der Mund lag noch frei. Kuchenbrod stutzte. Ein Gedanke blitze auf. Eine abartiger noch dazu. Aber er konnte nicht widerstehen. Als seine Utensilien im Rucksack wieder verstaut waren, durchwühlte er Bernsteiners Schreibtisch. Er fand Elises Reisepass und einen Fotoapparat. Auf dem Tisch lag sein Notizbuch, auch das verschwand in

seinem Rucksack. Der Laptop musste ebenfalls verschwinden. Während er ihn abstopselte, fiel ihm ein Stapel Papier auf. Es war ein offensichtlich frisch ausgedrucktes Manuskript. Er überflog die erste Seite. Ein Thriller. Arbeitstitel: „Friss oder stirb".
Kuchenbrod unterdrückte einen gequälten Lacher. Der Stapel verschwand samt Laptop in seinem Rucksack, den er, solange er im Haus blieb, ebenfalls mit einem klinikreinen Plastikbeutel daran hinderte, labortechnisch verwertbare Partikel zu streuen.
Prüfend sah sich noch einmal um. Warum habe ich mir eigentlich so viel Mühe gegeben meine Spuren zu vertuschen – das war doch eigentlich völlig überflüssig, dachte er.
Ein letztes Mal blickte er auf sein Opfer, dem die Hühnerkeule im Mund steckte.
„Friss oder stirb!", knurrte Kuchenbrod kopfschüttelnd.
Er überlegte kurz und setzte seinen Gedanken in die Tat um.
Dann verschwand er, genauso unauffällig, wie es seinem Wesen entsprach.

~ ~ ~

Die Zeit des Wartens zog sich zähflüssig dahin. Kuchenbrod ließ sie nicht untätig verstreichen. Es gab einige bürokratische Dinge zu erledigen, die er für sehr wichtig hielt. Darüber hinaus kümmerte er sich weiterhin um Elise. Auch wenn er sich zunehmend über sie ärgerte. Gestern hatte er das erste Mal die Nerven verloren und sich im Ton vergriffen.
„Friss nicht so viel ungesundes Zeug! Wie fett willst du

denn noch werden?“, hatte er sie ausgeschimpft.
Sie hat ihn verständnislos und traurig angeschaut. Im gleichen Augenblick hatte er es bereut.
„Hier!“, sagte sie bedrückt und hielt ihm ein Schreiben hin, „das lag heute im Briefkasten.“
„Deine Kündigung“, stellte Kuchenbrod lesend fest und faltete den Brief wieder zusammen.
„Vielleicht wirst du bald angenehmere Post bekommen“, sagte er müde, während er resigniert durch sie hindurchblickte.
„Von wem? Von der Glücksspirale?“
„Lass dich überraschen“, erwiderte er knapp.

~ ~ ~

Endlich, nach vier Tagen hatte die Ungewissheit ein Ende. Bernsteiners Leiche wurde gefunden. Kuchenbrod konnte es schwarz auf weiß in einer bekannten Tageszeitung nachlesen.
Bekannter Schriftsteller auf bestialische Weise ermordet, stand da in haushohen Buchstaben geschrieben.
Die Gazette ging aufgrund des Leichenfundes von einem intelligenten Ritualmörder aus. Der Münchener Chefermittler, ein Kommissar Huber, der mit seinem Regensburger Kollegen nicht nur den Nachnamen, sondern auch die Gewissheit teilte, dass unter der Sonne Bayerns kein Tötungsdelikt im Dunkel des Unaufgeklärten zurückbleibe, sprach von einem Psychopathen.
Das Opfer ist qualvoll erstickt. An was, wurde unter den Tisch gekehrt. Die Putzfrau, die Bernsteiners Leiche gefunden hatte, stand unter Schock, die

Kriminalpolizei vor einem Rätsel. Es wurden keine Fingerabdrücke auf dem Klebeband gefunden, sachdienlichen Zeugenaussagen lagen nicht vor. Es fehlte jede Genspur im Haus. Man spekulierte in den Zeitungen, dass Bernsteiner aufgrund seines Erfolges nicht nur Freunde hatte. Er galt als extrovertiert, selbstverliebt und eigensinnig. Eine von Bernsteiner heiß und innig verehrte Ex-Geliebte war, wie schlauere Journalisten herausfanden, mit einem südfranzösischen Immobilienunternehmer liiert, dem Verbindungen zur korsischen Mafia nachgesagt wurden. Die um Amtshilfe ersuchte Polizei von Marseille gab den Münchener Kollegen aber bald schon die Auskunft, der dort potenziell Verdächtige habe zwar vor Jahren dem „Geschädigten Bernsteiner, Erik" mit körperlicher Gewalt gedroht, sollte der sich noch einmal südlich der Rhône blicken lassen und seine Ex-Geliebte aufzustöbern versuchen – da sich Bernsteiner aber nachweislich seit geraumer Zeit nicht mehr in Frankreich aufgehalten habe, sei er bei besagter Anna Louisdor, und besagtem Philippe Louisdor seither längst in Vergessenheit geraten.
Die Zeitungen fanden das bei solchen Todesfällen Übliche heraus, beispielsweise, dass eine Freundin Bernsteiners sich vor Jahren das Leben genommen hatte. Es meldeten sich so viele Frauen wegen angeblich nicht geleisteter Unterhaltszahlungen, dass der Münchner Kommissar Huber an die Presse durchsickern ließ, was ihm die Pathologie zum Zustand von Bernsteiners Kronjuwelen mitgeteilt hatte: Sie waren vor mindestens drei Jahren mittels Sterilisation

außer Betrieb genommen, wegen OP-Schadens möglicherweise war der Geschädigte seither insgesamt von zweifelhafter Potenz gewesen. Nachdem diese Zweifel mangels Durchblutung von Bernsteiners Gemächt nun auch nicht mehr zu klären waren, erschlaffte bald auch das öffentliche Interesse an dem Schriftsteller. Ein ebenso schöner wie klug daherredender Jungphilosoph wurde gerade von der dicken TV-Frau frisch vermarktet. Man hatte gerade genug lebendige Schriftsteller vor Augen. Wen interessierten die toten.

Auf die Zeitungsfrage: **Wer ist die Bestie? Wer ist der Mumienmörder von München?**, murmelte Kuchenbrod „ich“ vor sich hin. Ihm war längst bewusst, dass er den Schadensfall, als den er sein Leben, seine Existenz, seine Unfähigkeit zu lieben und seine Gabe zu hassen, inzwischen sah, durch keine irdische Behörde oder Versicherung regulieren lassen wollte. „Das Grab ist die sicherste Befestigung gegen die Stürme des Lebens“, hatte Kuchenbrod einmal gelesen. Er fragte sich, ob der Herrgott damit nicht das größte Versicherungsunternehmen des Universums sein eigen nannte. Das tröstete ihn ein wenig, so sehr ihn seine aktuellen Abschlussarbeiten traurig stimmten.
Er legte die Zeitung in die untere Schublade seines Schreibtisches, anschließend schob er eine andere auf und holte Papier und Füller hervor.
Er schrieb einen Brief. An Elise.
Als er fertig war, las er ihn noch einmal genau durch, dann stopfte er alles in einen wattierten A4-Umschlag.

Er warf einen prüfenden Blick auf die Uhr.
Er eilte zum Postamt.
„Per Eilsendung und Einschreiben, bitte!"
„Mit Rückantwortschein?", wurde er gefragt.
„Nein, überflüssig", sagte er entschieden.
Für den Rückweg nahm er sich besonders viel Zeit. Er ging einen Umweg, der an der Donau entlangführte. Dort setzte er sich auf die Wiese, blickte aufs Wasser und hing seinen Gedanken nach. Als die Sonne langsam am Horizont abtauchte, trat er den Nachhauseweg an.
Es war bereits dunkel geworden als er ankam. Er kochte sich einen Tee, ging zum Fenster und blickte teilnahmslos auf die andere Straßenseite. Ob es den Krämerladen und die Eisdiele in zehn Jahren immer noch gibt, fragte er sich. Er stellte sich in dieser Nacht viele Fragen, die unbeantwortet blieben. Auch, als er an Elises Bett saß, sie wie ein seltenes Fossil betrachtete, während sie schlief. Warum schnarcht sie neuerdings, war eine davon. Was wird aus ihr werden, eine andere. Ihre Haare wachsen nach, stellte er lächelnd fest, als er ihr sanft über den Kopf streichelte.
„Leb wohl", säuselte er. „Pass auf dich auf."

„Ich habe ein Einschreiben für Sie."
„Für mich?" Elise nahm den Umschlag an sich und unterzeichnete auf dem Display, das ihr der Postbote reichte.
Augenblicklich fielen ihr Kuchenbrods Worte ein: *Vielleicht wirst du bald angenehmere Post bekommen*, während sie erwartungsvoll den Inhalt des Umschlag

mit der Hand abtastete.
Mit fliegenden Fingern riss sie den Umschlag auf. Sie holte einen abgehefteten Stapel Papier, ihren Reisepass und eine herausgerissene Seite aus einem Notizbuch hervor. Sprachlos legte sie alles beiseite und las den beigelegten Brief:

Liebe Elise,
sobald Du diesen Brief gelesen hast, bitte ich Dich, ihn zu vernichten. Es ist in Deinem eigenen Interesse. Genauso, wie ich Dich bitte, bis heute Abend Deine Wohnung nicht mehr zu verlassen. Das was passieren wird, ist nicht für Deine Augen bestimmt. Ich bitte Dich ein einziges und letztes Mal, auf mich zu hören. So wie ich Dich das erste und das letzte Mal „meine Elise" nenne. Diese Anrede soll Dir verdeutlichen, wie sehr Du mir am Herzen gelegen hast. Ja, ich gebe es zu, ich habe Dich über alles geliebt. Ich habe mir nichts sehnlicher gewünscht, als dass aus unserer Freundschaft einmal mehr wird. So etwas wie Liebe vielleicht. Eine anmaßende Spekulation meinerseits, ich weiß. Ich habe auf eine ganz egoistische Weise gehofft, dass Du aus Deinen schlechten Erfahrungen gelernt hast, vielleicht andere Maßstäbe setzt. Aber Zuverlässigkeit, Sympathie und Vertrauen waren Dir offensichtlich zu wenig. Ich werfe Dir nicht vor, dass Du nach den Sternen greifen wolltest. Das war Dein gutes Recht. Du warst eine wunderschöne Frau. Ich war Dir nicht gut genug, und damit hattest Du auch Recht. Ich war zu spießig, zu hölzern, ein Mann, der kein Herzklopfen verursacht. Ein Mann, der Deine

Augen nie zum Leuchten gebracht hätte, kurzum: ich war ein Mann, den man nicht wahrnimmt. Ein Nichtdamann.
Trotzdem habe ich Dich nie aus den Augen gelassen. Ich habe in Deinem Schatten gelebt. Weniger um Dich auszuspionieren, mehr um Dich zu beschützen. Wie an jenem Tag, als Du in aller Herrgottsfrühe Dein Fahrrad aus der Wohnung bugsiert hast. Ich habe dich durch den Spion beobachtet. Du wirktest fahrig und nervös. Es war ein flüchtiger Eindruck, der mir ein unbehagliches Gefühl vermittelte. Deswegen bin ich Dir gefolgt. Zielstrebig bist du entlang der Donau geradelt. Richtung Winzerwasser. Kurz vor der Einmündung hast Du Dein Fahrrad ins Gebüsch geschoben. Auch ich habe mein Fahrrad versteckt und bin Dir zu Fuß gefolgt. Bis Du Dein Ziel erreicht hattest.
WARUM, habe ich mich gefragt, warum, sucht sie diesen Mistkerl wieder auf. Warum, tut sie sich das an? Dann habe ich den Stein in Deiner Hand gesehen.
Tu es nicht! wollte ich Dir zurufen, aber da war es schon zu spät. Ich habe den dumpfen Schlag gehört. Gesehen, wie Doktor Schneider lautlos in sich zusammengesackt ist. Ohnmächtig, oder bereits tot. Du wolltest offensichtlich, dass er tot ist, sonst hättest Du nicht noch einmal zugeschlagen, mit einer solchen Wucht, dass ich mir Augen und Ohren zuhalten musste. Ich konnte es nicht mit ansehen. Du warst mir plötzlich so fremd. In diesem Moment erlebte ich eine seelische Erschütterung, die einem Erdbeben gleichkam. Elise, meine Elise, eine Mörderin! Das

durfte nicht sein!
Während ich noch wie gelähmt hinter dem Gebüsch verweilte, bist Du bereits geflüchtet. Kopflos, ohne nachzudenken! Wie fremdbestimmt habe ich das Opfer, das mit blutendem Schädel am Boden lag, ins Wasser geschleift. Wenn schon, denn schon, habe ich gedacht. Nicht wahr Elise, Du wolltest doch ganz sicher gehen? Ich habe das für Dich erledigt. Ich habe ihm auch sein Handy und seine Brieftasche gestohlen, damit es wie ein Überfall aussieht. Wie einer der Überfälle, die sich vor einigen Wochen ereignet haben. Dann habe ich alle Fußspuren beseitigt. Deine und meine, sogar die Radspuren, soweit es ging. Noch am selbigen Tag hat es geregnet. Du hattest Glück Elise, verdammtes Glück.
Während Du diesen Brief liest, ist bereits die Polizei auf den Weg zu mir. Ich habe sie angerufen, ihnen gesagt, dass ich Doktor Schneider getötet habe. Gründe habe ich nicht angegeben. Sie werden mich jeden Moment holen, mit gezückter Waffe. Vermutlich ein ganzes Rollkommando, wie es sich für einen Doppelmörder gehört, ja Elise, Du hast richtig gehört: Doppelmörder! Ich habe auch Erik Bernsteiner getötet! Diesmal allerdings aus Überzeugung! Diese Bestie, die Dein, nein, unser beider Leben ruiniert hat. Zwei Leben hat er auf dem Gewissen. Ist es nicht gerecht, wenigstens mit einem zu büßen? Meine liebe Elise, was ist aus uns geworden? Ich, der leidender Mörder und Du, die mordende Leidende. Unser beider Schicksal hat Dimensionen angenommen, für die es keine Zwischenlösungen mehr gibt.

Vor ein paar Tagen habe ich meinen Notar aufgesucht, um meinen Nachlass zu regeln. Ich habe mein Haus auf Deinen Namen überschreiben lassen. Ein Haus, für das meine Vorfahren gearbeitet haben und einiges wert ist. Ich selbst kann nur auf ein bescheidenes Sparkonto verweisen, auch auf dieses Geld wirst Du zugreifen können. Ich würde Dir dringend raten, das Haus zu verkaufen und dann geh weg, verschwinde aus dieser Stadt, fang ein neues Leben an, fernab aller Erinnerungen. Bitte hör auf mich!
In dem Couvert liegt ein Manuskript – E.K. muss es geschrieben haben, als Du in seiner Gewalt warst. Ich habe es nicht gelesen, aber vielleicht solltest Du versuchen, den Roman unter einen anderen Namen an einen Verlag zu bringen. Vielleicht nehmen sie es. Der Mann hat Dir so viel Leid zugefügt, das Du Anspruch auf Schadenersatz hast. Deinen Reisepass habe ich in seiner Schublade gefunden, außerdem sein Notizbuch. Schau Dir die herausgerissene Seite genau an. Es ist die Adresse von dieser Anna, vielleicht ist sie Dir einmal von Nutzen.
Nun, meine liebe Elise, möchte ich schließen. Es ist alles gesagt, was mir auf den Herzen lag. Ich verspüre, Erleichterung und das Bedürfnis Dich noch einmal fest in den Arm zu nehmen, aber dazu ist es leider zu spät. Ich wünsche Dir für deine Zukunft alles Gute.
Dein Gottlieb

Elises Augen tränten. Sie versuchte zu verstehen, was sie da gerade gelesen hatte, aber das Begreifen fand keinen Zugang zu ihren Geist. Stumm, und in sich

zusammengesunken saß sie da. Bis sie von der herannahenden Sirene aus ihren Gedanken gerissen wurde, aufschreckte und zur Tür stürmte. Aber die Tür war verschlossen. Der Schlüssel nicht auffindbar. So stand sie leise vor sich hinwimmernd hinter der Tür, das Auge an den Spion gepresst. Sie sah, wie mehrere uniformierte Beamte mit gezogener Waffe die Treppe hinaufstürmten.
Kommandos ertönten: „Polizei! Bleiben Sie in Ihren Wohnungen!“, hielt man neugierige Mieter in Schach.
„Tür ist angelehnt!“, hörte sie.
Elise vernahm das Knacken von Funkgeräten. Danach wurde Kuchenbrods Tür aufgestoßen.
„Polizei! Ergeben Sie sich!“, rief jemand.
Der Regensburger Huber und seine Kollegin betraten mit gezückter Waffe Kuchenbrods Wohnung.
Die Tür zum Wohnzimmer stand offen. Die Beamten steckten ihre Waffen zurück ins Halfter. Der Mörder leistete keinen Widerstand, er baumelte leblos am Strick.
„Tot“, stellte Leitner fragend fest.
„Mausetot“, brummte Huber und zückte sein Funkgerät.
Leitner kümmerte sich derweil um den Brief und die Gegenstände, die fein säuberlich auf dem Schreibtisch lagen. Ein Handy und eine Brieftasche, die Doktor Schneider gehörten, so stand es in dem beigelegten Schreiben.
Weiterhin stand geschrieben: ... *Sie werden bei Bernsteiner keine herkömmlichen Spuren entdecken, aber vergleichen Sie die Biss-Spuren in der*

Hühnerkeule, eine ist von mir ...
Gottlieb Kuchenbrod – Datum, Unterschrift
„Er hat keinen Grund für seine Morde angeben“, sagte Leitner enttäuscht.
Huber folgte gedankenverloren dem Zinksarg in dem Kuchenbrods Leiche abtransportiert wurde.
„Er wird schon seine Gründe gehabt haben“, murmelte Huber abwesend, als wäre er sich der tragischen Absurditäten des Lebens bewusst.

Epilog

Elise beherzigte Gottliebs Rat: Das Haus verkaufen und die Stadt Regensburg verlassen. Sie ist zurück in ihre Heimat gegangen. Abseits von Krakau, in einer ländlichen Gegend, hat sie einen kleinen Gutshof mit einigen Hektar Land erworben. Den Hof sanieren lassen und mit viel Fleiß und Eigeninitiative zu einem Schmuckstück herausgeputzt. Sie hat sich eine Schar Hühner zugelegt, ein paar Schafe, und sich aus dem nahegelegenen Tierheim zwei Pferde, drei Hunde und zwei Katzen geholt. Elise fühlte sich wohl mit ihren Tieren, sie gaben ihr die Geborgenheit, die sie bei den Menschen nicht gefunden hatte. Von nun an lebte sie im Einklang mit der Natur, erlernte das Reiten, pflanzte Obstbäume und ihr eigenes Gemüse an. Die Bewegung und die gesunde Lebensweise sorgten dafür, dass sie an Gewicht verlor. Elise war nicht mehr so dick – sie war gut beieinander, wie man so schön sagte. Sie fühlte sich wohl in ihrer Haut, so dass sie ihrem ursprünglichen Fliegengewicht nicht mehr hinterhertrauerte. Sie wusste ihr neues Leben zu schätzen, fühlte sich auf einsame Art glücklich. Sie dachte oft an Gottlieb, dem sie dieses neu gefundene Glück zu verdanken hatte, und manchmal weinte sie über seinen Verlust, verfluchte ihren damaligen Hochmut, diesen Mann nicht mehr Beachtung geschenkt zu haben. Einmal im Jahr, zu seinem Todestag, reiste sie nach Regensburg und besuchte sein Grab. Auf seinen Vorschlag, Bernsteiners Manuskript einen Verlag anzubieten, hat sie verzichtet. Sie hatte das Manuskript mit Widerwillen gelesen. Schockiert und gleichzeitig erleichtert festgestellt, dass der Inhalt bei Weitem das tatsächliche Geschehen übertraf. Irgendwann, so dachte Elise, werde ich meine eigene Geschichte schreiben, aber bevor es soweit war, wollte sie Anna kennenlernen. Jene geheimnisvolle Frau, die für ihr Schicksal im Guten wie im Bösen verantwortlich war. So nahm sie eines Tages den herausgerissenen Zettel zur Hand, den ihr Gottlieb beigelegt hatte und schrieb Anna unter der dort angegebenen Adresse einen ausführlicheren Brief. Sie lud Anna auf ihr einsames Gut ein. Viel Hoffnung verspürte Elise nicht, als sie den Brief abschickte. Vielleicht hatte sie zu intensiv um diskrete Anbahnung etwaiger Besuche gebeten. Aber sie sollte sich täuschen. Anna nahm ihre Einladung an.

~ ~ ~

Vier Wochen später war es soweit. Es war Anfang Mai, ein wunderschöner Frühlingstag. Elise kam gerade von einem Ausritt zurück und stand mit ihrem Pferd auf einer Anhöhe, von der aus man ins Tal zu ihrem Hof hinabblicken konnte. Die Hunde begannen zu bellen, liefen den Abhang zum Haus hinab und umzingelten den weißen Geländewagen, der auf dem Hof stand. Obwohl Elise durch die dunkel getönten Scheiben niemanden erkennen konnte, wusste sie, wer im Innenraum saß.

Elise pfiff ihre Hunde zu sich, so dass der Gast unbehelligt aussteigen konnte.

„Keine Angst“, versicherte Elise durch die Scheibe. „die Hunde beißen nicht.“

Die Wagentür öffnete sich. Hochhackige Stiefel kamen zum Vorschein, die zu einer gertenschlanken Frauengestalt mit blonden hüftlangen Haaren gehörten. Sie sieht genauso schön aus, wie auf dem Ölgemälde, dachte Elise entrückt, während sie in

Annas hübsches und stolzes Gesicht blickte.
„Hallo Elise“, sagte Anna und lächelte sie unverwandt an.
„Hallo Anna, ich habe auf dich gewartet, ich freue mich sehr, dass du da bist“, erwiderte Elise feierlich bewegt.
„Wir haben uns sicher viel zu erzählen“, sagte Anna, wobei sie Elise eingehend musterte. „Entschuldige, dass ich dich so ungeniert betrachte, aber ...“ Anna lächelte verlegen.
„Na, sag schon“, ermunterte Elise.
„Wenn du genauso so schlank wärst wie ich, könnte man uns glatt für Zwillingsschwestern halten“, rückte sie mit der Sprache raus.
„Oder umgekehrt“, erwiderte Elise schmunzelnd.
Anna lachte glockenhell. Es hörte sich an, als würde ihre Stimme im nahe gelegenen Wald widerhallen.
Elise deutete mit einer einladenden Geste zum Haus.
„Ich habe dir ein sehr schönes Zimmer hergerichtet ... Und zu essen gibt es auch jede Menge ...“
„Ich esse nicht viel“, lächelte Anna mit ihren süßen, wohl in Frankreich erworbenen Akzent.
Dann wirst du es lernen, dachte Elise.

ENDE

Leseprobe

Tote Männer Milch

Psycho-Thriller

S. Malina

Prolog

Im Schein des Mondes stand Isolde in ihrem Garten. Es war eine schwülwarme Sommernacht. Die Grillen zirpten. Aus weiter Ferne schrie ein Käuzchen. Ein wenig abseits lag Pauls Leiche.

Isolde schaufelte. Sie tat es, als würden ihre Hände ein eigenes Leben und ihre Bewegungen einer eigenen Choreographie folgen. Sie kam sich vor wie ein prähistorisches Ungeheuer, das nur im Mondschein zum Leben erwacht.

Isolde war es gelungen, ihn auf ihren Rücken zu hieven. Das erschien ihr einfacher als den Mann in ein Laken zu wickeln und davonzuschleifen. Sie wollte Spuren vermeiden, aber auch keine Gegenstände bei sich behalten, die sie später mit ihm in Verbindung bringen könnten. So trug sie Pauls Leiche im Huckepack durch die Terrassentür, hinaus in den Garten und zwängte sich durch die kleine Lücke in der Thujenhecke hindurch. Der kalte Adrenalinstoß gab ihr die Kraft. Dabei musste sie daran denken, dass sie ihn eigentlich mal auf Händen tragen wollte. Aber das war lange her. Ganze drei Stunden.

Weitermachen, weitermachen! Isoldes Hände schmerzten. Aber sie schaufelte weiter. Sie tat es, bis die Grube tief genug war, das Käuzchen schwieg und die Dämmerung wie eine Verräterin den Horizont hinaufkroch.

„Nichts wie raus aus dieser Totengruft“, keuchte Isolde. Sie warf die Schaufel über den Grubenrand, hielt sich an einer Wurzel fest und kletterte hinaus.

„Zwei Meter lang, ein Meter breit und zwei Meter tief. Die Bilanz einer Liebe. Einer bösen Liebe“, murmelte sie während sie in die Grube starrte. Sie fühlte sich wie betäubt, erschöpft auch von der Arbeit und doch blitzten vereinzelt die Gedanken. Jeder hat seine eigene Art seine Liebe zu begraben, ging ihr durch den Kopf, ihre Methode gehörte ganz sicher nicht zu den gängigsten.

Isolde wurde plötzlich schwarz vor Augen. Ihre Knie zitterten. Sie überkam das Gefühl den Boden unter den Füßen zu verlieren. Nur nicht schlapp machen. Bitte, nicht jetzt. Ein Kniefall vor diesem Grab, nein, das war blanker Hohn. Isolde sackte auf die Knie.

Sie brauchte dringend eine Verschnaufpause. Aber der heranbrechende Tag duldete keine Extrawürste. Sie nahm die Schaufel wieder zur Hand, zog sich mühselig daran empor und erstarrte in ihrer Bewegung.

Ihr Herz hämmerte. Was war das? Ein Schatten. Eine Bewegung. Ein Rascheln. Direkt in ihrer Nähe. Sie war sich ganz sicher. Ängstlich verwirrt folgte Isolde dem Geräusch.

Im Zeitlupentempo bewegte sie den Kopf, blieb mit den Augen an Pauls Leiche hängen. Fixierte seinen Kopf. Sie konnte nicht glauben, was sie sah.

Mephisto? Isolde bewegte ihre Lippen, aber es kam kein Laut heraus.

„Mephisto, bist du das?“, Isoldes Stimme zitterte.

Doch Mephisto reagierte nicht auf seinen Namen. Er kam auch nicht, wie er das sonst tat, auf ihre Schulter geflattert. Mephisto, der Rabe, hackte unbeirrt auf Pauls Gesicht ein.

Ich hätte ihm doch die Augen schließen sollen. Dieser Gedanke setzte für einige Augenblicke Isoldes Reaktionsvermögen außer Gefecht.
Er spürt ja nichts mehr. Er ist tot, war die logische Schlussfolgerung, die dem Grauen den Schrecken nahm und Isolde wieder bewusst handeln ließ.
Mit der Schaufel in der Hand versuchte sie, den Raben zu verjagen. Vergebens. Der Rabe ließ sein Opfer nicht aus den Augen. Den Vogel mit der Schaufel zu verletzen, brachte Isolde nicht übers Herz. Auch wenn sie mit ansehen musste, wie der Rabe Hautfetzen aus dem Gesicht des Toten hackte. Isolde liebte Tiere. Leider auch solche, die ihren Opfern die Augen herauspickten. Abrupt wandte sie sich von dem schaurigen Szenario ab. Die Angst saß ihr in den Knochen, die Zeit im Nacken. Die Vorstellung, dass die Leiche eine ganze Schar von Mephistos Artgenossen anlocken könnte, ließ Isolde erschaudern. Dass es gleich hell werden würde, versetzte sie in Panik. Sie musste sich sputen. Die Leiche verscharren. Mit oder ohne Vogel, das war ihr jetzt egal. Mit beiden Händen umklammerte sie die Beine des Toten und schleifte die Leiche zum Grubenrand. Der Kolkrabe spreizte die Flügel, erhob sich und suchte sich auf dem Erdhügel neben dem Grab seinen Platz. Mit ein, zwei kräftigen Fußtritten stieß Isolde die Leiche in den Abgrund. Sie biss sich auf die Lippen, zog den Kopf ein, als könne sie damit den dumpfen Aufprall abfedern. Isolde widerstand der Idee, noch einen letzten Blick auf die Leiche zu werfen.

Eine gute Stunde später stand Isolde mit hängenden Schultern vor dem zugeschütteten Grab. Sie überlegte, was es noch alles zu tun gäbe. Ein Gebet sprechen ... für sich. Den Rest der ausgehobenen Erde sollte sie auf dem angrenzenden Feld verteilen. Das Grab bepflanzen – Stiefmütterchen, Primeln, Salat? Irgendwas.
Isolde lauschte der Kirchturmglocke. Sie zählte in Gedanken mit. Es war 6 Uhr. Ein schöner Morgen. Sie hörte den Bach plätschern, die Vögel zwitschern und sie spürte die Sonnenstrahlen, die nun langsam durch die Nebelschwaden drangen. Ein friedliches Idyll, das nach Leben roch.
Entspannt schloss Isolde ihre Augen und sog die frische Morgenluft ein. Das frische Gras duftete. Vor ihrem inneren Auge sah sie sich selbst hier in der Morgenfrische stehen: Sie, die gewissenhafte Buchhändlerin, die sich stets für andere verantwortlich fühlte. Sie, die Suppen auslöffelte, die ihr andere eingebrockt hatten. Sie sah sich, die erfolgreiche Bogenschützin, die stets ins Schwarze traf, aber im richtigen Leben daneben zielte. Ja, sie sah auch die alternde Schabracke, mit diesem lächerlichen weißen Fetzen am Leib, der nach totem Schweiß und fremder Pisse stank.
Isolde öffnete die Augen und bewegte abweisend ihre rechte Schulter.
„Verschwinde!“, zischte sie. „Lass mich in Ruhe, du stinkst nach Tod.“
Aber nichts geschah.
Isolde ließ den abgeschnittenen Zopf, den sie wie eine Peitsche in der Hand hielt, in ihre linke Handfläche

federn.
Ihr wurde erst jetzt das Groteske ihrer Situation klar. Ein verbissenes Lächeln kräuselte ihre Mundwinkel. Ja, da stand sie nun, dachte sie. Sie, die vierfache Mörderin, mit einem Raben auf der Schulter, der sich nicht verjagen ließ. Isolde spürte einen warmen Schwall auf ihren Rücken. Mephisto war nicht stubenrein.

1. Kapitel

Immer wieder stach sie zu. Erst zaudernd. Von einem natürlichen Ekelgefühl gelenkt. Dann energischer, wie eine Besessene, die gegen die Aussichtslosigkeit ihres Tun angekämpft.
Es war schwülheiß an jenem Tag. Eine drückende, feuchte Hitze, die jedes überflüssige Wort im Keim erstickte und jede Bewegung in einen Kraftakt verwandelte. Eine Hitze, die still und unheilvoll über dem Land brütete und jeden vernünftigen Menschen ins Haus oder in ein schattiges Plätzchen kriechen ließ. Isolde besaß diese Möglichkeit. Sie hätte ins Haus gehen oder sich mit einem kühlen Getränk unter ihren Sonnenschirm setzen können. Ein schattenspendendes Ungetüm, das sie im Preisausschreiben des „Landshuter Volksblatts" gewonnen hatte. Aber Isolde hatte mit Wichtigerem als dem Wetter zu tun. Sie schenkte auch der knisternden Spannung keinerlei Beachtung, die sich mehr und mehr unter dem bleiernen Dunstschleier auflud. Gebückt, mit einem kleinen Plastikeimer am Handgelenk, schleppte sie sich über die Terracottafliesen, leise vor sich hinfluchend, durch Pflanzen und Sträucher und stach mit einer Gabel auf die Nacktschnecken ein, die auf dem besten Weg waren, alles in ihrem Garten zu vertilgen, was noch grün und saftig war.
Freilich hätte es genügt, die illegalen Einwanderer mit der Gabel nur aufzupieksen und sie dann am Rand des Eimers abzustreifen, statt den Tieren alle vier Zinken in den Rücken zu rammen. Aber Isolde war verzweifelt

und wütend. Zudem wollte sie mit ihrer Methode das Risiko ausschalten, dass ihr die kleinen Schleimer wieder aus dem Spielzeugeimerchen krochen. Davon abgesehen neigte Isolde nicht zu halben Sachen. Entweder tat sie etwas ganz oder gar nicht. Das galt nicht nur für die Schnecken. Also stach sie zu. Unermüdlich und konsequent. Bis ein kehliges Krächzen sie ablenkte und ihre Aufmerksamkeit erregte. Isolde begradigte ihren Rücken, schirmte mit der Hand die Augen und verfolgte erwartungsfroh einen Kolkraben, der sich auf einem Ast des Baumes niederließ. Eine alte Buche mit einem mächtig verdrehten Stamm. Einige Äste waren kahl und sahen aus wie die Klauenfinger eines boshaften Dämons. Dieses knorrige Gebilde war der einzige Baum in Isoldes Garten. Er diente nicht nur als Zufluchtsort für die Rabenvögel, sondern er barg auch ein Geheimnis. Versteckt zwischen dem Geäst fand sich ein Vogelhäuschen, das in Wahrheit ein Briefkasten war. Eine okkulte Zufluchtsstätte, die Isoldes geheime Gedanken und Wünsche beherbergte. Sie brachte derlei in einsamen Stunden zu Papier. Genau genommen waren es Bettelbriefe, die sie schrieb. An eine imaginäre Macht gerichtet. Eine Macht, um deren Gunst sie unerbittlich buhlte. Bettelte, wie es nur Menschen können, denen das rationale Bewusstsein, diese Zensurbehörde gutbürgerlichen Lebens, irgendwo zwischen Kümmernis und Hoffnungslosigkeit abhandengekommen ist. Es tat ihr gut, sich einer höheren Instanz anzuvertrauen. Ihr Herz auszuschütten. Ein bisschen mit dem Schicksal zu feilschen. Ihm detaillierte Tauschangebote zu machen. Nein, sie wollte ja gar nichts geschenkt haben. Sie war sich bewusst, dass die geheime Macht für ihre Wünsche ein angemessenes Opfer verlangte. Aber da war zugleich die Angst, nicht erhört zu werden. Sich als einfältige Bittstellerin lächerlich zu machen und womöglich noch als Verrückte zu gelten, die ein Vogelhaus für einen Briefkasten für dämonische Postdienstleistungen hielt.

Isolde lächelte und betrachtete den Raben, dem das Gefieder wie Pech im Sonnenlicht glänzte. Sie bewunderte die Art, wie der Vogel auf dem Ast saß. Jene erhabene Gleichgültigkeit, wie sie nur Rabenvögel vortäuschen konnten.
„Mephisto!“, rief Isolde und streckte ihren linken Arm aus.
Der Rabe folgte dem Ruf, breitete seine Schwingen aus und landete mit geräuschvollem Flügelschlag auf Isoldes Schulter.

Vor vier Jahren hatte Isolde dem Vogel das Leben gerettet. Gerade noch rechtzeitig glückte es ihr, das Rabenküken aus den Krallen von Nachbars Katze zu befreien. Es war schwer verletzt. Mit Herzblut und Geduld gelang es Isolde, den kleinen Unglücksraben aufzupäppeln. Seitdem wich ihr der Rabe nicht mehr von der Seite, selten von der Schulter. Eine Marotte, die Isolde nicht gern duldete, da der Rabe dazu neigte, an diesem Platz seine Notdurft zu verrichten.

„Ich hab was Leckeres für dich", lockte Isolde. Sie ließ den Raben auf ihren Handrücken hüpfen und setzte ihn anschließend auf dem Rand des Eimers ab. Lächelnd sah sie ihm zu, wie er sich eine Schnecke nach der anderen aus dem Schleimergrab herauspickte. „Die hättest du dir auch selbst fangen können. Da hätte ich mir die Schinderei ersparen können", beklagte sie sich. „Außerdem hast du viel bessere Augen als ich." Das ernste Gespräch zwischen Frau und Vogel wurde plötzlich gestört. Isolde vernahm Stimmen. Ein komplizenhaftes Kichern. Werde ich beobachtet? Machte sich jemand über sie lustig? Nein, sie sah niemanden. Misstrauisch äugte Isolde zum Nachbargrundstück hinüber, gut verborgen hinter der angrenzenden Thujenhecke. Sie war sich sicher, dass es nur von da drüben kommen konnte, dieses Kichern, das sich nun mit einer anzüglichen Nuance wiederholte. In geduckter Haltung schlich Isolde die Büsche entlang und spähte an einer kahlen Stelle hindurch. Direkt in Nachbars Garten, direkt auf das Schwimmbecken. Doch was sie sah, ließ sie zurückzucken. Sie hatte damit gerechnet, neue Nachbarn zu sehen, wahrhaftig, das hatte sie. Schließlich konnte ihr gestern der große Möbelwagen kaum entgangen sein, der noch am Abend vor der Villa stand, nicht der erste des Tages. Wenn man mal davon absah, dass die Herrschaften ihr Umzugsgeschäft an einem Sonntag verrichten mussten, hatte soweit alles seine Ordnung. Und dass Isolde trotz ihres Feldstechers nicht genau erkennen konnte, welcherlei Habseligkeiten die sonntäglichen Fuhren bargen, war auch nicht weiter tragisch. Sie hätte ja beim Ausladen mit anpacken und sich somit einen Überblick über den Wohngeschmack der Ankömmlinge verschaffen können. Es wäre nicht verkehrt gewesen zu wissen, wer oder was sich da einnistet: Kultivierte Spießer oder halbseidenes Gesindel. Jetzt war Isolde schlauer. Die Frau, die da nackt und mit gegrätschten Beinen auf ihrem beleibten Hinterteil klebte, war mit Sicherheit nicht viel älter als Isolde. Ende Vierzig, wenn nicht gar Anfang Fünfzig. Aber das war auch schon alles, was es in der ersten Schrecksekunde an Gemeinsamkeiten zu erhaschen gab. Erst beim zweiten Blick, stellte Isolde fest, dass ihre neue Nachbarin noch über andere Qualitäten verfügte. Nicht bloß über Schamlosigkeit. Die Dame verfügte über eine beträchtliche Oberweite und eine glatt rasierte Scham. Auch nicht unbedingt Isoldes Naturell.

Was Isolde am heftigsten fuchste: Das Weib hatte ein Mannsbild bei sich. Keinen Schönling, eher ein drahtiges Gestell, in seiner grazilen Art einem Grashüpfer nicht ganz unähnlich. Er schien trotz seiner körperlichen Reizlosigkeit, immerhin, ein einfühlsamer Kerl zu sein, der sich mit viel Liebe zum Detail um die Belange dieser Weibsperson kümmerte. Zärtlich ölte er ihren Rücken ein, ihre Brüste, und liebkoste ihren Nacken. Eine Geste, die von ihr mit einen wonnigen Stöhnen quittiert wurde.

Diese Frau wusste, wie stark die Kraft der Erotik war. Und sie hatte, eingeölt, wie sie sich da unter seinen Fingern bewegte, gewiss keinen blassen Schimmer davon von wie viel Sehnsucht das Leben verfinstert

wurde, wenn sie nicht vorhanden war. Die Erotik. Isolde wusste es.
War es jetzt nur der Schmerz der Entsagung, der nackte Futterneid, der über Isoldes Neugier siegte? Sie zog sich zurück hinter ihr schützendes Gebüsch. Das ist ja nicht zu fassen! Isolde dachte nach. Fassungslosigkeit über diese sittliche Entgleisung? Nein, das war es nicht allein. Ihr grub sich die Botschaft ins Herz, die dieser Blickfang ihr brachte: Schaut her! Wir lieben uns! Wir genießen den Sex! WIR SIND GLÜCKLICH! Glück, ja genau das war es, Glück! Das Ergebnis, das unterm Strich übrig blieb. Wie lange war es her, dass sie zuletzt von ganzem Herzen Glück verspürt hatte? Isolde überlegte. Sie konnte sich nicht erinnern. Beileibe nicht. Nach dem Tod ihres Mannes hatte sie sich einen guten Freund zugelegt. Den Alkohol. Der konnte ihr zwar nicht hundertprozentig, aber doch zumindest hochprozentig versprechen, dass er ihr das Leben erträglicher machte. Glück, das hatte sie sonst nur in seinen flüchtigen Formen erlebt: ein wunderschöner Sonnenuntergang oder ein gewonnenes Preisausschreiben. Vielleicht war das ja die Rache des Schicksals? Eine Art Fluch, der auf ihr lastete. Aber ihr Mann war nun schon seit sieben Jahren tot. Den haben doch schon längst die Maden aufgefressen. Wie sollten ein paar abgenagte Knochen ihr Leben beeinflussen? Nein, Isolde war nicht abergläubisch. Aber sie neigte zur Schwermut. Ein Ergebnis, das aus einer Verkettung unglücklicher Umstände resultierte. Oberflächlich betrachtet gehörte sie zu den Menschen, denen man Stimmungen nicht

anmerkt. Die mit Gleichmut alles hinnehmen und kommentarlos registrieren, was das Leben bietet. Ein Trugbild. Isolde nahm gern am Leben anderer teil. Sie liebte es, den Erfahrungen anderer zu lauschen. Weniger den guten Dingen als den bösen. Und noch lieber mochte sie es, wenn man ihr ein Geheimnis anvertraute. Die waren von Haus aus delikat. Da musste sie nicht so tun, als ob sie sich mitfreute, wenn man ihr irgendwelche glücklichen Sachen erzählte. Dann konnte sie sich ausgiebig am Gespräch beteiligen, statt immer nur mit einem „Echt!“, „Großartig!“ oder „Wunderbar!“ freundliches Mitgefühl zu flunkern. Es waren die seelischen Abgründe ihrer Mitmenschen, die Isolde aus der Reserve lockten. Die Unbekümmertheit, mit der diese Menschen auf den Tretminen ihrer Eitelkeit herumhopsten. Die Leichtfüßigkeit, mit der sie vor den Selbstschussanlagen des Liebeswahns lustwandelten, weil sie den lächelnden Totenkopf nicht ernst nahmen, der auf dem Warnschild prangte und mit den qualvollen Niederungen der menschlichen Existenz drohte: Waidwund, herzwund, liebestot.

Zum Beispiel ihre Kollegin, mit der sie aushilfsweise in der Gemeindebücherei in Landshut arbeitete, balancierte seit geraumer Zeit auffallend beschwingt im Reich des Lächelns. Ich sehe es doch, wenn's Lächeln wie eine Unterleibskrankheit daherkommt. Während ihrer Urlaubsreise nach Kenia hatte die liebe Frau Kollegin sich in einen Einheimischen verliebt. Einen waschechten Schwarzen. Und das, obwohl Margit die Sechzig schon überschritten hatte und ihr als

Kirchenchorleiterin ein doch solide konservativer Ruf anhaftete. Isolde wurde als Erste ins Vertrauen gezogen und wusste die Ehre wie stets zu würdigen. Wird Bayern nicht schon von den Schwarzen regiert? Sie verbot sich jede rassistische Anspielung, sondern bestärkte Margit in ihrem Vorhaben, den schwarzen Mann nach Deutschland zu holen. Ihm ein menschenwürdiges Zuhause zu bieten. Ihn behutsam in die Zivilisation einzuführen und ihm etwas Ordentliches zum Anziehen zu kaufen. Von Isoldes Seite gab es keinerlei Einwände. Weder, was den kulturellen noch was den Altersunterschied betraf. Nur ganz verkneifen konnte sie sich die Frage nicht, ob es denn stimmt, dass diese Wilden ein derartig beachtliches Geschlechtsteil besitzen? Doch hatte Margit keinerlei sachdienlichen Auskünfte erteilt und nur an Isolde vorbeigestarrt. Margits Blick, so glaubte Isolde zu erkennen, ging dabei doch leicht ins Spermatöse. Ansonsten fragte Isolde nur belanglose Sachen: Was denn nun aus Rudi, Margits Ehemann, werden solle. Der kann ja nun vor dem schwarzen Mann nicht einfach davonlaufen, weil er doch seit seinem Schlaganfall im Rollstuhl sitzt.
Margit zuckte nur pikiert mit der Schulter:
„Ich lebe nur einmal“, sagte sie, ihre Schultern gestrafft und die kerzengerade Haltung der strikten Chorleiterin eingenommen.
Isolde nickte zustimmend und ergänzte, dass das eigene Leben viel zu kurz sei, als dass man sich allzu viel Gedanken um die Leben anderer machen sollte. Doch Margit hatte da schon wieder ihren abwesenden

Blick, mit dem sie jetzt so oft zum Fenster hinausblickte, als ob sie von hier aus tief nach Süden schauen könnte.
„Übrigens“, begann sie unvermittelt zu sprechen. Isolde war eigentlich schon auf dem Sprung, hatte sich verabschiedet, voll Vorfreude, sich daheim bei einer Tasse guten Bohnenkaffees Margits finstere Zukunft mit Rudi dem Rollstuhlmann und dem auswärtigen Neger auszumalen.
„Der Alfonso, der hat noch einen Bruder...“
Margits erwartungsvoller Blick ruhte auf Isoldes hochrotem Kopf. Isolde schluckte hörbar. Sie hatte Mühe, den drängenden Unterton in Margits Stimme zu verdauen.
„Ist der genauso schwarz?“, stieß Isolde glucksend hervor und strich sich einen imaginären Fussel vom Kleid.
„Hast du etwa was gegen Farbige?“ Margit hatte sich aufgerafft und sich vor Isolde aufgebaut.
„Nein ... nein“, beteuerte Isolde im Brustton der Überzeugung. „Ich denke nur, je schwärzer desto...“
„Leidenschaftlicher!“, vervollständigte Margit mit fiebrigen Augen.
„Man kann sich auch in seiner Leidenschaft verlieren“, widersprach Isolde zaghaft.
„Damit hat man weniger verloren, als wenn man seine Leidenschaft verloren hat“, setzte Margit dagegen.
„Ja, aber das ist das Problem. Ich bin doch eher eine...“
Isolde suchte nach dem richtigen Wort. Eine andere Bezeichnung für bodenständig, das schwebte ihr vor.
„Du gehörst nun mal nicht zu den Frauen, die nur an

einem Stieleis zu lutschen brauchen, um den Männern zu einem dritten Standbein zu verhelfen", half Margit ihr auf die Sprünge, begleitet von einem spöttischen Blick.

Da war Isolde der gleichen Meinung. Aber dafür hatte sie andere Qualitäten. Sie hielt sich für selbstbewusst und unternehmungslustig. Schließlich nahm sie aller vier Jahre als polnische Edelfrau am Landshuter Hochzeitszug teil. Soweit musste es Margit erst mal bringen. Bei diesem historischen Event durfte Margit bloß als Magd teilnehmen. Keine Glanzrolle, ganz am Ende des prunkvollen Trosses einen Holzkarren voll mit lebendigem Federvieh hinter sich herzuziehen. Wogegen Isolde hocherhobenen Hauptes, mit einer goldbestickten Schleierhaube, an der Spitze des Hochzeitszugs an der Seite eines stattlichen Edelmanns dahin schreiten durfte und sich von Schaulustigen mit Blütenblättern bewerfen ließ. Außerdem durfte sie an dem anschließenden Hochzeitsschmaus und allen damit verbundenen Festivitäten auf der Burg Trausnitz teilhaben. Grund genug, Margit Paroli zu bieten. Aber so weit kam es nicht. Margit erstickte Isoldes aufkeimenden Widerspruch mit einer wegwerfenden Handbewegung.

„Papperlapapp, du weißt nicht, was dir entgeht! Welch Wonnen, welch Glücksgefühl, welch Leidenschaft!"

Margit sagte es mit Pathos. Und mit dem Wortschatz der Chorleiterin. Mit einem so melodramatischen Ausdruck im Gesicht, dass Isolde sie mit großen Augen bestaunte. Bis Margit abrupt unterbrach, ihre Arme, in die Hüfte stemmte und mit dem nüchternen Satz

abschloss:
„Du wirst noch an mich denken ...“

Jetzt hatte sie erreicht, was sie wollte, dachte Isolde verzagt. Als Zaungast durfte sie nun an den wollüstigen Wonnen, Leidenschaften, Glücksgefühlen oder wie das Zeugs so alles hieß teilhaben. Wer hätte gedacht, dass sich Margits Prophezeiung so rasch bewahrheiten würde. Zufall? Oder hatte sich Margit zur Voodoohexe gemausert? Wenn überhaupt, kam nur eine schicksalhafte Fügung infrage, die jedes Detail, das zu einem Ergebnis beiträgt, zu einer Geschichte zusammenknüpft. Aber wessen Geschichte? Isoldes? War sie nicht schon längst erzählt? Ad acta gelegt und staubte im Archiv der Tragödien als drittklassiges Trauerspiel vor sich hin? Oder gab es womöglich einen Neuanfang? Gern hätte sie diesen Gedanken zu Ende gesponnen. Mit allerlei Visionen und Träumen zu einem provisorischen Netz verwoben. Aber das aufreizende Stöhnen aus Nachbars Garten hatte sich zu einem atemlosen Ächzen emporgerungen. Alarmiert lugte Isolde durchs Gestrüpp. Wer weiß, dachte sie. Vielleicht war dieser schlüpfrige Akt bereits die Einleitung oder gar das erste Kapitel einer neuen Geschichte. Isolde schlug das Kreuz, erst die Stirn, dann die Brust, dann die rechte, dann die linke Schulter. Sich bekreuzigen, das tat sie sonst nie ...

Die nackte Frau hatte mittlerweile einen Stellungswechsel
in eine Position vorgenommen, die Isolde auf Anhieb

an eine rossige Stute erinnerte. Ob dieses Weibsbild das aus eigenem Antrieb tat? Oder stand sie unter der Führung ihres Rittmeisters? Isolde hatte es nicht mitbekommen. Auf alle Fälle hatte die Ahnungslose das Gesicht nun ihrer heimlichen Beobachterin zugewandt. Sich mit beiden Händen am Beckenrand festgeklammert und ihr Hinterteil ihrem von Lüsternheit geilen Galan entgegengestreckt. Auch er befand sich nun in der Zielgeraden, auf Blickhöhe zu Isolde. Isolde wäre es lieber gewesen, wenn sich die beiden Nackten in der seitlichen Perspektive präsentiert hätten. Nicht weil sie der Anatomie des männlichen Geschlechts besonderes Interesse beimaß. Keineswegs. Aber dann bestünde weniger Gefahr für sie, mit einem der beiden Augenpaare zu kollidieren. Dankenswerterweise waren die beiden Akteure voll und ganz in ihr Liebesspiel vertieft. Während der Mann immer wieder sein Augenmerk auf das Hinterteil der Frau richtete, mit seiner Hand draufschlug und mit gierigem Interesse das rhythmische Stoßen seines Ständers verfolgte, warf die Nackte ekstatisch ihren Kopf in den Nacken und griff sich fiebrig erregt mit der einen Hand zwischen die Beine. Die Frau wirkte herausfordernd, bestimmte die Geschwindigkeit der Bewegungen und feuerte ihren Partner mit kommandoähnlichen Zurufen an. Isolde spitze die Ohren, verstand aber nichts von all dem, was die Frau sagte – oder besser: befahl. Das herannahende Donnergrollen übertönte ihre Worte. Abschätzend starrte Isolde in den Himmel, wo von Osten her eine schwarze Wolkenmauer heranrückte. Was die beiden aufeinander Herumreitenden aber nicht zur Kenntnis nahmen. Unbeirrt rangen sie sich dem Gipfel ihrer Fleischeslust empor, als könne sie keine Naturgewalt von diesem Ziel abhalten. Jedenfalls keine himmlische Naturgewalt. Isolde hatte Angst vor Gewitter. Immer wieder zuckte sie ängstlich zusammen, da es inzwischen nicht nur markerschütternd laut donnerte, sondern von fast allen Himmelsrichtungen her zu blitzen begann. Ein Unwetter, das drohte zu einem lebensgefährlichen Hexenkessel hochzukochen. Trotzdem konnte sie sich nicht von dem bizarren Schauspiel lösen. Sie war fasziniert. Geradezu überwältigt, mit welch furchtloser Hingabe die Liebe ihren Gesetzmäßigkeiten folgte. Wie sich Natur und Leidenschaft aufwiegelten. Miteinander! Gegeneinander? Isolde war geduldig. Gebannt sah sie ihnen zu, wie sie keuchten, sich abhetzten, zuckten. Wie ihre Körper dem Regen trotzten, der sintflutartig auf sie herabprasselte. Wie der Donner sie anbrüllte. Ihre animalischen Laute mit Heißhunger verschlang und sich ihre glitschigen Leiber im Blitzlicht aufbäumten. Bis sie sekundenlang wie ein Standbild in ihrer Bewegung verharrten. Mit klappernden Zähnen fieberte Isolde mit. Stieß versehentlich selbst einen spitzen Schrei hervor und wartete ab, dass noch irgendetwas geschah. Etwas Dramatisches. Ein Finale. Ein Inferno. Aber sie wurde enttäuscht. Die beiden Nackten wurden nicht vom Blitz getroffen. Sie lösten sich aus ihrer Erstarrung. Rappelten sich auf und eilten mit tapsigen Schritten auf die Terrassentür zu, die zum Wohnzimmer des großen Hauses führte. Isolde sah, wie sich der Raum erleuchtete, konnte schemenhaft einen Klavierflügel und einen Kamin erkennen sowie eine geschwungene Treppe, die in die obere Etage führte. Völlig durchnässt raffte sich nun auch Isolde auf und trat mit butterweichen Knien den Rückzug an. Sie lief wie in Trance über ihre Beete, durch die aufgeweichte Erde. Blieb an Sträuchern hängen, bis sie die Hintertür ihres Hauses erreichte. Sie stolperte die kleine Kellertreppe hinauf, die in die Diele führte. Strich sich ihre schlammigen Sandalen ab und stellte sie sorgfältig in den Schuhschrank hinein. Mit nassen Füßen patschte Isolde die Stufen zum Schlafzimmer hinauf. Setzte sich, ohne das Licht anzuknipsen, aufs Bett und blickte apathisch auf die Spiegel des Kleiderschranks, der ihr direkt gegenüberstand. Sie vermisste ihr Spiegelbild. Sie wartete. Überlegte. Bis sie dahinter kam, dass etwas nicht stimmte. Ach ja, das Licht, und dass sie fröstelte, fiel ihr auch noch ein. Also stand sie auf, schaltete das Licht an und zog ihre durchnässte Kleidung aus. Das geblümte Leinenkleid und den Schlüpfer. Einen Büstenhalter trug sie nicht. Das klatschnasse Kleid hängte sie korrekt auf einen Bügel. Sie öffnete sachte die schwere Spiegeltür und hängte das Kleid in den Schrank, ohne sich an dessen Zustand zu stören. Sie kramte aus dem Schrank eine Flasche Sherry hervor, die sie als eiserne Reserve in einem Stiefel versteckt hatte und nahm einen beherzten Schluck. Sie schob die Spiegeltür wieder zurück und taxierte mit scheuem Interesse den nackten Körper, der ihr gegenüberstand und offensichtlich nicht so recht wusste, was er zu seiner Rechtfertigung

zu sagen hatte. Isolde betrachtete mit abschätzendem Interesse ihr Gesicht. Ja, nun, ihr Gesicht. Das war so eine Sache. Es besaß das gewisse Nichts. Nichts Ausdrucksvolles, nichts Rätselhaftes, nichts Verräterisches. Ein Gesicht, das man sich nur einprägen konnte, wenn es über die Stränge schlug. Eindringlich begutachtete sie den matten Glanz ihrer heufarbenen Augen, die wirkten, als könnte sie kein Wässerchen trüben. Plötzlich wurde sie von einer inneren Unruhe erfasst. Ihr Herz hämmerte. Nichts Besonderes. Isolde kannte diese Panikattacken und wusste, was sie zu tun hatte. Sie zog sich den gestreiften Herrenbademantel über, der auf dem Bett lag, verknotete mit geschicktem Griff ihren langen blonden Zopf zu einem schneckenförmigen Gebilde und rülpste. Dann verstaute sie die Sherryflasche wieder im Kleiderschrank und schob die Spiegeltür mit einem energischen Ruck zu.
Eine Art Rausschmiss. Unter Freunden.

Ende der Leseprobe

4568750R00169

Printed in Germany
by Amazon Distribution
GmbH, Leipzig